**VOLTAR A
LER**

MEMPO GIARDINELLI

VOLTAR A LER

PROPOSTAS PARA SER UMA NAÇÃO DE LEITORES

TRADUÇÃO
VÍCTOR BARRIONUEVO

Companhia Editora Nacional

Título original: *Volver a leer – Propuestas para ser una nación de lectores*
Copyright Edhasa © 2006
© Mempo Girardeli, 2009
© Companhia Editora Nacional, 2010

Edição	Isney Savoy
Preparação de texto	Nina Basílio
Revisão	José Batista de Carvalho
Coordenação de arte	Karina Monteiro
Diagramação	Luciana Di Iorio
Capa	Paula Paron
Foto da capa	"Antique Wood, Foundry type and Engravings" de Lloyd Schemer

CIP-BRASIL. CATALOGAÇÃO NA FONTE
SINDICATO NACIONAL DOS EDITORES DE LIVROS, RJ

G376v

Giardinelli, Mempo, 1947 – Voltar a ler: propostas para construir uma nação de leitores / Mempo Giardinelli; [tradução Víctor Barrionuevo]. – São Paulo: Ed. Nacional, 2010.

Tradução de: Volver a leer: propuestas para ser una nación de lectores
"Com um guia para pais, professores, mediadores de leitura e bibliotecários"

ISBN 978-85-04-01683-3

1. Livros e leitura. 2. Leitura. 3. Interesses na leitura. I. Título.

10-3773   CDD: 028.9
                                                                        CDU: 028
02.08.10   10.08.10   020753

1ª edição – São Paulo – 2010
Todos os direitos reservados

Companhia Editora Nacional

Av. Alexandre Mackenzie, 619 – Jaguaré
São Paulo – SP – 05322-000 – Brasil – Tel.: (11) 2799-7799
www.editoranacional.com.br editoras@editoranacional.com.br

Dedico este livro à memória de minha única irmã, Beby (1936-2005), que foi minha leitora quando eu era criança e abriu-me — sem o propor, mas com sábia intuição — o universo da literatura. Beby leu durante toda sua vida, foi uma das primeiras bibliotecárias diplomadas da UNNE (Universidade Nacional do Nordeste, Argentina), fundou e dirigiu a Biblioteca Municipal de Resistencia e a Biblioteca Popular Hipólito Yrigoyen.

Índice

Prólogo à versão brasileira........................... 9

Prefácio 11

Introdução 15

Capítulo 1 – O longo caminho rumo a uma
             sociedade leitora....................... 19
Capítulo 2 – A educação e a leitura................... 45
Capítulo 3 – O que é a pedagogia da leitura 67
Capítulo 4 – Leitura, docência, escola e literatura 87
Capítulo 5 – A leitura em voz alta e a leitura silenciosa 113
Capítulo 6 – A leitura e as novas tecnologias 133
Capítulo 7 – O Direito Constitucional de ler. Rumo a
             uma política nacional de leitura 153
Capítulo 8 – A biblioteca e a leitura 171
Capítulo 9 – Guia para pais, professores, mediadores
             de leitura e bibliotecários 197

Prólogo à versão brasileira

Agora que se publica a edição brasileira deste livro, sinto que tenho alguns esclarecimentos a fazer. Incrivelmente, o mundo moderno e o entusiasmo pela internet fazem com que muitas ideias exijam atualização permanente no campo das experiências educacionais e especificamente do incentivo à leitura.

Primeiro gostaria de frisar para os leitores do Brasil que, desde que este livro foi publicado pela primeira vez, algumas ideias aqui apontadas foram adotadas como políticas de Estado na Argentina. Em algumas províncias, como Chaco, onde moro, desde 2008 as estratégias de Leitura em Voz Alta que este livro aborda são aplicadas em todo o sistema escolar.

Agora temos na Argentina, além disso, uma nova Lei Nacional de Educação (Lei Número 26.206, sancionada pelo congresso em 2007), que incorporou a leitura como parte do corpus legislativo tendente a melhorar a educação, que nesse país havia sido praticamente destruída ("provincializada" e municipalizada, e em grande parte terceirizada e privatizada) pela ditadura militar (1976-1983) e também pelo governo de Carlos Menem (1989-1999).

Seria tolo dizer que as mudanças positivas se devem somente à prédica deste livro, mas, sem dúvida, de algum modo as ideias desenvolvidas nestas páginas exerceram algum tipo de influência na implantação de novos paradigmas. Por isso, iniciando-se 2011 e num país que só há nove anos estava numa situação catastrófica, podemos dizer que temos uma sociedade muito mais leitora, sobretudo uma juventude e uma infância que leem muitíssimo mais do que nas duas décadas anteriores.

O mais recente informe do Program for International Student Assessment (PISA), ou Programa Internacional de Avaliação de Alunos, indica que em 2009 a Argentina aumentou 24 pontos em compreensão leitora, em relação a 2006. Junto com Colômbia, foram os dois países que mais cresceram em competência leitora, o que permite nomeá-los entre os primeiros da América Latina.

Dito isso e considerando também que o PISA é um respeitável instrumento de medição educativa, a verdade é que foi pensado na Europa, com critérios etnocentristas e com o objetivo fundamental do desenvolvimento econômico. Pelo que – em minha opinião – não atende nem compreende determinadas realidades do mundo periférico, muito menos características ambientais e/ou étnicas de conglomerados humanos como os que temos em nossa América.

Nos últimos anos a Argentina também avançou muito em matéria de inclusão social, especialmente com a incorporação de quase quatro milhões de crianças que agora recebem mensalmente a chamada Asignación Universal por Hijo (AUH), ou Aporte Universal por Filho, do Estado, na condição de comparecerem à escola.

De nossa parte, na Fundação que presido e sobre a qual há informação no capítulo 3, hoje temos um voluntariado ativo de mais de 3 mil "avós contadoras de contos", que todas as semanas visitam escolas em mais de setenta cidades do país, levando leituras a dezenas de milhares de crianças. Uma tarefa que, sustentada há já dez anos, vem dando frutos notáveis.

Não tenho dúvidas de que fenômenos similares estão acontecendo em todo o nosso continente. Os planos nacionais de leitura de diversos países, como México, Venezuela, Chile e Brasil – para mencionar alguns que conheço de perto –, estão produzindo uma revolução silenciosa. Por meio do aproveitamento dos avanços tecnológicos – especificamente a internet e suas infinitas possibilidades – tenho certeza de que conseguiremos que nossas sociedades sejam mais e melhor alfabetizadas, com maior competência leitora e com cada vez mais vias eficazes de aceso ao conhecimento.

Tomara que os leitores brasileiros deste livro compartilhem desse otimismo e, sobretudo, oxalá encontrem nestas páginas uma adequada ajuda na tarefa do incentivo à leitura.

Mempo Giardinelli
Resistencia, Chaco, dezembro de 2010.

Prefácio

Recebi com alegria e apreensão o convite para prefaciar *Voltar a ler*, magnífica obra de reflexão sobre a leitura e, principalmente, sobre o leitor, que Mempo Giardinelli havia lançado em espanhol em 2006. Alegria porque Mempo é um dos autores e empreendedores da leitura mais significativos e importantes de *nuestra* América Latina, apreensão porque prefaciá-lo é de uma responsabilidade única.

Tive o prazer de receber dele mesmo um exemplar autografado quando nos encontramos pessoalmente pela primeira vez em Santiago do Chile, em dezembro de 2006, onde ambos participávamos de uma mesa-redonda para falarmos de nossas experiências na área de promoção da leitura. Coube-me explicar o recém-lançado Plano Nacional do Livro e Leitura – PNLL – do Brasil, instituído em agosto daquele ano pelo Ministério da Cultura e pelo da Educação com o ambicioso objetivo de articular o papel do Estado e da sociedade civil na luta contínua, e nem sempre bem-sucedida, para transformar nosso país em um país de leitores.

Ao completar quatro anos como secretário executivo do PNLL, sinto ainda a forte presença das intervenções de Mempo naquele encontro promovido pelo Ministério da Cultura do Chile, que também iniciava articulações para criar seu Plan Nacional de Lectura. Eram intervenções referenciais de alguém que trazia a militância pela leitura não apenas no intelecto, mas a carregava nas entranhas, nas fibras de seus sentimentos como militante pelos direitos da cidadania, como argentino castigado pela história recente das ditaduras que quase arrasaram nossos países, e talvez por isso, pela solidariedade e resistência à ditadura que boa parte de uma geração de latino-americanos representou na nossa história recente. Mempo carrega uma alma latino-americana, angustiado com a situação de exclusão ainda presente em nosso continente e com os grandes impasses sociais que impedem uma vida digna para a maioria dos nossos cidadãos. Seu falar à Argentina é, na verdade, uma fala a todos os países da região!

A primeira observação que anoto em *Voltar a ler* é a leitura da indignação que se levanta, organizada intelectual e emocionalmente, para enfrentar e superar os impedimentos ao direito à leitura para todos. Não esperem um livro de técnicas que se repetem sem alma, porque cada uma das respostas baseadas na longa experiência e nas leituras de Mempo Giardinelli é prenhe de segura sabedoria e muita paixão. Há autores que se escondem em suas escrituras, se escamoteiam entre a selva das palavras cuidadosamente construídas, mas esse não é o caso de nosso autor, exposto em corpo e alma, tanto na vida quanto na sua escritura, chegando a parecer impossível, para quem o conhece, não escutá-lo, em verdadeira leitura em voz alta, em cada linha deste *Voltar a ler* que finalmente chega ao leitor brasileiro.

Não esperem também uma perspectiva da leitura dissociada dos mundos em que está circunscrita, subsumida ou, às vezes, cerceada. As referências ao conjunto das mazelas e das fortalezas que construímos na desigual sociedade latino-americana estão sempre presentes nas análises, mesmo que não citadas explicitamente, porque o autor não é, seguramente, um defensor apenas do direito à leitura. Sua compreensão do ato de ler transcende o ato isolado do leitor individualista, necessário mas insuficiente, e busca o coletivo das bibliotecas, das ações comunitárias pela leitura. A primeira vez em que o li, avidamente, há quatro anos, na viagem de volta de Santiago do Chile a São Paulo, o sentimento que me dominava era de um texto que, ao dar a devida dimensão ao direito de ler para todos, trazia em sua própria escritura um convite à leitura com a vantagem de fornecer inúmeras pistas de como a promover.

Bastariam estes dois últimos apontamentos de minha leitura deste livro, feito à medida para os promotores da leitura, os professores, os bibliotecários, os militantes da cultura e da educação, para enaltecer suficientemente as dinâmicas da escritura admirável desse escritor, introduzindo, para quem o lê pela primeira vez e não conhece sua obra como romancista, contista e ensaísta, este *Voltar a ler* como uma incrível e incentivadora obra que anima e situa, com originalidade e competência, todos que batalham pela cultura escrita.

Não querendo me alongar demasiadamente num simples prefácio e retardar o leitor no desfrute do texto de Mempo, aponto mais um fator que considero essencial para avaliar este livro como profundamente importante.

Não posso deixar de assinalar o homem de Resistencia – que acredito tenha levado ao pé da letra o que significa o nome de sua cidade natal –, da pobre região do Chaco argentino, que passou a cidadão do mundo na condição de exilado da torpe e sangrenta ditadura de seu país. Homens forjados na luta tomam posições e muitas vezes se colocam contra a corrente das certezas que parecem inevitáveis nos tempos presentes. O leitor também encontrará neste livro firmes posições que vão contra a ditadura do que é considerado óbvio e inevitável em muitas abordagens teóricas e de políticas culturais públicas praticadas na América Latina, ao estilo do chamado "pensamento único" de nefasta lembrança e ainda presente entre nós.

Anoto, apenas para ilustrar por que as situações se multiplicam no livro, duas grandes crenças insistentemente vendidas à sociedade e que são aqui fortemente contestadas, tornando ainda mais admirável a posição corajosa, provocadora e polêmica de Mempo Giardinelli neste livro: a exaltação de valores duvidosos como o do menor esforço individual e coletivo para alcançar objetivos socialmente elevados e a crença cada vez mais efetiva de que a principal missão da universidade é fornecer mão de obra qualificada para o trabalho.

Ao optar pela militância consciente por valores fundamentais à dignidade humana, porque significam direitos civilizatórios conquistados na história, e pela resistência aos novos dogmas produzidos pela onda neoliberal que ainda persiste e continuamente se insinua em nossas sociedades, Mempo mostra que é possível pensar, teorizar e realizar, como o faz nas Jornadas pela Leitura que sua fundação realiza anualmente no Chaco.

Certamente a publicação deste livro no Brasil vai contribuir positivamente para a nova fase que o PNLL iniciará após os primeiros quatro anos de sua implantação, numa feliz coincidência nas datas de apresentação do Plano e da primeira edição em espanhol. Espero que muitos brasileiros o leiam, refletindo os pontos cardeais da política pública que se desenha por todo o texto de *Voltar a ler*.

Hoje o Plano Nacional do Livro e Leitura, implantado em parceria do Estado com a sociedade civil, é uma realidade e sua ação é aprovada e apropriada por enormes segmentos e grupos que lutam pela leitura em todo o Brasil. À média de oitocentas ações que se mantêm vivas no Mapa de Ações do PNLL (www.pnll.gov.br), das quase 8 mil ações inscritas em cinco anos do Prêmio Vivaleitura, promovido pelo MinC e MEC, somam-se os conceitos formulados, provados e aceitos após estes quatro anos de implantação, frutos de debate continuado de especialistas e gestores públicos e privados da leitura, e que proveem o país de uma verdadeira política de Estado para o livro, a leitura, a literatura e as bibliotecas.

Como assinala este livro, ainda temos muito que caminhar, apesar dos avanços e também dos retrocessos, mas textos e exemplos de vida e militância cultural como a de Mempo Giardinelli são sinais de que a vida, a humanidade, a esperança de um mundo de direitos iguais e mais justo é uma meta de que nenhum de nós pode abrir mão. Tenho a convicção de que os escritos de Mempo, que reclamavam por uma edição em português, serão parte dessa jornada.

Encerro esta apresentação citando o professor Antonio Candido, referência de gerações por sua sabedoria e militância democrática a favor dos excluídos e que, ao agradecer pelo Prêmio Intelectual do Ano de 2008, da União Brasileira de Escritores, produziu este pensamento que sintetiza toda a coerência do esforço de milhares de pessoas que lutam em defesa dos direitos fundamentais da pessoa humana:

> *"(...) o que importa não é que os alvos ideais sejam ou não atingíveis concretamente na sua sonhada integridade. O essencial é que nos disponhamos a agir como se pudéssemos alcançá-los, porque isso pode impedir ou ao menos atenuar o afloramento do que há de pior em nós e em nossa sociedade".*

A leitura enquanto bem permanente de formação e criação de valores é um bem precioso para atenuar ou impedir "o que há de pior em nós e em nossa sociedade", e o livro e a militância de Mempo Giardinelli já são parte integrante dessa luta pela conquista desse direito.

São Paulo, setembro de 2010.

José Castilho Marques Neto[1]

---

[1] Professor de Filosofia Política da Universidade Estadual Paulista – UNESP – Campus de Araraquara/SP; Diretor Presidente da Fundação Editora da UNESP (www.editoraunesp.com.br) e Secretário Executivo do PNLL (www.pnll.gov.br). Contato: executivo@pnll.gov.br

Introdução

As reflexões contidas neste livro são resultado de mais de vinte anos de trabalho e da consciência da importância e necessidade de uma Política de Leitura que a Argentina – como tantos outros países – necessita.

Às experiências pessoais de leitura, que todo escritor tem, e às de propósito e objeto educativo, cabe acrescentar as que tendem a definir uma política de Estado. Isto é, a coordenação organizada e harmônica de estratégias de leitura consensuais que ajudem a elevar intelectualmente a população, diagramem um programa político-pedagógico de efeito e consigam, em um determinado prazo, fazer de um país uma nação de leitores.

Tudo isso deveria estar contido em uma futura Reforma Constitucional que incorporasse o Direito a Ler como essencial para a cidadania da República, e/ou uma Lei de Política de Leitura, ou Lei do Direito a Ler, cujas linhas gerais este livro tentará desenvolver.

Estas reflexões começaram a ser escritas em 1985, quando retornei do exílio no México e tentei contribuir com a então nascente democracia criando uma revista literária dedicada ao conto que, sem deixar de lado a especificidade do gênero, fosse também uma tribuna cultural e ética no processo de construção da cidadania. Os 36 editoriais que assinei, número a número, naquela revista que se chamou *Puro Cuento* (entre julho de 1986 e setembro de 1992) mostram a preocupação constante, compartilhada por quase todos os autores e leitores, pela carência de uma Política de Leitura, política que nunca existiu na Argentina .[1]

---

[1] É justo lembrar que desde o início da revista contei com o aporte do talento de Silvia Itkin e, ao longo dos anos, me acompanhou também um grupo extraordinário de colaboradores, encabeçados por Ignacio Xurxo e Norma Báez.

Ao longo daquela experiência lançamos, em 1987, aquilo que talvez pomposamente denominamos Primeira Campanha Nacional Privada de Promoção da Leitura. Em 1989 criamos uma entidade, a Fundação Puro Cuento, cuja missão era estimular a leitura e criar bibliotecas onde elas não existiam. Dessa maneira fundamos, junto com leitores entusiastas, várias bibliotecas no interior do país. Em 1991 lançamos a revista *Puro Chico*,[2] destinada a incentivar a leitura nos pequenos leitores, a quem tentávamos chegar por meio de seus pais e professores. Entre 1991 e 1992 promovemos uma Primeira Pesquisa Nacional de Leitura, com o apoio de leitores e amigos de catorze províncias argentinas, trabalho que ficou inconcluso por causa do fechamento da revista, sufocada financeiramente em setembro de 1992, quando o fundamentalismo econômico já arrasava milhões de pequenos e médios empreendimentos que tiveram o mesmo destino, e quando os mais horríveis perfis da Argentina contemporânea começavam a ganhar traços mais definidos.

Dois anos depois, recuperado daquele fracasso, em novembro de 1994, fui convidado a participar, em Madri, de um fórum organizado pela Fundação Ortega y Gasset sobre "Ler e escrever em nosso tempo". E pouco mais tarde a Sociedade de Escritores do Chile me convidou para um congresso sobre "Políticas de fomento do livro na América Latina", realizado em Santiago em setembro de 1995.

Nesses encontros eu percebia a preocupação pelo destino do livro e da leitura como assunto comum para todos os países de nossa língua. A crise de leitura que qualquer intelectual – assim como qualquer docente e qualquer pai ou mãe de família[3] – enfrenta hoje já era evidente e muito além dos esforços industriais e comerciais que as Feiras do Livro determinavam como nova tradição cultural em dezenas de cidades de nossa América.

Em outubro de 1995 a Faculdade de Humanidades da Universidade Nacional do Nordeste (UNNE) organizou, em Resistencia, o 8º Congresso Nacional de Literatura, dedicado ao "discurso literário e sua relação com outros códigos sociais". Convidado a abrir o congresso, eu defendi que a literatura deveria levar em consideração estratégias para fomentar o livro e a leitura. O então reitor, Adolfo Torres, me pediu uma proposta e assim nasceu o Foro Internacional pelo Fomento do Livro e da Leitura, o primeiro dos quais foi realizado por nós em agosto de

---

[2] Para essa publicação foi decisiva a assessoria de Susana Itzcovich.

[3] Cabe esclarecer que ao longo deste livro utilizo os vocábulos "papais" e "pais" no plural, abrangendo a mãe e/ou o pai. Da mesma maneira que utilizo "professor" no singular ou plural sem fazer distinção de gênero. E o mesmo, em muitos casos, quando me refiro a "os garotos" ou "as crianças".

1996 e que até a data da publicação deste livro aconteceu por onze anos consecutivos. Naquela época já era possível prever uma tremenda crise para depois do carnaval "primeiro-mundista" dos anos 90 e muitos já sabíamos que não existe futuro possível sem livros e que o destino certo dos povos que não leem é maior ignorância e pior qualidade de vida.

A emergência se agravou no final dos anos 90 e explodiu em 2001. Em todos esses anos propusemos a leitura como forma de resistência. Com os lemas "Fazer cultura é resistir" e "Ler abre os olhos", estabelecemos uma fundação na nossa cidade (cidade de nome emblemático)[4] que organiza cada fórum com a convicção de que a resistência cultural é uma nobre missão dos intelectuais. Tudo isso serviu para dar forma ao conteúdo deste livro e encorajou as ações atuais e posteriores de uma ONG que hoje congrega mais de trezentos voluntários.

Mas há algo mais – para mim vital – que certamente inspirou profundamente este livro. O fato de eu ter sido pai e avô, quase simultaneamente, aos 54 anos. Uma experiência fascinante que me levou do modo mais doce a retomar a prática de pai-avô leitor na minha própria casa, enquanto na Fundação nos ocupávamos, entre outras coisas, do fantástico programa de Avós Contadoras de Histórias.[5]

Finalmente, gostaria de agradecer a todas as pessoas que contribuíram para este livro. Em primeiro lugar, Natalia Porta Lopez, Adela Rattner Fracchia e as voluntárias da Fundação (nossa bibliotecária Blanca Villanueva, Lucía Rivoira e Natalia Cardoso). Também devo meu agradecimento por responder às minhas consultas a Jorge Giacobbe, Hugo Cañon, Horacio Verbitsky, Alejandro Mosquera, Ana María Peruchena e Adriana Redondo. E muito especialmente à narradora cordobesa Graciela Bialet, coordenadora do programa "Voltar a Ler" dessa província, e ao meu conterrâneo Francisco Tete Romero, que leram atentamente os originais e contribuíram com comentários e críticas para melhorá-los, mas não têm nenhuma responsabilidade sobre os erros que aqui possam existir.

M.G.
Resistencia, setembro de 2003 / agosto de 2006.

---

[4] Continuidade da Fundação Puro Conto, a atual tem sede na cidade de Resistencia, cujo nome original é San Fernando de la Resistencia.

[5] Do Programa das Vovós Contadoras de Histórias se falará especificamente no Capítulo 5.

Capítulo 1

O longo caminho rumo a uma sociedade leitora

**Em *Dom Quixote* está a origem do fomento
da leitura: o legado de Cervantes**

Em 2005 celebrou-se em todo o mundo o quarto centenário de *Don Quixote de La Mancha* e, naturalmente, o aniversário do livro dos livros da língua castelhana serviu também para evocar Don Miguel de Cervantes Saavedra. O acontecimento trouxe a possibilidade de dar um novo significado a essa obra, ao realizar uma leitura sob a ótica do século XXI, ou seja, na emergência de um mundo que por momentos parece suicidar-se a cada dia e que – segundo se diz – já quase não lê.

Em toda nova abordagem dessa obra é impossível escapar do que já sabemos: que *Don Quixote* iniciou a novela moderna e que tudo o que hoje atrai, interessa e deslumbra em uma novela tem como antecedente esse livro. Sabemos também da sua importância e qualidade, tanto formal como de conteúdo. Por sua estrutura pioneira e sua poética exemplar, pela sua agilidade e riqueza, é um repertório da vida humana em todos os seus matizes. Essa é, acredito, uma pequena síntese das razões de sua vigência.

As sucessivas leituras de *Quixote* foram determinantes na minha vida e em cada uma delas acredito encontrar um novo significado. Quando era pequeno, na minha casa – de modesta condição mas onde a leitura era apreciada com fervor iluminista – havia uma preciosa edição ilustrada por Gustave Doré, e eu tinha permissão para brincar com esse livro. Além de lê-lo, evidentemente, podia desenhar e pintar o que quisesse. Na escola que eu frequentava, e que era frequentada pelos garotos mais pobres da minha cidadezinha, havia uma edição maravilhosa, de capa dura, de cujo editor não consigo me lembrar, que sempre estava disponível na biblioteca, junto com o outro livro mais popular daquela época, *Martín Fierro*, de José Hernández.[1]

A partir de então, e acredito que para sempre, minha leitura pessoal do *Quixote* procurou estabelecer como Cervantes soube captar isso que chamamos de condição humana, ou seja, a natureza e a maneira de ser, a soma de condutas e crenças, e o temperamento desse povo espanhol, que é, ao mesmo tempo, todos os povos do mundo, e que o nosso fidalgo vai encontrando com sua preciosa inocência de louco, ou de criança, o que para esse caso é irrelevante. Inocência que é condição que determina sua peripécia quando em albergues e povoados, em campos e caminhos, as pessoas o recebem ora com atenção, ora com deboche, lá com pouca piedade e aqui com crueldade para espancá-lo, e peripécias, todas elas, que são obstinadas, inevitavelmente literárias.

É isto o fascinante: a soma do gênio cervantino radica em que o repertório de qualidades humanas que existe no *Quixote*, pleno de idealismo e delícias, de valores e princípios irrenunciáveis, e de uma moralidade e uma ironia excepcionais – grandioso hoje, mas ainda mais à sua época – é uma construção literária. A literatura até então era como a pintura bizantina, carente de perspectiva e de sombras, vazia de matizes e perfis. O que Cervantes fez na literatura foi o que fizeram Leonardo e Michelangelo na pintura. Cervantes é no mundo das letras, no século XVII, o que muito depois seria Albert Einstein na ciência do século XX.

E assim é para todos os seus personagens – não somente Don Quixote e Sancho – pois todos simbolizam a mais extraordinária gama de tipos e condutas, e talvez essa seja a primeira vez em que a literatura universal mostrou a importância daquilo que não é, mas parece ser; o que é enquanto obra de arte ainda que não o seja no que chamamos de realidade; o que é capaz de ser porque está criando sua própria, outra, diferente e verossímil realidade. Isso foi revolucionário à época. A universalidade do *Quixote*, encavalada na fabulosa popularidade que

---

[1] Considero duas leituras fundamentais, muito acima de alguns reparos morais que tenho com nosso livro canônico por excelência.

ganhou em pouco tempo, ultrapassou os limites da sua época, como ultrapassou também a geografia da Espanha. E essa fama e transcendência, acredito, se deve ao aspecto menos abordado sobre Cervantes e Quixote: sua relação com a leitura antes que com a escrita. E quando digo leitura me refiro tanto ao que Cervantes leu quanto ao que ele quis que nós – através de séculos e séculos – continuássemos lendo. Sustento, pois, que ele era plenamente consciente da importância da leitura na formação dos povos. E foi assustadoramente antecipador.

Porque hoje é relativamente claro que o grandioso de Don Quixote e Sancho Pança é que, sendo expoentes de uma nação e de uma língua, são também eles próprios essa nação e essa língua feitas vida e arte. Neles estão representados, um a um, os sentimentos de verdade e de invenção, e também a nobreza, a sabedoria, a simplicidade, as ambições e os pecados capitais – preguiça, gula, ira, inveja – enfim, e também as batalhas éticas essenciais – corrupção ou decência; inescrupulosidade ou moralidade.

A ironia constante, sutil, delicada e sugestiva, com a qual Cervantes conseguiu driblar a censura e os preconceitos de sua época – religiosos e políticos; étnicos e culturais –, ressalta no *Quixote* o conceito de liberdade. De todo o repertório de condutas e valores que Cervantes esgota (autoritarismo, decência, mentira, simplicidade, arrogância, deboche; não existe sentimento nem conduta humana que não estejam expostos nessa obra ímpar), o que brilha é principalmente a liberdade.

Tudo isso é conhecido, foi estudado, e por isso hoje a presença de *Quixote* é tão notável em nossa literatura e na literatura universal.[2] Cabe então parar para refletir sobre aqueles aspectos nos quais existem menos certezas. Por exemplo, a relação que tem a obra de Cervantes com o estado da leitura de muitos de nossos países, nos quais a promoção da leitura está "na moda".

Há duas décadas, quando em nossa América emergíamos das ferozes ditaduras para cair no fundamentalismo capitalista, parecia exótico falar de fomento à leitura. Porém hoje é uma necessidade, uma urgente e imprescindível gestão que já está instalada na consciência da sociedade universal contemporânea e, evidentemente, na hispano-americana. E *não é possível nem sequer imaginar um futuro para o mundo sem leitura*. Isto é: sem povos leitores que forjem

---

[2] Quase todos herdamos os traços utópicos dos personagens do *Quixote* em nossa própria criatura. Bartolo, o obscuro militar paraguaio que protagoniza minha primeira novela (*La revolución en bicicleta*), ainda hoje é representado em cada nova edição como um Quixote rodante.

nos livros seu critério e aprimorem sua democracia. E digo mais: *não existe desenvolvimento sustentável educacional, social nem político se não está apoiado, também, em uma sólida política de Estado de leitura* que estabeleça e garanta *o direito da população a ler*, que disponha os meios para que isso seja sustentável e que transforme a educação e também todos os outros campos das obrigações republicanas.

Mas está claro que uma política de Estado de leitura é algo diferente, e sobre isso tratará o Capítulo 7 deste livro. No entanto, a partir de agora gostaria de deixar estabelecido que todas as políticas de Estado de leitura de nossa América *têm Don Miguel de Cervantes como primeiro antecedente e apoio, quem entreviu o enorme poder da leitura*. É verdade que o *Quixote* é um tratado sobre a literatura e a vida, que estabelece as bases constitucionais da ficção como império da alusão, elusão e ilusão. Mas também *em Don Quixote está a origem do fomento da leitura*. Nada menos.

Ignoro como leu e como lê cada um o *Quixote*, mas eu o leio e o releio como o verdadeiro precursor da ideia de que "ler abre os olhos". Para Cervantes, a leitura não podia ser mais que revulsiva, criadora de mudanças sociais, e por isso sua obra questiona como se lê e para que se lê.

Na cultura do nosso tempo existe uma espécie de acordo geral que reconhece que aproximadamente todos conhecem o *Quixote*. Aqui e acolá, quase todo o mundo tem a ilusão de tê-lo lido e isso qualquer um percebe em qualquer conversa. Mas é apenas uma ilusão. A impressionante familiaridade do mundo com o *Quixote* não significa que existam tantos leitores do *Quixote* em todo o vasto mundo. Nem mesmo existe consciência do legado que Cervantes nos deixou em material de leitura.

Cervantes não inventou um personagem iletrado. Pelo contrário, criou um personagem que é um leitor voraz, um homem – literalmente – de profissão leitor. Sua criatura é um animal da leitura, é um louco dos livros cuja loucura foi parida na leitura. O que verdadeiramente faz com que Don Quixote adoeça é sua biblioteca. São os livros de cavalaria que ele leu e acumula, e ama e recita a toda hora, que o lançam à aventura e ao desvario. É a leitura que muda a sua vida e o faz aventureiro, imprevisível, disparatado, delicioso no seu desvario. Por isso a sua biblioteca é incendiada. Por isso o padre e o barbeiro o trancam, vedam "o aposento de seus livros" e ainda fazem com que a ama culpe o Diabo. Porque todo seu pecado e culpa provêm da sua paixão pela leitura.

No seu célebre prólogo "La invención de Quijote" Franscico Ayala intui acertadamente: "O leitor daquele novo livro que Miguel de Cervantes publicava em 1605 teve que confrontar-se com uma criatura de ficção inaudita e nunca vista, cujo entendimento não podia se agarrar a nenhum precedente."[3] Ou seja, que Cervantes criou o mito e, com ele, seus leitores. E não somente para a sua época, mas para sempre, por meio da inversão de perspectivas que também nos ensinou Ayala, pois o que em 1605 "era estranho e extravagante" – o próprio Don Quixote e seu complemento – resulta absolutamente familiar para qualquer leitor de nossos dias. Quanto ao mundo de Cervantes, que para os leitores de sua época era imediato e cotidiano, hoje é completamente distante para nós.

Cervantes quis mudar a leitura da sua nação e de seu tempo. Apenas isso. Martín Riquer, em *Cervantes y el Quijote*, chama a atenção para esse fato quando sustenta que o *Quixote* não é um livro de cavalaria e sim uma paródia de livros de cavalaria: "Cervantes se propôs a satirizar e parodiar os livros de cavalaria a fim de acabar com esse tipo de leitura que ele considerava nociva."[4]

E assim conseguiu banir a leitura daqueles livros que eram tão populares. Nos anos seguintes à publicação das duas partes do *Quixote*, a circulação dos livros de cavalaria diminuiu de forma irreversível, até que praticamente o gênero desapareceu, condenado por se tratar de obras de autores que escreviam mal ou eram considerados vulgares e medíocres e cuja popularidade (até então não questionada) não significava mais que a certeza de que – como foi e será – o popular nem sempre é sinônimo de qualidade.

Esta é, para mim, a mais sutil e transcendente lição legada por Don Miguel de Cervantes Saavedra: a biblioteca (ou seja, a leitura) como castelo e fortaleza, como templo no qual reside um poder superior (aquele do saber) que a ignorância tenta sempre derrubar. A biblioteca como centro medular de todo povo, atacado logo de cara por todas as ditaduras, todos os autoritários e todos os néscios.

Parece-me, inclusive, que Cervantes, na idade madura na qual pariu o seu herói, já sabia que o orgulho do bem escrito é sempre inferior ao orgulho do mais bem lido. Esse aprendizado – que Borges assimilou e do qual fez docência, e que hoje tanto se repete – vem

---

[3] Edição do IV Centenário, Real Academia Española, 2004, pp. XXIX e ss.

[4] Ibid., pp. XLV e ss.

de Cervantes. Como tantos outros que se tornaram lugares-comuns da sabedoria popular latino-americana dos últimos quatro séculos.

Daí que seu escudeiro exerce um papel, mais que de um prestativo ladeiro, de uma antítese moral e é, obviamente, resumo da ignorância de um povo que só se redimirá por meio da leitura. O analfabetismo e a simplicidade obstinada de Sancho Pança, que sabe apenas de prazeres, de escapar das responsabilidades e não tem mais juízo que a repetição de lugares-comuns nem outra ambição que o governo de uma impossível ilha imaginária, vem a ser algo como a outra cara dessa Espanha de quatro séculos atrás, com a qual nós tanto chegamos a nos parecer neste início de milênio.

Cervantes sabia que o drama da Espanha era, desde então, a ignorância obstinada, o embrutecimento das massas. É claro que ele não o teria expressado usando esses termos, mas a essência é a mesma: Cervantes quis, também, que seu livro desemburrecesse os burros, despertasse os néscios e alertasse aos avisados. E também nos ensinou, com sutileza, que na condição de contraparte intelectual que representa Sancho Pança está não a condenação da Espanha, mas sim a sua esperança. Por meio do alimento da leitura – sugere uma e outra vez – está a oportunidade de abandonar a ignorância, a escuridão. E os anos vieram demonstrar que, ainda que através de um lento e doloroso caminho, graças a uma consequente política de Estado de leitura e da mão de Don Quixote, hoje o povo espanhol é um dos povos que mais leem no planeta.

Lembremos que Cervantes escreveu quando a Europa ainda estava despertando para a maravilha da imprensa inventada por Gutenberg um século e meio antes. Em 1600 toda a bibliografia da Espanha não devia superar os mil títulos publicados, e de modo nenhum existia uma tradição leitora nesse povo majoritariamente iletrado, culturalmente tosco, muito mais bem representado por Pança que por Don Quixote. Por isso Cervantes intuiu que não se tratava somente de escrever uma novela que resumisse todos os gêneros e estilos conhecidos – e que estabelecesse as bases da novela do futuro –, o seu gênio o levou mais longe: *a construir um leitor*; a inventar essa contraparte imprescindível na literatura que são os leitores, sem os quais nada tem sentido.

Diz – e começa a construção – desta maneira: "Não existe por que andeis mendigando sentenças de filósofos, conselhos da Divina Escritura, fábulas de poetas, orações de retóricos, milagres de santos, mas sim procurar que, com palavras significantes, honestas e bem colocadas, saia vossa oração e período [ou seja, discurso] sonoro e festivo, realçando em tudo o que alcançardes, e for possível, vossa intenção, dando a entender vossos conceitos sem confundi-los e escurecê-los".[5]

Dessa maneira *funda um estatuto de leitura*, para que "o melancólico passe à risada, o risonho a acrescente, o simples não se aborreça [isto é, não se entedie], o discreto se admire da invenção, o sério não a despreze nem o prudente deixe de elogiá-la".

A paixão cervantina se autoimpôs um desafio magnífico: elaborou um texto capaz de criar seu próprio leitor, e que esse leitor fosse, ainda por cima, universal e eterno.

Uns vinte anos atrás, no México, Juan Rulfo ensinava que disso se tratava a literatura. Posso citá-lo de cor: "Você lê e lê o que constitui a literatura de seu país e de seu tempo; então percebe que falta algo, algo que não está escrito e que gostaria de ler. Bom, essa é a novela que você deve escrever". Atrevo-me a supor que, quatro séculos antes, Cervantes teria subscrito essa lição.

Toda vez que viajo, há muitos anos, levo comigo algum exemplar do *Quixote*. É o meu único livro consorte e a razão disso – descubro ao redigir estas linhas – é que todos escrevemos querendo criar o nosso leitor. Queremos saber, ou poder, criar um leitor idôneo para o livro que traçamos. Não o fez, por acaso, Julio Cortázar, que forçou todos, e já há várias gerações, a lê-lo como ele queria, isto é, com um sentido lúdico e lógica de burguês bem informado? Não o fez antes Marcel Proust, e ainda antes Howard Phillip Lovecraft, e depois Franz Kafka, para citar exemplos de outras línguas?

Criar o leitor que nos mereça, merecer um leitor e, sobretudo – aspiração maior –, *formar um leitor que seja toda uma nação*. Aqui está a suprema ambição implícita do escritor ou escritora de todos os tempos. Escrever para alguém capaz de seguir nossos passos na andança, de compartilhar conosco a peripécia de sentir e gozar e sofrer como nós gozamos e sofremos sendo cada personagem. Cervantes sabia muito bem disso. Pressentiu isso como um gênio. E traçou o caminho através do qual todos foram – fomos, somos – seus devotos acólitos, seus arcanjos anunciadores, seus pregadores.

Escrevemos para ser lidos. Ainda que alguns declarem, resisto a acreditar que alguém escreva, realmente, para si mesmo. Desacredito da escritura onanista porque cada um sempre

---

[5] Ibíd., pp. 13 e 14.

tem um Leitor Ideal Implícito. A ele nos dirigimos ao escrever e é dessa maneira que cada texto cria e impõe seu leitor de antemão. Esse leitor nasce com o texto, como se a própria criação o convocasse. Isso nos permite imaginar, ou saber, que quando escrevemos o fazemos para alguém. Às vezes um amigo, um professor ou a pessoa amada. Vivos ou mortos.

Cervantes — eu tenho certeza — procedeu dessa maneira. Ele escrevia para alguém concreto, para pessoas com rosto, nome e sobrenome. Por isso criou esse modo maravilhoso de exercitar a escritura fazendo com que o texto conversasse com seu leitor. Não era apenas cortesia. Era docência. Cervantes queria formar seus leitores, era consciente da importância de fazê-lo. Foi tão grande sua genialidade, talvez pelo ressentimento que então sentia pela idade e pela raiva diante do fracasso mais ou menos generalizado de suas produções, que deve ter percebido que somente quebrando moldes se fazem as grandes obras. E quebrar moldes implica, evidentemente, em abrir caminhos novos e, sobretudo, educar olhos para que saibam ver o caminho.

Minha leitura do *Quixote* rende culto e tira proveito — como deve ser feito com os grandes livros inesgotáveis — da consciência de que no *Quixote* está tudo, mas é um tudo que sempre está para ser descoberto.

Como Leonardo em 1500 ou como Egon Schiele ou Salvador Dalí no século passado — todos eles capazes de criar obras de arte mas também, ao mesmo tempo, o público capaz de apreciá-las —, Cervantes escreveu uma novela que necessitava, imperiosamente, criar seu próprio público leitor, e esse foi nada menos que o povo da Espanha e o de seus novos territórios de ultramar, esta América conquistada e educada a ferro e fogo, a Cruz e a Espada e que hoje habitamos.

Esse ponto de partida se legitimou de imediato na nossa América. Livro liminar da narrativa moderna (modernidade que leva quatrocentos anos!), é o mais rico legado que recebemos de Espanha, que nos foi oferecido quando trouxeram a língua que falamos. *Don Quixote de la Mancha*, na América, marcou o caminho para a consagração de um dos idiomas mais expressivos do planeta, língua que nos vincula e nos fraterniza acima dos muitos traumas que produziu o encontro de culturas que começou no dia 12 de outubro de 1492.

Isso se refere à nossa identidade, claro. E defendo que a identidade que nos ofereceu *Quixote*, esse único livro ímpar, é tão sólida como sábia na sua maravilhosa diversidade. As andanças desse arraigado andarilho, seguido de seu extravagante escudeiro, aproximou os hispanos-americanos como nada nem ninguém o fez ou fará. É que a conquista da América, feita com dor e fúria, injustiça e genocídio, nos deixou a terra arrasada mas também essa língua que nos une e nos expressa mundialmente. E nos deixou, além disso, um temperamento poético, uma maneira romântica da amizade e do amor, um variado caminho de condutas, uma questionável moralidade e, também, uma vocação pela aventura e ousadia que ainda – e mesmo sendo difícil escolher esse verbo – padecemos.

Em *Don Quixote*, quando se acaba a loucura, com o sensato se termina a novela. E tão consciente disso era Cervantes que, no final do prólogo, encerra e declara: "Senhoras e senhores, que Deus vos dê saúde e não me esqueça."

O SONHO DE SER UMA NAÇÃO DE LEITORES

Muitas coisas mudaram na Argentina desde a crise de dezembro de 2001. No entanto, cinco anos depois e com um novo governo, a paisagem social continua sendo atroz. Os vastos setores econômica e culturalmente marginalizados impossibilitam dar por superada a emergência, que resulta confusa, ainda mais devido ao triunfalismo de um governo cheio de contradições e à negatividade de uma oposição desarticulada e dispersa.

Entretanto, existe uma boa quantidade de indicadores que obrigam a pensar que, se o desastre argentino ainda não é coisa do passado, parece, sim, que superamos a pior parte da crise. E continuamos de pé. Gravemente feridos e bombardeados, mas em pé e um pouco menos desorientados. A resistência cultural desta nação foi enorme e os novos rumos parecem representar, apesar dos problemas que perduram, pelo menos uma esperança. Aquela que tínhamos perdido há tanto tempo.

Muito contribuíram para isso os educadores argentinos em geral e, em particular, os que trabalham no que, há alguns anos, alguns chamam de Pedagogia da Leitura, que é o trabalho essencial que desenvolvem dezenas de professores, bibliotecários, pesquisadores e voluntários em todo o país. Evidentemente, incluo também as milhares de pessoas que, pelo menos no campo da educação, com a democracia começaram a valorizar e salientar a importância da leitura.

Nos 22 anos que levamos de vida republicana puseram-se em funcionamento muitos programas de fomento do leitor. Ao Plano Nacional de Leitura (PNL) e à Campanha Nacional de Leitura (CNL), do Ministério da Educação, se somam hoje os da Comissão Nacional de Bibliotecas Populares (Conabip), da Secretaria de Cultura da Nação (SCN) e os de algumas províncias como Buenos Aires ou Córdoba (desde 1993). Todos eles já possuem trajetória, publicações e resultados positivos, e alguns são especialmente criativos e verdadeiramente úteis na difusão da importância da leitura. E ainda se deve acrescentar a esses esforços estatais a ação de dezenas – talvez centenas – de programas sustentados por municípios, bibliotecas, organizações da sociedade civil e ONGs, assim como as câmaras do livro, que são duas, além de livrarias, empresas de todo tipo e, inclusive, bancos que se rendem a essa preocupação.

Hoje é assombrosa a quantidade de programas e, sobretudo, é notável a consciência que se formou em torno da necessidade de estimular os leitores do presente e do futuro. Para isso contribuiu a indústria editorial, que observou o fenômeno e o promove. A história da leitura está muito bem narrada nos livros que de tempos em tempos estão na moda (penso nos livros de Roger Chartier, Harold Bloom, Alberto Manguel, Daniel Pennac e outros que costumam circular entre docentes); e até certo ponto também são positivas as modas pedagógicas que vez por outra se implantam na América, ainda que nem sempre levem em conta as necessidades próprias nem a possibilidade de aplicação em países que foram culturalmente devastados, como é o caso, pelo menos, da Argentina.

Nos primórdios da democracia não se valorizava suficientemente a importância da Promoção[6] e Fomento da Leitura – enunciado que há quinze ou vinte anos era bastante exótico –, mas a ação de todos esses organismos, instituições e pessoas desenvolveu a consciência atual acerca da necessidade de estimular os leitores do presente e do futuro. Hoje é impressionante a consolidação dessa consciência leitora em nossa sociedade, apesar de faltar muitíssimo por fazer. Centenas, talvez milhares de experiências realizadas em todo o território nacional, nem sempre de maneira organizada nem coordenada, conseguiram estabelecer a necessidade de uma mudança de paradigmas e por isso a leitura volta a ter prestígio em nosso país.[7]

---

[6] A verdade é que não gosto do vocábulo "promoção" porque está mais vinculado a uma concepção de mercado que ao autêntico interesse por formar novos leitores de melhores textos, mas o utilizo porque está consagrado e é funcional.

[7] Pelo menos desde 2002 proliferam as campanhas de promoção do livro e da leitura. E, a partir de 2003, o Estado argentino relançou ou pôs em funcionamento muitas das campanhas antes mencionadas.

Além disso, é inegável o crescente interesse de muitos pais por incentivar a leitura em seus filhos. Isso é bom e denota que se tem memória da importância que tiveram os bons livros no desenvolvimento de outras gerações, como auxílio para o amadurecimento, o rendimento escolar e a construção do pensamento autônomo. Ainda que sejam casos isolados que não se traduzem nas aulas, isso é promissor.

Nesse sentido se poderia dizer que *disputamos e vencemos a batalha da conscientização*. O lema da leitura está instalado nas agendas educativas e culturais e também em grande parte das preocupações sociais e familiares. Sem sombra de dúvida. Porque hoje quase ninguém, na Argentina, ignora a importância da leitura. E pode-se afirmar que a população quer leitura para seus filhos. Isso é muito bom, um excelente avanço. Mas não somos ainda um povo leitor. E estamos muito longe de sê-lo.

Essa é a grande batalha que falta. *Passar da consciência à leitura.* Fazer com que aquele despertar nos transforme em leitores.

Leitura e sociedade. Crônica da demolição argentina

Pouco mais de três décadas de autoritarismo, intolerância e obscurantismo nos transformaram totalmente. De ser um país quase sem analfabetos passamos a ser um país no qual pelo menos um quarto da população lê e escreve de maneira primitiva. E com isso me refiro às novas formas de analfabetismo funcional, como a pobreza lexical coloquial, a debilidade associativa e a impressionante dificuldade expressiva que se observa nas gerações de argentinos mais jovens, tudo o que será abordado mais adiante e poderíamos chamar *iliteracía*.[8]

Para comprovar isso basta percorrer as periferias urbanas, penetrar no mundo rural ou se aprofundar em conversas com os mais jovens. O resultado de tantos anos de displicência e corrupção, de mudanças maníacas na educação enquanto os professores de todo o país eram condenados a salários indignos, está à vista.

---

[8] Em nosso país não se utiliza esse conceito, que é muito útil para tratar desta matéria: *illiteracy* é o vocábulo inglês que define o que, entre nós, seria algo assim como *iletrismo*, em um sentido, e *iliteraturidade* em outro. O vocábulo engloba tanto o analfabeto (ser iletrado) como ao não leitor (ignorante em literatura). Em Portugal o adaptaram à perfeição: *iliteracia*, ainda que no Brasil circule também como *letramento*. Entre nós também se poderia adotar *iliteracía* tanto para aludir a iletralidade como iliteraturidade.

É fácil observar que o analfabetismo[9] cresceu dramaticamente entre nós, acima dos dados oficiais, que não parecem ser tão dramáticos. De acordo com o Ministério da Educação, Ciência e Tecnologia da nação (MECyT), entre 1991 e 2001 (ou seja, antes da grande crise de dezembro desse ano), "em termos percentuais, a região que apresenta a menor taxa de analfabetismo é a metropolitana com 0,9% registrado em 2001. Ao contrário, a região que possui a maior taxa de analfabetismo é o nordeste argentino, com 6,6%. Em valores absolutos as cinco jurisdições que apresentam menor analfabetismo são Ciudad de Buenos Aires com 0,5%, Tierra del Fuego 0,7%, Buenos Aires 1,6%, registrado em 2001 (24 distritos do Conurbano Bonaerense com 1,5% e o resto do estado com 1,6%), Santa Cruz com 1,4% e Córdoba com 2,1%. *As cinco províncias com taxas de analfabetismo mais elevadas em 2001 eram Chaco 8%; Corrientes 6,5%; Misiones 6,2% e Formosa e Santiago del Estero 6%.*[10]

Obviamente a sucessão de crises sociopolíticas e socioeconômicas poderia fazer pensar que a Argentina está, ainda, no primeiro dia da criação. Há quem sugira com ironia, inclusive, certo talento nacional para lambuzar o futuro com atitudes irracionais, infantis, voto nulo e outras calamidades. E não faltam os que pensam que somos um país que não lê e que isso só explica por que tantas vezes aparentamos estar caminhando alegremente, e sem saber, em direção ao nosso próprio funeral como nação, como sociedade.

Essas duras afirmações (é sabido que o autocastigo de que somos capazes os argentinos é quase infinito, tão grande como a autoestima e a autocomplacência) só nos interessam para destacar a severa consciência de que para o desenvolvimento de políticas de fomento da leitura a realidade social é determinante. Tanto é assim que carece de todo sentido falar de estratégias de leitura sem observar o contexto. Portanto, quando a casa está em chamas, não podemos começar a organizar a biblioteca.

Por isso as comprovações sobre o estado da leitura, os costumes e práticas que são habituais em nosso país, exigem primeiro enxergar o contexto no qual nos desenvolvemos. Porque faz somente quinze anos que neste país milhares de pessoas foram condenadas à

---

[9] O Ministério da Educação define a taxa de analfabetismo como "a proporção da população total que, para a pergunta sobre se sabe ou não ler, responde que não", a partir dos 10 anos de idade.

[10] MECyT. Direção Nacional de Informação e Avaliação da Qualidade Educativa. Rede Federal de Informação Educativa.

marginalidade, à pobreza e à indigência. Milhões de famílias foram despedaçadas, como se tivesse explodido uma bomba atômica. O Estado se afastou das tarefas básicas, como garantir a saúde, a educação, a moradia e o trabalho digno. E deixou de ensinar a pensar para dar lugar à promoção de um pensamento único e de um atuar maníaco, ao mesmo tempo que as pessoas deixaram de ser consideradas como tais para passarem a ser clientes, consumidores, números, objetos do assistencialismo eleitoral.

Não é demais lembrar que em 1974 a Argentina tinha somente 22 milhões de habitantes e menos de 9% de pobreza, a maioria concentrada na zona rural, e o desemprego beirava 2,5%. Ao contrário, hoje, 32 anos mais tarde e uma ditadura por meio, no momento em que este livro é escrito, a Argentina tem 37 milhões de pessoas e quase 50% vivem na pobreza, muitíssimas delas na miséria. Basta mencionar o calamitoso caso das províncias do Chaco e Corrientes, onde, em pleno 2006, 75% dos menores de 18 anos são pobres, ou seja, três de cada quatro crianças estão abaixo da linha da pobreza e 38,3% são miseráveis.[11]

Consequentemente, nestes poucos anos se conseguiu desprestigiar a escola pública, que durante décadas havia sido impulsora do saber e, sobretudo, do pensar. Liberal e formadora, há quarenta ou cinquenta anos a educação pública era sinônimo de excelência e motivo de orgulho, enquanto o ensino privado era para os negligentes, os repetentes, os de nível mais baixo. Era quase um descrédito ter recebido educação em institutos privados. Hoje é exatamente o contrário, mas isso não se deve a que o ensino privado tenha alcançado finalmente a excelência. Deve-se a destituição do papel do Estado como docente, civilizador e formador de cidadãos da democracia, e também ao negócio da educação, que começou a prosperar.

Dos alunos matriculados em unidades educativas no nível inicial, de um total de 1.256.011 crianças, em 2003, 28% já estavam sendo educadas pelo setor privado e essa porcentagem certamente continua crescendo.[12] Isso se deve, muito provavelmente, ao fato de que o nível inicial ainda não é obrigatório nem garantia para o ingresso na educação primária, pelo menos na Capital Federal e em várias províncias.

---

[1] Os dados comparativos nacionais mencionados correspondem a diversos relatórios do Indec e aos Censos Nacionais. Quanto ao último dado, ver *Diario Norte*, de Resistencia, de 18 de janeiro de 2006, com base em um estudo da CTA feito com dados do Indec. Aliás, o conceito de miséria refere-se a uma "situação de pobreza agravada e indica o caso de quem não recebe a alimentação diária mínima necessária".

[2] MECyT. Direção Nacional de Informação e Avaliação da Qualidade Educativa. **Pesquisa** Anual 2003.

É como, passado um século e meio, Sarmiento se revirasse no túmulo porque a batalha pela universalização da escola pública se dissolve na contramão da história, enquanto triunfa a barbárie, o bestiário, a corrupção, o autoritarismo e a falsificação, e tudo isso avalizado pelos milhares de votantes.

Nesse contexto, é muito difícil imaginar e pôr em funcionamento políticas de fomento da leitura. E como pensaríamos em fazê-lo há quinze anos, quando se pressentia o desastre, se desde que se recuperou a democracia estivemos sendo, e somos, uma sociedade submetida à ditadura dos meios audiovisuais, que nos dá tudo previamente organizado precisamente para que as pessoas não pensem?

E, no entanto, foi-se fazendo. Isso é um enorme paradoxo e ao mesmo tempo a prova mais forte do tamanho da resistência cultural dos argentinos. Porque hoje, em 2006, também podemos dizer que boa parte desta sociedade resistiu e tem uma consciência ampla e clara a respeito da importância da leitura. Isso nos exalta muito como povo. Ainda que não seja suficiente.

Como tampouco é a nostalgia. E é procedente dizer isso porque continua sendo frequente escutar a queixa de que há vinte ou trinta anos um jovem lia muito mais que hoje. Atualmente, se diz, as crianças dedicam demasiado tempo ao videoclipe, a navegar na internet, ao *videogame* ou à televisão. Passam o dia jogando em rede, em casa se possuem computador ou na perigosa aglomeração das *lan houses*. Disso trata o Capítulo 6, mas de momento fica dito, como antecipação, que nunca a tecnologia é a culpada de uma situação. Não foi nem é a televisão, e não são agora os *cybers-cafés* nem a computação nem a internet. O que determina o embrutecimento generalizado da Argentina é a atitude dos responsáveis pelo uso das tecnologias. Ou seja, os pais, os educadores, os dirigentes, os empresários, os adultos em geral e as políticas tanto públicas quanto privadas.

É incontestável que a crise econômica encurralou muitíssima gente e já se sabe como a pobreza afeta qualquer sociedade. Mas, ademais, na Argentina procede destacar que se se perdeu o costume da leitura foi também porque se caiu em um conceito utilitário: "Deve-se ler para ser profissional", "deve-se ler para aprender isto ou aquilo". Inclusive nosso sistema educativo pareceu adotar a ordem "deve-se ler para...", o que converteu a leitura em um castigo e uma chantagem. Assim perdeu-se todo o prazer da leitura (conceito que este livro discutirá mais para a frente).

Tudo isso nos converteu em uma sociedade menos inteligente e perspicaz, uma nação que se frivolizou, que preferiu o superficial ao complexo, que elegeu o hedonismo e a simplicidade, que adotou a leviandade, a vulgaridade, a fanfarrice e a autossuficiência como sinais de identidade.

É difícil dizer isso, e é doloroso, mas este texto não busca cúmplices.

A crise econômica, feroz e persistente, causou também a crise de lideranças. Na Argentina foram-se descartando os que mais sabiam e os que ainda se guiavam de acordo com certos códigos éticos, para dar lugar a gerações de pessoas ignorantes e despreparadas, seja nos âmbitos civil ou militar, eclesiástico, profissional ou empresarial.

E o resultado é este país que somos, de gente irritada, nervosa, de mau humor e que já quase não lê nem mesmo os jornais. E no qual o sistema político-econômico despreza tudo, inclusive o cultural e educativo, porque as crianças de famílias de menor renda deixaram de ir à escola pois não é em todo o país que se garante hoje a educação obrigatória, laica e gratuita. Todos sabem que em alguns estados as crianças mais pobres vão hoje às escolas nas quais as professoras, das quatro ou cinco horas de aula, devem dedicar duas a fazer o almoço e preparar o leite, e duas a discutir a próxima greve porque o salário não é suficiente ou a reclamar das péssimas condições dos edifícios. Então, a triste verdade é que essas crianças vão à escola para comer e quase todas as pesquisas demonstram que passam a maior parte do tempo em casa vendo uma televisão fraca e desprezível.

Aliás, a respeito do acesso à escola, por grupos de idade, na Argentina, compareçem a algum estabelecimento educacional 98,2% das crianças de 6 a 11 anos; 95,1% das de 12 a 14 anos e 79,4% das de 15 a 17 anos.[13]

No entanto, esse acesso é dramaticamente baixo no Chaco: 95,7; 89,4 e 66,3% respectivamente. Esse estado compartilha essa penosa situação com Tucumán (somente 64,4% das crianças de 15 a 17 anos vão à escola) e Misiones (65%).[14]

É desmedida, também, a quantidade de crianças inexistentes, e não é nenhuma metáfora dizê-lo, porque me refiro a dezenas, talvez centenas de milhares de crianças que em

---

[13] MECyT. Direção Nacional de Informação e Avaliação da Qualidade Educativa. Rede Federal de Informação Educativa.

[14] Censo Nacional de População, Lares e Moradias 2001.INDEC, Ministério de Economia.

todo país estão sem documentos e não podem ser aceitas no sistema escolar. São inúmeras as denúncias jornalísticas a respeito desse problema produzido pelas dificuldades para se obterem Documentos Nacionais de Identidade, pelo custo dos mesmos e, também, por todos os escândalos políticos que começaram no período Menem e continuam sem se resolver, como se verá no Capítulo 7.

Leitura e linguagem. O que e como leem e falam os argentinos

Uma recente pesquisa sobre consumo de livros e índice de leitura na União Europeia[15] demonstrou que a Argentina perdeu o papel gravitante que teve entre os anos 40 e 70 na produção editorial, exportação de livros e níveis de leitura vinculados à educação.

Na Europa quem mais lê são os suecos, com um altíssimo índice de leitura de 71,8%, seguidos pelos filandeses (66,2%). Entre os 25 países da UE com um índice de leitores inferior a 44% se encontra a Espanha, com 39%. Quanto ao número de livros em bibliotecas públicas, Islândia e Finlândia dispõem de sete livros por habitante, Dinamarca e Noruega seis e cinco respectivamente, e Espanha 1,8 livros per capita. Na Argentina, no entanto, as 2 mil bibliotecas do sistema da Comissão Protetora de Bibliotecas Populares (Conabip)[16] têm um acervo de uns 22 milhões de livros.[17] Isso, para uma população de 37 milhões, significa apenas algo mais que meio livro por habitante/ano.

E ainda repercutem os dados alarmantes da Pesquisa Nacional de Leitura (ENL) realizada pelo Ministério de Educação entre fevereiro e março de 2001 (bastante antes da crise do final desse ano) e que, entre outras coisas, demonstrou que 41% da população lê muito pouco e 36% praticamente não lê nada. Também nos informou que 44% não pode comprar livros; 46% nunca vai a livrarias e 71% jamais frequentou bibliotecas.[18]

Quatro anos depois daquela crise, a situação tinha se agravado. De acordo com um estudo feito pela Secretaria de Meios da Presidência da Nação sobre hábitos e consumo

---

[15] Nota de Susana Reinoso no diário *La Nación* de 25 de fevereiro de 2005.

[16] Criada por Domingo Faustino Sarmiento. Lei nº 419 de setembro de 1870. Ver: http://www.conabip.gov.ar

[17] José Nun. Discurso inaugural da Feira Internacional do Livro. Buenos Aires, 20 de abril de 2006.

[18] Pesquisa Nacional de Leitura 2001. Realizada por Caterberg e Asociados, por conta do MECyT.

cultural em nosso país, 52% dos argentinos afirmaram "não ter lido nenhum livro durante o transcurso do último ano". 48% dos que admitiram ter lido livros indicaram uma média de apenas um livro a cada três meses. Dentre eles, 70% leram entre um e cinco livros durante todo o ano e apenas 30% leram mais de cinco livros.[19] Além disso, e para destacar o contraste com as novas gerações, comprovou-se que os maiores de 35 anos leem muito mais (4,8 livros por ano) que os de 18 a 35 anos (3,9). Às bibliotecas comparecem apenas 28% dos argentinos, com o que se mantém a mencionada ausência de 71%.

Segundo uma pesquisa mais recente, realizada em março de 2006 pelo Centro de Estudos da Opinião Pública (Ceop), 80% dos entrevistados confessaram que "gostariam de ler mais" e 85,7% tinham "a percepção de que o hábito da leitura está em baixa". 75% não pisaram em uma biblioteca durante o último ano. E durante a Feira do Livro de Buenos Aires, 42,7% disseram não ter comprado nenhum livro nos últimos seis meses e 54,1% reconheceram ler agora menos que há uma década.[20] Assim – segundo Vicente Muleiro – "a leitura parece acompanhar o processo de queda dos setores médios e baixos".

O problema, de todo modo, não se reduz apenas à verba de livros. Falta capacitar os mediadores de leitura. Ou seja, pais e docentes. E por isso todas as campanhas, públicas e privadas, estão pondo cada vez mais ênfase em capacitar os mediadores, que são os que transmitem às crianças e aos jovens a paixão pela leitura, pela literatura e pelo conhecimento. Se ninguém recomenda livros com mais eficiência que um bom leitor, os mediadores são os que mais eficientemente promovem a leitura. E se também o fazem com entusiasmo e sinceridade, isso se nota imediatamente e é fantástico.

As crianças hoje possuem direitos reconhecidos e, em geral, perderam toda a inocência. Principalmente as ricas, que dispõem de uma informação assombrosa, antes impensável, e muitas, de qualquer classe social, são capazes de julgar com perspicácia e espírito crítico. Mas a infância de hoje tem o olhar e o espírito treinados muito mais para o deslumbramento

---

[19] Sistema Nacional de Consumos Culturais. Secretaria de Meios de Comunicação, Chefatura de Gabinete, Presidência da Nação. Agosto de 2005. Os dados correspondem à Capital Federal e a seis estratos populacionais em todo o país, sobre 2.974 casos pesquisados em outubro de 2004 e 2.996 em dezembro de 2004. www.consumosculturales.gov.ar

[20] "Assim leem os argentinos", nota de Vicente Muleiro no Ñ de 22 de abril de 2006; e "Panorâmica da leitura na Argentina", nota de Carolina Gruffat no Clarín de 28 de abril de 2006.

que para a reflexão. E, ainda que seja um verdadeiro mistério a combinação de tudo isso na alma e na consciência de uma criança, convenhamos que o mundo adulto – nas últimas décadas e na Argentina – esteve longe de transmitir-lhe modelos éticos confiáveis.

Como não poderia deixar de ser, tudo isso atentou contra o costume de ler. Quantos pais, quantos avós continuam lendo contos hoje em dia? Quantas mães ou pais têm tempo, vontade, vocação e amor suficientes para ler contos para seus filhos?

Vamos encarar: salvo em casos excepcionais, a sociedade deixou esse espaço, essa responsabilidade e esse prazer para a televisão, que o faz desalmadamente. Ou seja, sem alma, sem conversa.

De maneira que não apenas deixamos de ser uma sociedade leitora como um dia fomos, mas também – e isso é o pior – hoje somos uma sociedade que assiste à televisão a maior parte do tempo. A citada ENL de 2001 comprovou que 78% dos argentinos assistem à televisão "todos ou quase todos os dias" e que uma alta porcentagem assiste entre uma e quatro horas diárias. E uma pesquisa relacionada a um segmento estratégico – os jovens universitários – mostrou claramente que suas preferências não estão na leitura e sim na internet, na televisão, nas rádios FM e na música em geral. São muito poucos os que leem jornais e revistas, e os que leem com frequência livros não destinados ao estudo são apenas 17%. Mas 90,3% deles assistem à televisão todos os dias e várias horas por semana. E, ainda que quase não comprem livros, 70% compram de dois a seis CDs por ano. Isso, tanto na universidade pública como na privada.[21]

Não gostaria de aborrecer o leitor com esse tipo de informação, que logo é desqualificada por alguns especialistas que dizem que esses dados são "alarmistas" e produzem uma "visão negativa". Mas é evidente que *com esses índices não podemos pretender que os pais, docentes e estudantes sejam bons indutores da leitura para as crianças.*

É fácil considerar que nos convertemos em uma sociedade que se informa pela televisão, que acredita na televisão, que pensa (ou acredita que pensa) pelo que diz e mostra a

---

[21] Pesquisa realizada pela consultora Ibope, de Enrique Zuleta Puceiro, sobre um universo de 1 mil universitários, todos portenhos: 800 da Universidad de Buenos Aires (UBA)e os outros 200 da Universidad Católica Argentina (UCA). Informação tomada de uma nota de Susana Reinoso no diário *La Nación*, sábado 1 de junho de 2002.

televisão. E não duvido que esse foi e é um fator-chave que explica os graus de manipulação e de ludibriação de que esta sociedade que padece.

O certo é que perdemos esse costume da liberdade e da inteligência que a leitura produz e isso diminuiu nossa capacidade intelectual: hoje na Argentina se entende menos, se entende mal, existe menos interpretação e se perdeu o espírito crítico, que se confunde com protesto e gritos.

Basta escutar a linguagem coloquial dos argentinos, empobrecida até limites insólitos e que expressa outro problema que também foi, ultimamente, abordado de múltiples maneiras. O primeiro que nos alertou sobre isso foi o notável escritor cordobês Juan Filloy, que na primeira grande entrevista que concedeu, em 1986, para a revista *Puro Cuento*, disse: "Se nós temos um idioma de 70 mil palavras, por que vamos utilizar um castelhano básico de oitocentas? O povo argentino não utiliza mais que de oitocentas a 1.200 palavras. É muito pouco, muito pobre. Esse é todo o idioma coloquial dos argentinos. Não assusta?"[22]

A partir dessa dura inquisição – e isso se considera em qualquer matéria jornalística ou caderno de promoção de leitura – se generalizou o costume de repetir aquela aguda observação de Filloy, que ele complementava com a metáfora sobre o vestuário: "Dispor de uma língua tão rica e falar com pobreza de vocabulário é como ter um guarda-roupa elegante e andar todo dia de chinelos e com uma camiseta esfarrapada".

Mas a deterioração coloquial argentina aumentou dramaticamente nos últimos vinte anos. O Castelhano possui hoje aproximadamente 90 mil vocábulos[23] e, no entanto, estimativas autorizadas como a de Pedro Barcia (Presidente da Academia Argentina de Letras) dizem que os jovens "há uns dez anos falavam com umas oitocentas palavras e agora com menos da metade (...) e os que agora são adolescentes estão em duzentas palavras".[24]

Para ter um ponto de comparação mais preciso, cabe lembrar que o léxico básico do idioma inglês que se fala nos Estados Unidos é de 5 mil palavras, a que se somam outras

---

[22] Em *Puro Cuento* Nº 6, set/out de 1986, pp. 1 a 6 e ss. E reproduzida no meu livro *Así se escribe um cuento*, Buenos Aires, Edições Beas, 1992; México, Nueva Imagen, 1995; Barcelona, Punto de Lectura, 2001.

[23] *El Diccionario de la Lengua Castellana de la Real Academia Española* (DRAE) na sua 21ª edição, do ano 2000, declarava já 83.500 vocábulos, ou seja, 13.500 mais que nos tempos da observação de Filloy.

[24] "En la Argentina el hablar es vulgar", entrevista com Pedro Barcia, em *Cilsa y la Gente*, ano 9, Nº 107, fevereiro de 2006. www.cilsa.org.ar

5 mil de uso menos frequente.[25] E em *The Story of English* seus autores dizem que o inglês, "de todos os idiomas do mundo (que atualmente somam 2.700) é definitivamente o mais rico em vocabulário. O *Dicionário de Inglês* de Oxford compreendia umas 500 mil palavras; e outro meio milhão de termos técnicos e científicos permanecem sem catalogar. De acordo com as cifras tradicionais, o alemão é a língua mais próxima com um vocabulário inferior a 185 mil palavras e logo atrás está o francês, com menos de 100 mil".[26]

O certo é que essa linguagem coloquial argentina, empobrecida até o limite não somente do indefensável mas inclusive da incomunicabilidade, impera não somente nas escolas e na maioria das famílias de todas as classes sociais, mas também nas classes dirigentes. Políticos, empresários, sindicalistas e até mesmo docentes falam tão mal, com um linguajar tão limitado que termina sendo, como bem disse Griselda Gambaro, "uma declaração de nossa impotência, simulamos ser senhores quando somos apenas servos".[27]

Essa perda de palavras – substituídas lenta e implacavelmente por equivalentes do inglês e ultimamente pela alucinante síntese e quase incompreensível linguagem da conversa eletrônica (conhecida como *chating*) ou das mensagens de texto dos telefones celulares (aqui "celulares", vocábulo derivado do inglês *cellulars*) – acaba por produzir uma linguagem coloquial débil, que por sua vez só permite um pensamento débil e medíocre. Porque *com menos palavras se pensa menos e mal, e obviamente se diz menos e mal*. Adicionem ainda as consequências desse abuso do eufemismo do estilo argentino e se perceberá que o problema é enorme. Para os docentes, pelo menos, esse deveria ser um problema transcendental, porque emburreceu a nossa República. E ainda que algumas vozes autorizadas como a do Coordenador do PNL Gustavo Bombini e a da célebre escritora de literatura infantil Graciela Montes considerem excessivo e apocalíptico destacar o embrutecimento,[28] acredito na sua importância e estou convencido de que reconhecê-la é o primeiro passo para resistir.

---

[25] Jim Trelease, *Manual de la Lectura en Voz Alta*, Bogotá, Fundalectura, 2005, pp. 53 y 99. Mais adiante, esse livro será citado com indicação do número das páginas entre parênteses.

[26] Robert McCrum, William Cram e Robert MacNeil, Nova York, Viking Press, 1986, apesar de que tomamos esta citação do livro de Trelease (p. 99).

[27] Griselda Gambarro, *Escritos Inocentes*, Buenos Aires, Norma, 1999.

[28] Gustavo Bombini, "Prácticas usuales y nuevas urgencias para uma agenda de la promoción de la lectura", PNL, Seminário Nacional para Mediadores de Leitura, Dossier, maio de 2005.

Recuperar a leitura, então, implica múltiplas ações e uma docência contínua. Devem voltar os livros e o jornal nas escolas; deve-se combater a má cultura das fotocópias (que além de ilegal é imoral, pois quem ensina com fotocópias comete um delito e quem faz com que outros fotocopiem incita a delinquência, ainda que o ignore ou lhe pareça uma transgressão menor).[29]

Daí nossa obsessão em recuperar a leitura. De jornais, de livros, de textos que sejam consistentes e que ajudem o nosso povo a ser mais consciente do que diz e do que faz, o que somente se consegue – e não existe melhor opção – por meio da leitura como exercício e prática cotidiana da inteligência. Assim se alcança o pensamento autônomo, ou seja, a independência de critério de cada pessoa.

O MUNDO DA LITERATURA E O APOCALIPSE GLOBALIZADOR

A América Latina é um continente que foi nascendo como nação antes que como Estado. Desde a Colônia, no século XIX todas as mudanças políticas, econômicas, culturais e sociais foram encabeçadas por intelectuais que pensavam nesses países nascentes como verdadeiros projetos culturais. Era um sonho compartilhado por escritores, poetas, ensaístas, filósofos que sabiam que a mãe de todas as concepções políticas, econômicas e sociais era a leitura. Por isso se preocupavam fundamentalmente em garantir a instrução pública, fundar bibliotecas e ensinar a pensar.[30]

Quase dois séculos depois, quando recuperamos a democracia, muita gente sentiu que recuperava o uso da palavra. Voltávamos a ser donos do pensamento e da expressão. Mas nossa cultura havia perdido milhares de intelectuais, artistas e cientistas, mortos ou exilados, e muitos para não voltar, o que demonstrava como é relativo que a liberdade signifique por si só a recuperaração da cultura. A democracia é uma construção muito lenta e meio século de autoritarismo não se supera rapidamente. O triunfo ideológico das ditaduras foi tão grande que ainda estamos pagando as consequências.

---

[29] No Estudo de Consumos Culturais da Cidade de Resistencia realizado em 2003 pelo Conselho Federal de Investimentos (CFI), sobre 202 docentes entrevistados, 61% substituem livros por fotocópias para ensinar.

[30] Para ampliar este tema, ver meu livro *El país y sus intelectuales*, Buenos Aires, Editorial Capital Intelectual, Coleção Claves para Todos, 2004.

A partir dessas premissas hoje nos perguntamos: que sociedade é a destinatária de nossa produção? Que leitor nos espera e que condições e perspectivas têm e terão os livros e a leitura neste terceiro milênio? Que conteúdo ético e solidário terá o que se produza e se leia? E como esses conteúdos serão lidos, dado o irresistível fenômeno de concentração dos meios?

Para responder a essas e muitas outras perguntas é que se escrevem livros como este. Para compartilhar o saber e as experiências, para pensar e imaginar, entre todos, estratégias de leitura. Esse ato maravilhoso por meio do qual os humanos têm acesso ao conhecimento. Pelo qual nos tornamos "dignos de valor e significado", como diz o Drae. Porque ler é, como define María Moliner, "entender e interpretar, mentalmente ou traduzindo em sons, os signos de um escrito".[31]

Ler, pois, como um ato de inteligência. Como trabalho intelectual. Entendendo, interpretando. Isso é o que queremos. E isso é o que nos preocupa porque vivemos em um mundo no qual os signos já não são somente escritos; hoje estão em movimento e tudo os sacode. Hoje os ícones, a televisão e a internet nos impõem discursos muitas vezes difíceis de entender ou – de uma maneira suspeita – fáceis demais. E, quase sempre, autoritários e embrutecedores.

Por meio de Paulo Freire sabemos que o processo de leitura estabelece uma relação dinâmica entre a linguagem e a realidade. Mas hoje essa relação não é apenas dinâmica mas também confusa. Porque hoje nos confrontamos com sonoros discursos apocalípticos e uma visão espantosa do futuro do livro e a da leitura, que, é verdade, também tendem a minar nossa capacidade de resistência. E o mesmo acontece com a literatura: que já não se lê; que o livro está morto; que até os jornais impressos desaparecerão dentro de duas décadas.

Roger Chartier, o famoso acadêmico da Escola de Altos Estudos de Paris, diz a respeito, ironicamente, que a "certidão de óbito" se manifesta de "três formas principais": uma é a comparação de dados estatísticos que chamam atenção para a diminuição dos hábitos de leitura, sobretudo entre os jovens; outra é a informação das editoras de todo o mundo alertando sobre a diminuição de títulos, tiragem e vendas de livros; e a terceira é o auge da "civilização da tela", as imagens e a comunicação eletrônica.[32]

---

[31] María Moliner, *Diccionario de Uso del Español*, t. II. Madrid, Gredos, 1991.

[32] Roger Chartier, Conferência (sem título) de abertura do 5º Congresso Internacional de Promoção da Leitura e do Livro, Buenos Aires, abril de 2002, Fundação El Libro-OEI-MECyT, Buenos Aires, 2005.

Todas as observações de nossa realidade leitora apontam para o mesmo: pais sem tempo nem vontade, professores desanimados. Quantos são leitores habituais e competentes? Que estratégia de leitura produz realmente novos leitores convictos? Quantas crianças são leitoras cotidianas graças aos seus laços familiares e/ou à escola que os educa?

Deve-se ter muito cuidado com essas profecias – que costumam ser interesseiras – porque se trata de verdades paralelas: a crise é inegável, mas nossa resistência também o é.[33]

É preciso saber que é possível neutralizar todos os maus augúrios sobre a extinção do livro por causa da televisão e da internet. E não apenas pela otimista e certeira declaração de Alberto Manguel – "o livro é um dos poucos objetos perfeitos que a humanidade criou" –[34] mas também porque o livro sempre esteve em crise e sempre sobreviveu. Pelo menos, desde a metade do século XV, quando Gutenberg criou a primeira imprensa.

As profecias apocalípticas denunciam também um de nossos problemas: a colonização. Instalou-se no mundo o pensamento único e o discurso único do neoliberalismo imperante, chamado agora de "globalização", que se revela muito mais eficaz que todos os imperialismos da História. É conveniente estar consciente disso e ficar alerta, porque se trata de desenvolver mais do que nunca o pensamento próprio, e para isso a leitura é fundamental.

A leitura é uma das atividades essencias do ser humano: penso, falo, olho, escuto, *leio e então tenho acesso ao saber e posso me comunicar*, oralmente ou por escrito. E a literatura é infinita e eterna, por mais que abundem os presságios de que também estamos chegando ao final da literatura e da arte, porque hoje a cultura se concebe como espetáculo e, ademais, de massas.

Por tudo isso, seria conveniente moderar certos entusiasmos que no fundo poderiam estar sugerindo que a batalha do livro e da leitura está perdida. Deveríamos acreditar um pouco menos em teorias bastante pessoais como as de Harold Bloom[35] e outros autores que propõem fascinates normas íntimas; e inclusive se poderia desconfiar de quem nos propõe que, como existe pouco tempo para ler, a leitura vai se converter em uma atividade de alguns

---

[33] Ilya Prigogine se ocupou dessa contradição que consiste em que cada vez sabemos mais completamente que o universo está cheio de incertezas, mas nem sempre vemos que também está cheio de possibilidades de criatividade. Ver: ¿*Tan sólo uma ilusión?*, Barcelona, Tusquets, 1983, e *El fin de las certidumbres*, Buenos Aires, Sudamericana, 1987.

[34] Alberto Manguel, *Una historia de la lectura*, Madrid, Alianza, 2005.

[35] Harold Bloom, *El canon occidental*, Barcelona, Anagrama, 1995.

poucos e, então, é melhor sintetizá-la toda em alguns poucos livros perduráveis. Aliás, Alberto Manguel ironiza brilhantemente esse suposto futuro mundo de pouquíssima leitura onde só merecerá existir um número limitado de textos: "Sim, muitos dos grandes mestres – Roger Chartier, George Steiner, Harold Bloom, Sven Birkerts – estão todos dizendo: 'Atenção! Estamos em perigo. A leitura, se não desaparecer, vai se converter na atividade de certa gente estranha que vai se reunir em clubes privados para fazer essa coisa que a sociedade não entende'. Muito bem, é possível que essa visão apocalíptica aconteça. Eu acredito que não, pela seguinte razão: não quero preparar uma Arca de Noé dos livros, que é o que está preparando Harold Bloom ao escrever: 'Resgatemos dois de cada espécie, duas éticas, duas obras de teatro e demais, porque o resto vai desaparecer sob o dilúvio de imagens superficiais'".[36]

E tampouco estaria mal pôr em dúvida isso de que o livro, tal como o concebemos hoje, vai a caminho do cemitério e somente servirá para excêntricos ou especialistas, como preconiza o italiano Geminello Alvi,[37] que diz que o livro desaparecerá porque já existe a *Book builder* (algo assim como máquina construtora de livros), tecnologia que permite que qualquer um tenha seu próprio livro impresso em cinco minutos. Isto talvez afete os direitos de autor e as livrarias, mas não o pensamento nem a literatura (ver Capítulo 6).

Também as colas e logo depois a computação fizeram com que qualquer um pudesse pintar, desenhar, projetar e pensar em ser um gênio da gráfica caseira, e hoje qualquer um, adulto ou criança, pode fazer rabiscos que parecem quadros de Joan Miró. No entanto, Miró continuará sendo Miró e a pintura universal continuará reconhecendo e diferenciando os artistas verdadeiramente bons. Da mesma maneira a música foi revolucionada com a reprodução: primeiro o disco de 47 e 78 rotações, depois o LP (o famoso *long-play*), depois o *compact disc* (o colonizado CD) e as sempre mutáveis formas de reprodução sacudiram a música e fizeram com que qualquer som tivesse difusão e desataram a ilusão de que qualquer um podia ser compositor. Entretanto, Mozart, Beethoven, Beatles ou Piazzolla continuariam sendo os verdadeiros grandes, e os clássicos da música de cada época serão somente os verdadeiramente bons, os talentosos, os originais.

---

[36] Alberto Maguel, "Leer es una forma de saber que no estamos muertos". Entrevista de Oscar Raúl Cardoso, *Clarín*, 1º de agosto de 1999.

[37] Geminello Alvi, "Una nueva etapa de la escritura", en *Clarín* de 12 de junho de 2000. http://www.clarin.com/diario/2000/06/12/o-01211.htm

E ainda assim seria necessário verificar se é verdade que o futuro é tão sombrio. Alberto Manguel disse que não pôde comprovar "que os jovens leiam menos agora que antes. Não estou certo de que as estatísticas – se alguém acredita nas estatíticas – mostrem isso. Temos uma falsa nostalgia de nossa juventude, das juventudes do passado. Acreditamos recordar um prestígio da leitura e do livro que não sei se foi verdade."[38]

Como se nota, convém estar atento a tudo o que rebaixe a nossa capacidade de resistência. O pessimismo é sempre reacionário e não leva a nada.

Também conviria prestar mais atenção na colonização cultural e nas modas, como a que levou a render tão exagerado culto a livros oportunos e empolgantes como o de Daniel Pennac,[39] que possui um sábio repertório de ideias como o direito a não ler, a pular páginas ou abandonar o livro de que não gostamos, mas não deixa de ser um livro que postula o que Gabriel Zaid no México, José Luiz Fiorin no Brasil, Silvia Castrillón na Colômbia, Maria Elena Walsh e Graciela Cabal entre nós e tantos outros intelectuais na América Latina já vinham desenvolvendo há muito tempo.

Mas somente nossa vontade não é sufiente para nos defender. E, sobretudo, não é suficiente se não se compreende, primeiro, o contexto no qual impulsionamos a leitura como ato de inteligência e de interpretação que desencadeia processos dinâmicos de pensamento próprio, livre, autônomo e democrático.

Todos recordam que até pouco tempo atrás houve tentativas de determinar inclusive o fim da História. Quem não se lembra do barulho que causou aquela ideia de Francis Fukuyama? Também, antes, o marxismo e outras ideologias tinham indicado destinos inevitáveis para a humanidade: o destino predeterminado e irremediável do mundo era a igualdade, a justiça e a paz. Algum dia seria universal e a fome, as enfermidades e o analfabetismo seriam aniquilados. Isso era certo! Os povos só deveriam ter paciência e confiança, e lutar esperançosos para forjar esse futuro iluminado.

Todo esse edifício desmoronou, hoje sabemos. A História não tem nenhuma certeza, não tem direção, não tem final. Nem mesmo um curso previsível. Tudo são conjecturas e isso é o que nos provoca a angústia: o incerto desenlace que gera confusão e medo.

---

[38] Alberto Manguel, "Leer es una forma de…", op. cit.

[39] Daniel Pennac, *Como una novela*, Barcelona, Anagrama, 1995.

Donde o principal labor do mestre, do professor, do bibliotecário, daquele que ensina, do intelectual, é contribuir para a redução da confusão. Nada mais que isso. E nada menos. Reduzir a confusão generalizada, por cima e apesar da nossa própria confusão e medo. Esse é o desafio. E é na leitura literária onde esse desafio e esse idealismo encontra razão, força e resposta. Não em um texto, mas sim em todos os textos. Não em uma palavra, mas sim em todas as palavras, em sua combinação perpétua e infinita.

No seu estupendo livro *Una extraña dictadura*, Viviane Forrester declara que seus livros buscam ajudar os leitores a não se deixarem colonizar por ideias que, além do mais, são falsas.[40] Como a de que a globalização é inevitável e diante dela não existe alternativa. Como a de que não podemos fazer nada porque o atual é o único modelo de sociedade possível.

Todas mentirosas. Não existe nenhuma fatalidade na globalização que não seja inevitável nem irreversível. A globalização não é mais que um modo perverso de administrar o mundo, baseado na ganância infinita, sem obstáculos e sem moral. Forrester diz que se deve desconstruir essa falácia: "É stalinista proclamar que não existem alternativas para um modelo de sociedade".

Uma das grandes fraudes deste tempo é que com a globalização foi transformado o significado de palavras-chave. A "moderação salarial" foi um modo de castigar os trabalhadores, como sabe qualquer docente argentino. Chamou-se de "reorganização" as demissões de funcionários. Para criar empregos primeiro era necessário "racionalizar" e "ser competitivos", e então, para racionalizar e competir, fechavam-se as fábricas e resultava que, para gerar empregos, primeiro era necessário provocar um desemprego massivo. E foi assim que do "excessivo gasto público" terminaram sendo responsáveis os professores, os médicos, os pesquisadores e todos os que recebiam salários mínimos. E, enquanto isso, os bombardeios eram chamados de "guerra humanitária" e a pobre gente que morria quando caíam as bombas chamavam de "alvos involuntários".

A nova pedagogia da leitura (da qual nos ocuparemos mais adiante) tem muito a ver com tudo isso, e o Direito Constitucional a Ler também. São modos políticos da resistência e vias para melhorar a qualidade de vida de nossas comunidades em um futuro imediato. Seu desenvolvimento nos permitirá recuperar terrenos perdidos, estimulará a reinstalação da leitura como alimento espiritual básico e, particularmente, se dirigirá a garantir que sejamos uma nação leitora e não uma nação de ignorantes. Os capítulos seguintes tentarão mostrar que este livro não se propõe a outra coisa a não ser sugerir ideias para contribuir para isso.

---

[40] Viviane Forrester, *Una extraña dictadura*, Buenos Aires, FCE, 2000.

Capítulo 2

A educação e a leitura

A leitura é o coração da educação.
Jim Trelease

A educação como razão de Estado

Trabalhar pelo fomento do livro e da literatura é trabalhar pela educação como razão de Estado. Não é concebível a educação de um povo sem um Estado responsável que a organize, oriente e dirija de acordo com os interesses nacionais.

Sabemos disso desde Sarmiento como se sabe no México e em Cuba, na Espanha e no Chile, no Uruguai e na Venezuela e nos Estados Unidos. Em nenhum desses países o Estado se descuida, apesar das muitas crises e emergências que alguns padeçam. Inclusive e especialmente um deles, Cuba, que suporta há quarenta anos um bloqueio injusto e sufocante.

"A educação é o eixo central do projeto de um país moderno e integrado onde todos encontrem um lugar e vejam cumpridos seus direitos políticos e sociais", declararam os secretários de Educação de todas as províncias e da Cidade de Buenos Aires, junto com o Ministro de Educação da Nação,[1]

---

[1] Documento aprovado na Assembleia do Conselho Federal de Cultura e Educação, no dia 27 de novembro de 2003. Em http://www.me.gov.ar/democracia.html

responsáveis por mais de 40 mil escolas que atendem a cada dia 10 milhões de crianças, jovens e adultos.[2]

A educação, junto com a saúde, são as duas missões básicas de qualquer Estado.[3] E o Estado argentino as cumpriu durante um longo tempo, quando fundava escolas e uniformizava com aventais brancos as meninas e meninos de todo o país, quaisquer que fossem suas origens e condições sociais. Os professores eram respeitadas referências sociais e podiam viver dignamente com seus salários. E o maior orgulho consistia em que as escolas públicas ofereciam a melhor educação.

Aquele sistema amparado pela lei 1420 garantia uma educação pública obrigatória, gratuita, solidária, igualitária, não discriminatória e que, ademais, ensinava a pensar, a questionar e a ter critério próprio.

Hoje, mais que nunca, a natureza política da educação estabelece que não existe outro caminho a não ser uma redistribuição da riqueza para voltar a democratizá-la em sociedades como a nossa. A desigualdade generalizada não se combate com melhores índices de leitura, nem a melhoria da qualidade de leitura da população por si só garante a superação das ofensivas diferenças sociais.

A educação e a leitura são direitos que o Estado deve garantir a todos os seus cidadãos. Em geral existe consenso a respeito do primeiro; mas não existe consciência a respeito do direito à leitura.

Consequentemente, a leitura não é algo que os educadores, pais ou bibliotecários possam resolver de modo individual nem mesmo coletivo. E por resolver entendo não apenas o fornecimento de leitura que chegue a toda a sociedade, mas também uma docência formadora, de maneira que possamos fazer da nossa nação uma nação de leitores.

Michelle Petit disse: "A linguagem nos constrói. Ter acesso a obras cujos autores tentaram transcrever o mais profundo da experiência humana, desempoeirando a língua, não

---

[2] Segundo o Indec, em 2004 eram 9.932.289 exatamente. Destes 1.292.672 no nível inicial, 4.727.783 nos níveis 1 e 2 de EGB, 1.823.519 em EGB 3, 1.575.653 em Polimodal/Médio e 512.662 no nível superior não universitário.

[3] E dizer isso não é "estar ultrapassado", como costumam nos fazer acreditar alguns supostos modernizadores. A função do Estado não pode ser substituída nem é subsidiária. Em todo o chamado Primeiro Mundo não só não se substitui o Estado mas também o fortalece. E se subsidia tudo o que é de interesse nacional. Isso é assim em toda a Europa e nos Estados Unidos. Praticamente não existe educação privada na França.

é um luxo, é um direito, um direito cultural, assim como o acesso ao saber. Porque talvez não exista sofrimento maior que estar privado de palavras para dar sentido ao que vivemos".[4]

E, seguindo a ideia da argentina Emilia Ferreiro, Silvia Castrillón estabelece no seu excelente livro *El derecho a leer y a escribir*:[5] "A leitura é um direito; não é um luxo nem uma obrigação. Não é um luxo de elite que possa se associar ao prazer e à recreação, nem é uma obrigação imposta pela escola. É um direito de todos que, ademais, permite um exercício pleno da democracia".

E mais adiante conclui: "A educação deve permitir a reflexão, o autoconhecimento, e o conhecimento e a aceitação do outro. Deve ser uma educação para o diálogo e para a comunicação. Uma educação para o descobrimento das pontencialidades de cada indivíduo e capaz de desenvolver essas potencialidades. Uma educação que forme e respeite a autonomia. Que permita que descubramos a nós mesmos como cidadãos de um país sem renunciar a ser cidadãos do mundo. Uma educação apaixonada pela ciência e nem por isso menos alegre. Uma educação que retome seus princípios humanísticos. Que coloque o ser humano no centro das preocupações e que o trate como sujeito. E em tudo isso a leitura e a escrita terão que ser protagonistas" (p. 41).

Queremos recuperar tudo isso, e é alentador que nestes últimos anos começou a parecer possível reencaminhar a questão. Na verdade, se propõe agora o debate de uma nova Lei Nacional de Educação que, se espera, produzirá algumas das grandes mudanças de que o país e a docência toda necessitam, ainda que seja lamentável que no projeto que circula em todo o país a leitura praticamente não exista.[6]

E é uma ausência grave, porque trabalhar pelo fomento da leitura implica redobrar esforços e imaginação para impulsionar uma recuperação educativa baseada agora, também,

---

[4] Michelle Petit, *Lecturas: del espacio íntimo al espacio público*, México, FCE, 2001. Em *Escuelas Centro de Cambios*, Ministério de Educação da Província de Córdoba 2006, p. 1.

[5] Silvia Castrillón. *El derecho a leer y escribir*, México, Conaculta, Bogotá, Asolectura, 2004, p.12. Mais adiante cada citação mencionará autora e página.

[6] Os temas que estarão em debate são, pelo menos: direito social à educação; igualdade de condições para o acesso e permanência escolar; obrigatoriedade da educação para todos os níveis (inicial, primário e secundário); unificação da estrutura do Sistema Educativo Nacional hoje fragmentado; harmonização da nova lei de Financiamento Educativo que estabelece um piso de 6% do orçamento nacional destinado à Educação; garantia da formação docente gratuita e contínua.

na leitura. Porque a educação oferecida hoje na *Argentina é capaz de transmitir a importância da leitura, mas não sabe criar novos leitores.*

E isso se deve a que, salvo raras exceções, a sociedade moderna foi perdendo o espaço ocupado pela leitura da literatura em cada lar – espaço de prazer, reflexão e conhecimento – primeiro para a televisão e agora para a internet, que, com sua velocidade, fascina, simplifica e planeja adaptações e desafios que devem ser atendidos muito cuidadosamente, como veremos mais adiante no Capítulo 6.

A relação entre educação e leitura na Argentina nos obriga a admitir antes de tudo o retrocesso vivido. Porque a crise da leitura, em nosso país, caminha de mãos dadas com a crise da educação. E as evidências são gritantes: deteriorou-se contundentemente o hábito de ler; cada vez temos menos leitores; e *a sociedade parece convencida de que o livro e a leitura estão numa mesma crise e são a mesma coisa. E não o são, porque o livro é um objeto de consumo, um bem negociável e, sobretudo, responde nos últimos tempos a lógicas e estratégias de comercialização, enquanto a leitura é outra coisa, como este livro tentará explicar em todo seu desenvolvimento.*

Esse retrocesso é a própria história da educação da Argentina nas últimas décadas. Começou – para adotar uma data identificável como ponto de partida que hoje ninguém questiona – com a ditadura de Juan Carlos Organía (1966-1970). Foi quando começaram as políticas de "ajuste" econômico e, correlativamente, o processo de destruição do conhecimento, manifestado paradigmaticamente por meio do ataque à Universidade de Buenos Aires em 29 de julho de 1966, quando o governo militar decretou a intervenção nas universidades nacionais e a supressão dos orgãos estudantis e, para tanto, ordenou que a polícia reprimisse estudantes e professores. Esse lamentável episódio, lembrado como "la noche de los bastones largos", se completou com a destruição de laboratórios e bibliotecas e até da mais nova compra à época: o primeiro computador.

Como consequência de tanta barbaridade, teve lugar o exôdo de 301 professores e pesquisadores (dos quais 215 eram cientistas) que abandonaram a Argentina. A maioria aceitou contratos de universidades do Chile, Venezuela e México, 94 se radicaram nos Estados Unidos e 41 na Europa.[7]

---

[7] http://en.wikipedia.org/wiki/La_Noche_de_los_Bastones_Largos e está disponível também uma enorme bibliografia.

Mencionar o tema anterior me parece crucial para entender tudo o que veio depois, ou seja, a deterioração sistemática da produção de conhecimentos, do sistema educativo público em todos os níveis, das bibliotecas públicas e populares, e correlativamente da indústria editorial e da produção de livros. Lenta e perversamente abriu-se caminho para a imposição – sem limites nem controles – do maior fenômeno tecnológico de massas da época: a televisão como nova "educadora", construtora de paradigmas elementares, retrógrados e violentos, e muitas vezes em nome de uma duvidosa, questionável "cultura popular".

Não vou contar aqui a história do processo. Franscico Romero o fez muito bem em *Culturicidio. Historia de la educación argentina, 1966-2004*[8] e às suas páginas me remeto para estabelecer, também, como a educação pública argentina foi bombardeada até que conseguiram derrubá-la, e tudo pelo seu único pecado de ser construtora de cidadania e pensamento autônomo. Ainda que caiba o esclarecimento de que a leitura por si só não é garantia de êxito escolar nem da construção automática de melhores pessoas. É melhor não idealizar isso, porque também Videla, Massera e Galtieri se educaram na mesma escola pública leitora que eu frequentei e certamente muitos dos leitores deste livro frequentaram. E podemos supor que Pinochet saiu do mesmo sistema escolar ao qual assistiram Neruda e Salvador Allende.

Na problemática da leitura, talvez não houvesse um marco como "la noche de los bastones largos", mas deve-se indicar a feroz censura que entre 1976 e 1983 proibiu e queimou milhares de livros dentro do contexto daquela cultura do medo, cujos efeitos ainda não terminaram. Além disso, na mesma medida em que se destruía a educação, a possibilidade de ser uma nação de leitores foi se frustando pela via do terror, pela redução orçamentária, pelo sistemático castigo à docência (submetida e debilitada mediante salários cada vez mais baixos que chegaram a ser menores que 200 dólares mensais), assim como pelas modas pedagógicas reacionárias e até pela ira de uma sociedade que, confundida, começou a culpar as vítimas, isto é, os professores. E um "discurso simplório e embusteiro que reduz o problema a culpar o leitor, no nosso caso, as crianças e os jovens. Acusam-nos de não saber

---

[8] Francisco Romero, Culturicidio. Historia de la educación argentina, 1966-2004, Resistencia, Librería de La Paz, 2005.

ler, não querer ler, de não ler nada, de não compreender o que leem, de falta de motivação e competência para ler."[9]

Educação, leitura e democracia

A educação pública argentina, de tradição integradora de imigrantes e cultivadora de um sentimento nacional progressita, foi substituída pelo economismo suicida que imperou nos anos 90 e vendeu à sociedade argentina uma grosseira ilusão de desenvolvimento primeiro--mundista.

O menemismo despedaçou a escola pública, e o fez de um modo que nem mesmo a ditadura militar se atreveu a fazer. A educação pública argentina, que nos três níveis tinha sido liberal e formadora de cidadãos para uma sociedade igualitária, foi despedaçada como quase tudo nessa época e neste país. Qualquer argentino poderá incluir sua própria experiência e quase todos concordaremos na sensação precisa do retrocesso, que se confirmou com os professores argentinos em greve de fome diante do Congresso, ou em greve semipermanente, com a escola pública em estado de decomposição, a gratuidade do ensino ameaçada e o persistente recorte de recursos para pesquisa.[10]

O que antes era um descrédito (ter recebido educação em institutos privados) se converteu no novo paradigma. De quem podia pagar, obviamente. Mas isso não significava que a educação privada tivesse alcançado a excelência, mas sim que se havia destruído o papel do Estado como civilizador e formador de cidadãos para a democracia. A Lei Federal de Educação 24.195, de abril de 1993, esvaziou o Ministério a nível nacional e jogou a responsabilidade da educação para 23 províncias que não estavam preparadas para tanto.

Foi assim que aconteceu. Hoje o MECyT é um ministério sem escolas, o que destaca a famosa "descentralização" iniciada em 1978 pela ditadura e concluída pela mencionada lei

---

[9] Em *Amauta* Nº 4, citação tomada do dossiê PNL, Escuela de Verano para Docentes, Corrientes, fevereiro de 2004, p. 9.

[10] Em 1997, quando realizamos o segundo Fórum em Chaco, citei um artigo publicado em um diário chaquenho (cuja cópia não pude encontrar) que revelava que oito em cada dez professores iam trabalhar doentes por medo de perder o seu *plus* salarial por presença, que 24% das professoras tinham perdido pelo menos uma gravidez e que ao redor de 40% sofriam de depressão, insônia e desconcentração.

de 1993 e que teve um efeito pior do que na saúde pública, porque os hospitais nacionais não se "estatizaram", mas as escolas sim. Não se sabe se a nova Lei de Educação Nacional, cujo debate se inicou em meados de 2006, corrigirá esse absurdo.

A palavra "crise" é pequena para decrever o desastre que vivemos em 2001. Como falar, então, de estratégias de promoção da leitura quando não sabíamos se teríamos um país onde aplicar essas estratégias? Mas a própria emergência impôs um formidável exercício de imaginação e audácia intelectual para rearmar a esperança. E os docentes argentinos, os intelectuais, os que trabalham com livros na mão e conhecem o benefício magistral da leitura assumiram essa tarefa, que – é claro – ainda não terminou. Existe ainda um gigantesco trabalho pela frente, não podemos desanimar nem sair da rota. Já que uma vez, por termos estado adormecidos, nos deixamos saquear do modo mais feroz possível.

E, nesse ponto, permitam-me uma divagação porque é muito frequente o questionamento do papel dos intelectuais a partir de perspectivas baseadas exclusivamente no preconceito e na ignorância. Diz a especialista Silvia Castrillón: "Numerosas posições são tomadas contra o dever ético e político que o ser humano tem de intervir no mundo: uma delas é o menosprezo pela política, assimilada à atuação de quem lucra com ela para fins particulares; uma outra é a posição elitista que assume o intelectual como um ser que está por cima do bem e do mal e que não se deve comprometer, pois nisso consiste sua liberdade e autonomia; uma terceira propõe que não é profissional assumir uma posição a favor ou contra algo e, a última, a fatalista, que pretende que já não existe nenhuma possibilidade de mudança, que não é possível fazer nada contra o determinismo neoliberal" (p. 28).

A propósito, quando a crise estava no auge, eu fiquei sabendo de um relatório do Fundo Monetário Internacional que sugeria que é melhor ser inculto. Não exagero: em um artigo do jornal *Página/12* do qual, lamento confessar, perdi a referência (mas lembro-me que se publicou entre janeiro e abril de 2002) se mencionava um relatório do FMI no qual se dizia que nosso país tinha recebido durante décadas o que se chama "sobre-educação", que é fonte, diziam, de muitos problemas porque os povos "sobre-educados" possuem expectativas demasiado elevadas, superiores às que podem oferecer-lhes a realidade econômica e social na qual se desenvolvem.

O conceito da "sobre-educação" propõe um problema que consiste em que quando um povo está "sobre-educado" acaba sendo inconformista, questionador e não deixa de buscar melhores níveis de vida, o que provoca, entre outras coisas, problemas de desemprego e subemprego, conflitos migratórios e tantos outros. Ou seja, que, em duas palavras, um povo "sobre-educado" (como os argentinos pensávamos que éramos) é questionador e protestador porque exige melhorar seu nível de vida. Está para ser vista semelhante pretensão.

Então – está implícito na conduta dos gênios desalmados do Fundo – é melhor embrutecer. Será melhor que as novas gerações constituam um povo subeducado. Ou seja, manso e manipulável, porque se supõe que os ignorantes são mansos e manipuláveis. Não andaram esses senhores pela conurbação bonaerense, evidentemente, nem pela periferia de nossas capitais de estado.

Seja como for, a proposta de aprofundar a ignorância foi a que se impôs, juntamente com as exigências de mais e mais ajustes, que foi a mensagem uníssona desses sem-vergonhas da economia mundial que, desgraçadamente, tiveram, e continuam a ter, gerentes entre nós. Na Casa Rosada, no Parlamento, no Palácio de Justiça, em quase todos os economistas e nos bancos e empresas, e também nas corporações empresariais e sindicais. É um sistema, digamos, que, há pelo menos cinquenta anos, *socava o grande edifício da educação pública argentina*.

No entanto, o sistema educativo que por décadas teve um desenvolvimento notável, importante, formador de gerações de homens e mulheres que deram o melhor para o nosso país, ainda mantém um alto prestígio. *Qualquer família argentina sabe que se o futuro está em algum lugar é na educação de seus filhos.* Não existe classe social que não pense assim e que não valorize e deseje que seus descendentes creçam sobre a base do conhecimento por cima de qualquer outro valor.[11]

Claro que tivemos, e ainda temos, que encontrar as saídas em pleno desmoronamento, as soluções na desesperança, as vias de recuperação no meio do ceticismo, da confusão e do medo. Porque não é verdade que este país não tem remédio e a única saída

---

[11] É comum escutar, em qualquer conversa, este ponto de acordo básico: "A solução dos problemas argentinos passa pela educação". É fácil concordar a respeito da importância da educação, sem dúvida. De fato, nos discursos de técnicos e políticos, de empresários e banqueiros e na opinião pública em geral, esse consenso existe e todos dizem que é imprescindível investir na educação e que se deve melhorar sua qualidade etc., etc. Mas isso não vai além do retórico. Geralmente o consenso se rompe quando se adverte que os processos educativos são muito lentos, demoram anos, exigem investimento e, enquanto isso, sempre existem outras urgências de conjuntura enquanto a deterioração social se torna insuportável.

é o Aeroporto Internacional de Ezeiza. Essa feroz autoagressão oculta a responsabilidade que, como sociedade, nos cabe para a construção de um futuro possível e saudável, o que só depende de nós mesmos. E também nesse aspecto é essencial recuperar a possibilidade de nos construir como uma nação de leitores.

Acredito que é por isso que tantos argentinos se tornaram militantes da causa da leitura nesta década. Porque, além das muitas razões pedagógicas, sabem que quando lá fora triunfa a bestialidade, quando em ruas e esquinas os meninos e meninas se suicidam lentamente com cerveja, baseado e cocaína, isso não é "um assunto deles". Esses são assuntos completamente nossos e a leitura literária pode e deve ser nosso instrumento. Uma boa novela de Verne, Soriano, Salgari ou Shúa indicará sempre caminhos de saúde, mas de saúde mental. Um poema de Alfredo Veiravé, de Olga Orozco ou de Juan Gelman, um conto de Quiroga, de Cortázar ou de Isidoro Blaisten, sempre ajudarão a salvar algum desses meninos/as, cicatrizarão suas feridas, abrirão sua mente e os salvarão da pobreza. Como os dicionários, por modestos que sejam, porque um dicionário é como um bolso cheio de ouro e ao alcance.

Disse bem Ricardo Piglia: "A leitura é a arte de construir uma memória pessoal a partir de experiências e lembranças alheias". [12]

Os professores são os primeiros que devem voltar para essa dedicação. Devemos encorajá-los a esse retorno. Que maravilha seria que nossos professores se preocupassem mais com o dicionário que possuem e pelos jornais que possam ler do que com a pontuação e frequência! Não existe fórum, congresso, encontro de docentes no qual os organizadores não lamentem a que a maioria dos presentes não compareça por consciência ou vontade de aprender, mas sim pela pontuação que vão acumular.[13]

E isso nos obriga a ser sinceros: é insuportável a ditadura dos burocratas que submetem o conhecimento ao regulamento. E por meio dessa confissão devemos lembrar que acima das regras do sistema – e da crise que padecemos que nos enfurece e angustia –, a primeira missão do professor é estar por cima da circunstância. O professor tem a obrigação de

---

[12] Ricardo Piglia, *Formas breves*, Buenos Aires, Temas Grupo Editorial, 1998.

[13] A propósito, depois de uma década de Fóruns Internacionais pelo Fomento do Livro e da Leitura, em Resistencia, as autoridades educativas chaquenhas eliminaram todo reconhecimento oficial em forma de pontuação. É curioso, mas tal decisão política permitiu comprovar que é possível construir um público independente, pois os Fóruns de 2005 e 2006 foram igualmente multitudinários.

saber ver além e acima do momento presente, ainda que o presente o desespere. O professor não deve permanecer no instante, mas tem a obrigação de pensar no futuro, do qual ele é guardião. O professor jamais deve contribuir para o pânico generalizado; ao contrário, deve contribuir para a compreensão integral da realidade, evitando resignações e negações e também propiciando o saudável debate que conduza à construção de perspectivas inteligentes para a transformação. O professor deve trabalhar sempre pela razão e não incitar a confusão. E para a razão e o entendimento, para esclarecer e para orientar, existem os livros e a leitura.

Urge que a leitura volte a ser preocupação central da sociedade e isso está muito relacionado com o magistério como o encarregado de restabelecer o vínculo de amizade superior entre a inteligência e o livro, assim como de recuperar o amor e o bom trato de nossa língua, para assim restaurar as velhas cortesias elementares (dizer obrigado, pedir por favor, prescindir da grosseria como estilo do paupérrimo coloquialismo argentino). O professor é fundamental para que nosso povo seja consciente do que diz e saiba corrigir as nefastas consequências desse tipo de depredação educativa que se vive nas ruas, nas famílias e até nas escolas.

É impossível negar que a qualidade do ensino diminuiu muitíssimo na Argentina. O já indicado analfabetismo funcional e a facilmente comprovada deterioração estética e ética de nossa sociedade nos colocou em uma situação de enorme vulnerabilidade sociocultural.

Não é difícil reconhecer as verdadeiras causas nem as consequências aterrorizantes da baixa qualidade educativa, da repetência e do abandono escolar: em todas as pesquisas e informações jornalísticas fica claro que em nosso país cada vez são dadas menos horas de aulas e os níveis de compreensão de nossos alunos estão entre os mais baixos do mundo. O que não deixa de ser lógico uma vez que quase não se lê e, como disse Guillermo Jaim Etcheverry, "falta na sala de aula o ingrediente reflexivo, falta o pensamento".[14]

Nem se fale do papel da família. Claro que todos concordamos que é importantíssimo, mas a família, primeiro, deve sê-lo de fato, e para isso falta trabalho, projeto, dignidade. As condições gerais do país se degradaram tanto que a deterioração colocou 40% da população – pelo menos – em extremos vergonhosos e ofensivos de indigência e desproteção, o que gerou um ressentimento inédito, assombroso, que se expressa na violência urbana que nos

---

[14] Guillermo Jaim Etcheverry, "Qué universidad e para qué?", discurso de encerramento do 7º Fórum Internacional, em *Fomento del Libro y la Lectura/4*, FMG, Resistencia, 2004, pp. 101-108.

rodeia, sem dúvida ligada aos enormes sentimentos de frustração que são correlatos à falta de projetos, esperanças e ilusões.

Infelizmente, com os baixos salários que se pagaram aos docentes durante anos neste país e com tanta corrupção denunciada até mesmo nas nossas universidades,[15] é evidente que o sistema educativo argentino atual – apesar dos esforços corretivos que estão sendo feitos por parte das autoridades nacionais e de algumas províncias – não está em condição de reverter rapidamente o péssimo rumo traçado na década de 90 nem de responder a todas as urgências da sociedade argentina.

No entanto, em 2006 já podemos reconhecer a continuidade da melhor tradição iniciada com a democracia e cujo primeiro antecedente é a campanha "Ler é crescer", organizada por Hebe Clementi, da Direção Nacional do Livro, e que entre 1984 e 1989 organizou escritores, professores, bibliotecários e ilustradores de todo o país.[16]

Depois de muitos anos de censura e obscurantismo, uma nova e arejada geração de escritores para crianças – Graciela Montes, Laura Devetach, Elsa Borneman, Ema Wolf, Graciela Cabal, Gustavo Roldán, Adela Basch e muitos mais – criava novos espaços e possibilidades para a recuperação de um país leitor em liberdade. Segundo o jornal *La Nación*, "Sem dúvida, aquela explosão literária e cultural que percorreu o país como um vento renovador teve a seu favor a circunstância, o ar da época, o entusiasmo contagiante da primavera democrática, vitoriosa depois de tanto silêncio".[17]

Em 1989, o final daquela campanha coincidiu com a ascensão ao poder do menemismo. Foi o começo de uma década de frivolidade e deterioração moral, que em matéria de leitura atingiu resultados congruentes. Uma pesquisa mostrava em 1998 que somente 23%

---

[15] A corrupção nos concursos universitários, assim como os "negócios" vinculados à pós-graduação e inclusive títulos, foram denunciados reiteradamente. Os escândalos conhecidos, no entanto, foram silenciados constantemente, questão que mereceria um estudo sério e bem fundamentado.

[16] Graciela Cabal dizia em 2000: "Em 1984 a Direção Nacional do Livro organiza o Plano Nacional de Leitura, que fica a cargo dessa pessoa extraordinária e magnífica que é Hebe Clementi. O Plano chega com livros e pessoas especializadas – escritores, artistas plásticos, roteiristas etc. – aos pontos mais distantes do país, permitindo-nos aos oficinistas, na sua maioria mulheres, abandonar todo o tempo do lar cheios de canos quebrados e de filhos adolescentes com problemas de conduta, sem culpa e ainda por cima trabalhando, coisa de levar o pão à mesa". http://www.hispanista.com.br/revista/artigo49esp.htm

[17] Carolina Arenes, "En busca de los lectores perdidos", em *La Nación*, 5 de março de 2000.

da população era de "leitores interessados", enquanto 29% era de "leitores esporádicos" e 48% (ou seja, quase a metade da população) era simplesmente de "não leitores desinteressados". Quanto à intensidade de leitura, somente um em cada cinco (menos de 20%) podia considerar-se "leitor intensivo" (disse ter lido cinco ou mais livros durante o último ano). 29% eram identificados como "leitores não intensivos", ou seja, que liam entre um e quatro livros, e os 51% restante não tinham lido nenhum livro.[18]

Posteriormente, em abril de 2000, durante a gestão de Andrés Delich à frente do MECyT, pôs-se em funcionamento o que então se chamou Plan Nacional de Lectura y Escritura, coordenado por Carlos Silveyra, também especialista em literatura infantil.

Todos esses antecedentes, além do surgimento de planos de programas de promoção em todo o país, se completam com a recente política de provisão de livros para as escolas de todo o país que o MECyT iniciou em resposta a uma preocupante realidade: até 2005, da população em idade escolar, 29% (ou seja, por volta de 3,2 milhões de meninos e meninas) não comprava nem recebia nenhum livro durante todo o ano letivo.[19] Segundo avaliações da Câmara Argentina do Livro, de uma população estimada de 10,7 milhões de alunos, 32,7% comprava pelo menos um livro por ano escolar, enquanto 34% só dispunha de textos se fossem fornecido pelo MECyT.

A pesquisa mostrou também que nas escolas argentinas o uso de livros por aluno, que era 0,9 na década anterior, tinha caído para apenas 0,7 em 1998. Claro que uma sondagem mais recente realizada entre diretores e vice-diretores de escolas públicas de todo o país pelo Centro de Implementação de Políticas Públicas para a Equidade e o Crescimento (Cippec) revelou que cada aluno argentino lê hoje uma média de 1,3 livro didático durante o ano letivo, ainda que, segundo o ministro da educação, Daniel Filmus, em 2003 a situação era muito pior. "Quando tomamos posse, a média era de 0,33 livro por aluno. E a nova cifra de 1,3 não incorpora o mercado do livro usado. Desde o início nos propusemos univeralizar o livro didático, o que é imprescindível".[20]

---

[18] Câmara Argentina do Livro, Câmara Argentina de Papelarias, Livrarias e Afins, e Direção de Bibliotecas da Cidade de Buenos Aires. Pesquisa sobre hábitos de leitura e mercado do livro. Catterberg e Associados. Mostra de Capital Federal e GBA com seiscentos casos. Agosto de 1998. http://www.editores.org.ar/habitos.html

[19] Artigo de Susana Reinoso em *La Nación*, 26 de março de 2005.

[20] *La Nación*, 5 de fevereiro de 2006.

Seja como for, ainda estamos em níveis comparativamente muito baixos. Segundo o vice-presidente da Câmara Argentina de Publicações, Pablo Avelluto, o emprego de textos nas escolas argentinas é muito inferior ao dos outros países, por exemplo, Brasil, onde cada aluno lê 3,3 livros por ano escolar, Chile (3,6) e México, onde se alcançaram os dez livros por aluno/ano.[21]

De todas as maneiras, não se pode deixar de saudar a oportuna e recente intervenção do Estado, que fez com que o uso de livros nas salas de aula se duplicasse em relação a 1998, ao passar daqueles 0,7 livro/estudante/ano no final do menemismo aos atuais 1,3. O que deixa clara a relevância da continuidade de uma política de distribuição de exemplares nas aulas, o que é tão importante como a qualidade dos textos e a produção dos livros.

A propósito, por meio dessa política o Estado compra da indústria editorial uma média de 3,5 milhões de unidades cada ano, segundo estimativas do jornal *La Nación* feitas ao comparar as compras ministeriais, as vendas da indústria editorial e pesquisas da CAL.[22] Mas o MECyT não apenas compra, como também produz, em grande parte, por meio da editora universitária EUDBA.[23]

Outra conclusão da pesquisa Cippec-Mori é de que os lotes de livros enviados pelo Estado chegam a seis de cada dez escolas de nível médio baixo e baixo, e de zonas rurais. "O Estado tem, assim, uma forte participação na eleição e compra de livros", diz a reportagem de *La Nación*. E, a propósito, a respeito do processo de seleção, compra e distribuição dos textos escolares por parte MECyT, a mesma se faz com monitoramento da ONG Poder Cidadão.

Algumas províncias, como Buenos Aires, Córdoba ou Mendoza, desenvolvem suas respectivas políticas de compra e/ou produção de livros. O objetivo é, em todo caso, que o Estado os entregue gratuitamente a docentes e alunos. Como deve ser e como se faz com êxito em muitos países, especialmente no México.

---

[21] A pesquisa foi realizada por Mori Argentina entre 454 diretores e vice-diretores de escolas públicas de todo o país (setembro/outubro 2005). Ver *La Nación* de 5 de fevereiro de 2006.

[22] Artigo de Susana Reinoso em *La Nación*, 26 de março de 2005.

[23] Nossa Fundação, quando foi convidada a realizar a pesquisa e preparação das duas coleções mais importantes de literatura para jovens que hoje existe em nosso país (os 5 volumes de *Leer x Leer* e os sete de *Leer la Argentina*), sugeriu que a impressão destes livros (500.000 e 750.000 exemplares, respectivamente) se fizesse em editoras universitárias.

Nesse contexto, a batalha continua em desvantagem. Porém, sabendo que, se redobrarmos a consciência, não nos vencerão as circunstâncias. E para isso temos que assumir com audácia o desafio de romper mitos e modas. Não podemos continuar acreditando, irreflexivamente, em postulados como muitos que foram impostos à docência argentina nas últimas três décadas e que, basta ver a realidade, não serviram para nada além de retroceder e para que sejamos hoje um país mais medíocre e mais inculto.

Cultura do trabalho, universidade e mercado

É frequente escutar ultimamente muitas pessoas e instituições falarem da necessidade de recuperar uma "Cultura do Trabalho". É um conceito que soa muito bem, resulta atraente e merece, sem dúvida, consideração. E no nosso campo poderia se sintetizar na seguinte pergunta: o que define e como se define a Cultura do Trabalho e o que ela tem a ver com a leitura?

Em maio de 2006, em Córdoba, fui convidado a dissertar no 2º Congresso Internacional "A Cultura do Trabalho e seus Valores"[24] e lá defendi que a partir da Pedagogia da Leitura devíamos associar esse conceito à *recuperação de condutas e valores* que os argentinos em algum momento tiveram mas que se perderam por causas bem diversas. Cabe destacar essas condutas e valores: esforço, constância, decência, cumprimento rigoroso das obrigações, exercício responsável dos direitos e valorização das hierarquias conforme méritos e conhecimentos. Tudo isso, pelo menos. E nada menos que isso.

Essa deterioração moral que hoje é evidente[25] foi parida sem dúvida nos anos 90, quando até se chegou a ver como praticamente todos os homens do poder consideravam o virtual fechamento das universidades públicas. Aí estão os jornais da época enumerando o auge dos "estudos" sobre gerenciamento universitário, tarifamento, privatização de áreas e mais.[26]

---

[24] Organizado pela Fundação Inclusão Social Sustentável na Faculdade de Humanidades da Universidade Nacional de Córdoba, entre os dias 20 e 21 de maio.

[25] Remeto ao leitor os impactantes resultados de uma pesquisa da AFIP publicada pelo jornal *Pagina/12* de domingo 2 de julho de 2006, a qual indica o altíssimo nível de corrupção dos argentinos.

[26] O tarifamento já não existe. Na Universidade Nacional de Córdoba deve-se pagar $7 por mês para cursar. E na Universidade Nacional de La Rioja a matrícula custa $70 e, por exemplo, em Enfermagem deve-se pagar $40 por mês. Medicina e outras faculdades são mais caras. Essa educação tarifada é chamada, eufemisticamente,

Pode-se encontrar a origem dessas "ideias" na intervenção disposta em 1974, com a definição, em primeiro lugar, de Oscar Ivanisevich e logo dos ministros de fato, depois de 1976, que sustentavam que a universidade pública não devia pesquisar porque isso era competência da área privada e que a universidade não deveria ser para todos. De acordo com tais conceitos, ocorreu essa brutal falta de financiamento.

O resultado foi a deterioração orçamentária que ameaçou, sem dificuldade, o funcionamento das universidades nacionais, as quais se quis reconverter em fábrica de jovens em busca de "saída laboral", ideia que também esteve em moda há algum tempo e que é tão corriqueiramente aceita como a de "Cultura do Trabalho". Conceito este que não pode ser concebido a partir de uma resposta, mas sim a partir de uma soma de interrogativas que enfocam desafios sobre o caminho e está relacionado com a complexidade de condutas que hoje definem e descrevem este país atormentado.

Pode a leitura, realmente, ser uma semente fértil para desenvolver em nosso povo uma renovada valorização do trabalho? É possível ler a realidade socioeconômica fazendo abstração do rebaixamento moral de que padecemos? Como, de que maneira, sequer sonhar com um povo que recupere aquelas condutas e valores quando, hoje, a ética pública e privada encontram-se no chão neste país de duplos discursos e questionável moralidade? É possível uma cultura do trabalho, onde o verbo trabalhar deixou de ser sinônimo de esforço e progresso e onde a construção da cidadania e da democracia enfrenta tantos desvalores e um constante bombardeio multimediático?

Poderia responder – provisoriamente – que a Cultura do Trabalho é uma gigantesca tarefa a ser feita começando quase do zero e com enormes desvantagens, e que não terá futuro se não se recuperarem aqueles valores e condutas por meio de um esforço descomunal em matéria educativa e, ao mesmo tempo, não chegarmos a um acordo sobre um modo veloz e urgentíssimo de inclusão social.

Isso implica questionar o crescente papel do Mercado na Educação, claro, e descartar de início o conceito de "saída laboral" como imperativo para a educação contemporânea, porque a educação, a leitura, a universidade são para facilitar e alargar o acesso ao conhecimento,

---

de "contribuição acadêmica". Não se diz que é "obrigatória", mas o aluno que não está em dia não avança. Isso eu comprovei pessoalmente na Unlar em julho de 2006. São as consequências da Lei de Educação Superior, de 1994.

e não para preparar profissionais ou empregados capacitados. O saber e o conhecimento são por si sós libertadores e nem a escola nem a universidade devem se organizar a serviço dos mercados de trabalho. O mercado já se intrometeu muito na escola e, no entanto, duvido que alguém seja capaz de enumerar quais foram os benefícios.

A universidade não foi feita para dar saídas laborais, a universidade existe para ensinar a pensar, para a universalização do conhecimento, para indagar o mundo e discuti-lo. Não para que preparemos futuros empregados idôneos para as empresas do sistema global.

Não é demais lembrar neste ponto a definição da Declaração Universal dos Direitos Humanos, no seu artigo 26: "1. Todo o homem tem direito à instrução.

A instrução será gratuita, pelo menos nos graus elementares e fundamentais.

A instrução elementar será obrigatória. A instrução técnica e profissional será acessível a todos, bem como a instrução superior será baseada no mérito. 2. A instrução será orientada no sentido do pleno desenvolvimento da personalidade humana e do fortalecimento do respeito pelos direitos do homem e pelas liberdades fundamentais. A instrução promoverá a compreensão, a tolerância e amizade entre todas as nações e grupos raciais ou religiosos, e coadjuvará as atividades das Nações Unidas em prol da manutenção da paz. 3. Os pais têm prioridade de direito na escolha do gênero de instrução que será ministrada a seus filhos".[27]

E acontece que *se o mercado entra na escola, se se intromete na educação, é antes de tudo para vender, não para ensinar.* Eis aqui, novamente, a essencial diferença que se deve fazer entre livro e leitura e que já indicamos no capítulo anterior.

A preocupação fundamental da sociedade – e é o que deve ser matéria educativa – é a leitura. A problemática do livro é igualmente importante, evidentemente, pois o livro é o veículo principal de toda leitura. Mas não se deve esquecer que o livro é também um objeto de consumo, ao passo que a leitura propriamente não o é.

Claro que é importantíssimo o papel das editoras que, ao comercializar seus produtos, fomentam a leitura, como quase todas. Da mesma maneira que é elogiável que muitas empresas, dos mais diversos ramos, se preocupem com a educação e com a leitura. São necessários, ainda, patrocinadores (ainda que se chamem colonizadamente *sponsors*) de muitas

---

[27] DUDH. Adotada e proclamada por Resolução da Assembleia Geral das Nações Unidas dia 10 de dezembro de 1948.

atividades vinculadas à leitura, tais como as feiras de livros. Ótimo que cooperem, as escolas agradecem, mas não se deve esquecer em nenhum momento que para a indústria editorial e para as livrarias, e para qualquer empresa, *uma criança de hoje é antes de tudo um consumidor do amanhã*, como um jovem estudante e um leitor são, antes de tudo, potenciais clientes a satisfazer.

O saber é um objetivo em si próprio que nunca se alcança mas se busca eternamente, e jamais pode ser um dispositivo a serviço da economia, das empresas e do governo. *A educação e o conhecimento não são para o mercado, mas sim para o saber.*

O próprio Pacto de San José de Costa Rica declara "o direito social ao conhecimento para o enriquecimento individual e coletivo das pessoas, para a formação do cidadão e, portanto, para a compreensão integral da realidade e transformação de seus aspectos de injustiça e desigualdade social". E Francisco Romero, o já mencionado autor de *Culturicidio. Historia de la Educación Argentina, 1966-2004*, sustenta que "vale a pena comparar esse conceito com o paradigma neopositivista que vem desde a ditadura e que se instalou firmemente nos anos 90 – central na formação docente – e que define o conhecimento como neutro e 'objetivo' e cujas consequências mais nefastas são a naturalização dos fenômenos sociais, despojando-os de historicidade e, por fim, de possibilidade de compreensão" (em correspondêcia pessoal enviada a propósito deste livro).

Neste ponto, e ainda que não seja matéria direta deste livro, cabe destacar a importância de a Universidade Pública e Gratuita voltar a ser o bastião da resistência cultural na Argentina, para o qual é urgente que acabem os ajustes e se restitua a gratuidade do ensino em todos os níveis. Manter uma educação solidária, igualitária, não racista, não classista e que ensine a ler, a pensar e a questionar, orientada por um Estado atento e ativo, requer que a educação pública seja absolutamente gratuita, inclusive e especialmente a universidade. O aumento dos orçamentos educativos e o redimensionamento dos salários docentes são a primeira via para isso. E deve-se reconhecer, neste ponto, que a gestão Filmus, à frente do MECyT,[28] é a primeira que o faz em muito tempo e seus méritos são, pelo menos, o início de uma recomposição salarial, a Lei de Financiamento Docente, o relançamento de campanhas de leitura (PNL e CNL) e a abertura de um debate nacional para reelaborar a Lei de Educação.

---

[28] O licenciado Daniel Filmus assumiu dia 25 de maio de 2003.

A Cultura do Trabalho está estreitamente vinculada a essas mudanças políticas e também ao desenvolvimento de uma Pedagogia da Leitura capaz de atingir toda a nação fazendo docência cívica pela recuperação daqueles valores perdidos, entre os quais o básico a redimensionar e recuperar é *o esforço*, conceito que os adultos de hoje não parecem ter incorporado. Perderam-no. Minha geração não soube ensinar os méritos do esforço. O hedonismo veio se impondo e a geração que vem não parece estar preparada para reverter essa tendência, relacionada com *a crise de autoridade que nos deixou a ditadura.* Porque a necessária demolição do autoritarismo não foi sucedida por uma valorização das hierarquias, e essa é uma das mais graves carências de nossa democracia. E quando digo hierarquias não me refiro aos modos autoritários, evidentemente, mas sim à *posição pedagógica do que sabe mais e transmite seu saber.* Pois é de onde procede *a verdadeira autoridade na democracia,* e recuperar isso é outra imensa tarefa pendente.

Esforço e perseverança produzem como resultado gerações conscientes de seus direitos e de suas obrigações. Ainda estamos longe disso, mas é por isso mesmo que o trabalho pelo incentivo à leitura se torna inevitavelmente a primeira e principal missão e de todo educador e de toda biblioteca. E exige uma docência cívica constante para terminar, por exemplo, com *a perigosa falta de investimento na educação das classes médias.*

Isso é essencial. Pouca gente costuma medir certos gastos elevadíssimos, como televisões, celulares, vestuário de determinadas marcas, motocicletas ou equipamento de computação, e em troca limitam ao extremo a aquisição de livros. Pense cada um no caso que conheça mais de perto e reflita. Isso não é mais que uma parte da crise de valores que mora em cada lar argentino. Porque as crianças desfrutam de todos esses bens, claro, mas são as mesmas crianças que não leem nenhum livro em um ano. A violência generalizada, a brutalidade, a desordem adolescente têm nisso uma de suas raízes.

A propósito, o Sistema de Informação de Tendências Educativas na América Latina (Siteal) da Unesco informou em 2005 que 60% dos alunos que ingressaram em nossas universidades pertencem à classe média ou alta, enquanto somente 40% são jovens de menos recursos. E o quadro se agrava com a deserção: 78% dos de níveis médio e alto se forma, contra apenas 22% dos estudantes de classe baixa.[29]

---

[29] "Población universitaria e desigualdad", artigo editorial do diário *La Nación*, 4 de agosto de 2005.

MEMPO GIARDINELLI

O maior paradoxo do retrocesso argentino se produz justamente quando o mundo vive a revolução tecnológica mais extraordinária da História, e isso quando nos confrontamos com um dos maiores desafios da humanidade, uma revolução que parece maior que a de Gutenberg: as vias virtuais de transmissão do conhecimento, o livro não-matéria, o livro-tela, o videolivro ou livro eletrônico.

Vivemos em uma sociedade submetida à ditadura dos meios audiovisuais, cuja oferta é tão grande e tão ampla que não é democrática; é autoritária. A aparência democrática do *zapping*, que nos permite mudar de canal com velocidade e de acordo com a nossa vontade, em realidade é escravizante porque obriga a permanecer mais tempo na frente do aparelho. O *zapping* é um modo de escolher, obviamente, mas dentro de um menu obrigatório que nos escraviza diante da televisão. Sua sedução é tão grande que acaba sendo ditatorial.

O problema é complexo e logicamente não se trata de satanizar a televisão (como veremos no Capítulo 6), mas é urgente reformular com inteligência o questionamento aos meios massivos de comunicação quando atentam contra o bom gosto, o sentido crítico e até o senso comum da população. E ainda, ocorre que, por exemplo, as minisséries e as novelas ocuparam o lugar da literatura, transformando-a em bastarda em muitíssimos casos. Não se pode sustentar que a televisão seja a exclusiva culpada da ignorância generalizada, mas também não é possível eximi-la totalmente porque ela contribuiu muito para o pior que nos acontece.

São os que dirigem esses meios os que, com atitude paternalista e muito cinismo, instalam falsificações e condutas incívicas, elogiam sujeitos repugnantes em altares de uma falsa democracia e abusam da credulidade popular impondo à sociedade contemporânea a ideologia da globalização que *considera os seres humanos consumidores em vez de pessoas. O problema é humano, não tecnológico*. E isso afeta a concepção tanto do vocábulo trabalho como do verbo trabalhar e, obviamente, do conceito de cultura.

O discurso fundamentalista na Argentina conseguiu quebrar as bases constitutivas da nação por meio de um sistema comunicacional superconcentrado e com um discurso ideológico que, em nome da liberdade, atropelou todas as liberdades e a inteligência. Foi essa manipulação que permitiu que o governo mais corrupto de toda a história argentina nos deixasse na ruína em apenas dez anos.

É inadmissível a ideia de que o Estado é substituível e de que é "inevitável" um mundo único global. Em todo caso, é óbvio que essas "unilateralidades" continuam utilizando o mesmo e velho truque de todos os impérios. De Roma para cá, e passando pela Inglaterra, Espanha, União Soviética e Estados Unidos, para citar os grandes casos, cada discurso imperial se propôs eliminar fronteiras e soberanias nacionais ao mesmo tempo que impunha língua, moeda e estilo e buscava estabelecer o modelo imperial como universal, único e inevitável para todos seus submetidos.

É claro que a dinâmica da humanidade, que é imprevisível e maravilhosa, enfrentou sempre todos esses modelos imperialistas, e não duvido de que assim continuará sendo. Mas isso em grande parte depende de nós, e particularmente dos docentes entendidos como formadores de cidadãos que sejam, acima de tudo, leitores competentes.

Com certeza a crise econômica encurralou as pessoas, e já se sabe como a pobreza embrutece, mas, além disso, em nosso país se perdeu o costume da leitura porque se caiu em uma concepção utilitária: se propagandeou muito que se devia ler para ser engenheiro ou advogado, ler para aprender isto ou aquilo, ler para tal ou qual atividade. E entraram as modas "trabalhistas", tanto as que faziam da leitura um trabalho entediante como as que sustentavam – e sustentam ainda – que somente deve-se ler para estudar e que estudar somente serve para conseguir trabalho rentável.

E aconteceu ainda que essas modas confrontaram a sociedade com o virtual desaparecimento do trabalho – quando o desemprego disparou nos anos 90 – e então se acabou culpando a escola e a leitura de não servirem para nada, porque, a partir dessa perversa concepção, "se não servem para algo concreto, para que existem?"

Assim, o sistema educativo escolar e, também, o familiar levaram as crianças das últimas gerações a fugir da leitura e, ao mesmo tempo, a entrar no tolo mundo do consumismo. Perdeu-se o prazer da leitura, o ler para nada, o ler por ler, o ler para se transportar a outros mundos, gerar e estimular a própria fantasia, desenvolver o sentido comum e o senso crítico. Ou seja, ler para ser uma pessoa melhor, que é, em resumo, para o que serve a cultura.

Por isso hoje até se fala menos. Quantos diálogos fluentes se mantêm hoje na família argentina e na escola argentina? E este é outro tema-chave: se conversa menos, quase não se discute, não se promove o debate, não existe democracia de pensamento. Existe uma uniteralidade e isso também confunde as crianças, cuja potência mental e honestidade inatas ficam expostas em terrenos nos quais não se estabelecem nem respeitam hieraquias, valores, orientações.

Tudo isso é terrível porque a humanidade – para o bem e para o mal – se fez contando, conversando e lendo. O trabalho e os valores, os paradigmas históricos como verdade e justiça, honestidade e esforço, e todos os demais, foram debatidos. Transmitiram-se por meio da leitura e do diálogo.

E ainda há mais, e é doloroso constatar: houve um tempo – não muito distante – no qual os livros estavam cheios de lições de moral e de conduta para as crianças, e essas, à medida que cresciam, descobriam que aquelas maravilhosas lições eram violadas e transgredidas pelos adultos, e esses adultos eram seus pais, seus dirigentes. E muito provavelmente essa traição também influenciou no descrédito da leitura, tanto que veio dificultando todas as ações de promoção.

Tudo isso nos custou caríssimo. Quando a gente não tem dinheiro para ler livros ou jornais; quando o sistema político é mentiroso, corrupto e ineficiente; quando a sociedade não deixa de falar e de pensar em termos econômicos, tudo se apequena cultural e educativamente. Dificulta-se o pensar, e o agir é neurótico, como uma permanente fuga para adiante. E tudo se complica mais se as crianças mais pobres vão à escola para comer e veem que seus pais já não trabalham porque o clientelismo político quer que sejam ignorantes e dóceis, enquanto as grandes decisões e acordos fazem estragos.

Por isso, *educar para o trabalho* é o melhor caminho para modificar condutas. Claro que a condição para isso é que o Estado recupere o papel de garantidor imprescritível e não delegável do direito social à educação, à saúde e ao trabalho digno. Somente a partir daí será possível a construção de uma nação de cidadãos leitores.

E sim, claro que o processo é lento e que a meta é idealista. Mas aqui e agora essa é a tarefa, e nos é tão necessária e urgente como a água e o pão.

Capítulo 3

O que é a pedagogia da leitura

Definição. Breve história e antecedentes

A Pedagogia da Leitura, tal como a entendo, consiste no estudo de atitudes, habilidades, práticas e estratégias de leitura de uma determinada sociedade. Inclui a análise de usos e hábitos dos modos de leitura, a pesquisa e as propostas concernentes ao desenvolvimento de uma sociedade de leitores, e se apoia nos mediadores de leitura, que são aqueles que atuam profissionalmente no campo da educação (docentes e bibliotecários), e também nos familiares, que são os primeiros e mais próximos indutores de leitura de qualquer pessoa.

Mas, fundamentalmente –, e esse é o primeiro e principal objetivo da Pedagogia da Leitura – o que se busca é *semear a semente do desejo de ler* e estimular todas as possíveis práticas de leitura. Tal pedagogia procura que o maior número de pessoas venham a se tornar leitoras e estimula o fortalecimento desse hábito nas pessoas que já o são, além de apoiar ideias e estratégias para que os próprios leitores propaguem os benefícios da leitura e ajudem que mais pessoas *queiram ler*.

Se o desejo de ler é reconhecido e estimulado, as pessoas que leem se convertem fácil e naturalmente em promotores da leitura. O que a pedagogia da leitura tenta é convertê-los em mediadores, ou seja, formadores de novos leitores, ao mesmo tempo que se trabalha com os mediadores naturais da leitura, que são os progenitores e os docentes. Nesse sentido é que dizemos que *a pedagogia da leitura busca formar os futuros formadores de leitores*.

A diferença entre um promotor e um mediador, portanto, radica em que o segundo se responsabiliza por uma tarefa baseada em um compromisso, ou seja, que aceita o trabalho e é responsável por formar novos leitores: seus filhos, seus netos, seus alunos, seus amigos, seus colegas.

Para isso essa preceptiva, que neste campo até duas décadas atrás não existia, trabalha para criar e organizar uma bibliografia que estimule, oriente e sirva a esses formadores de leitores. Ao mesmo tempo a Pedagogia da Leitura desenvolve múltiples e variadas estratégias de leitura que servem tanto a modestas estruturas organizadas (fundações, clubes, empresas e todo tipo de organização da sociedade civil) como aos docentes em geral, bibliotecários, colaboradores escolares ou qualquer outra pessoa. A leitura é, para nós, um ato de amor, solidariedade, paixão, vontade e tempo, e tudo isso pode e deve ser combinado para recuperar os que ainda estão na escuridão textual.

Gostaria de me demorar um segundo no vocábulo "paixão" porque se trata, precisamente, de recuperar a paixão pela leitura. E é somente com paixão que podemos transmiti--la como o que ela é: um ato de amor generoso, encantador e de formação. Da paixão é que nosso país resiste, ademais, e nesse campo parece que nós argentinos somos imbatíveis. Longe do poder e da moda, a uma boa distância das falsificações e dos interesses extraleitura, são milhares os docentes que com paixão lutam contra o embrutecimento instalado e contra as propostas barbarizadoras que impôs a globalização. Segundo o último Censo Nacional Docente realizado pelo MECyT entre outubro e dezembro de 2004, em todos os níveis educativos existe um total de 826.536 docentes, 25,3% a mais que há dez anos (em 1994 eram 655.750).[1]

A Pedagogia da Leitura, tal como a entendemos desde os primórdios da república, consistiu em pôr em funcionamento diversas estratégias alternativas e formas de resistência leitora que, lentamente, encorajaram o desenvolvimento de teorias e ações orientadas à formação maciça e sustentada de leitores competentes, para que esses, por sua vez, sejam capazes de formar outros leitores competentes, porque *leram com prazer, amor e vontade*.

---

[1] Informação extraída do jornal *La Nación* de sexta-feira, 5 de agosto de 2005.

Mas se é evidente que a escola argentina pode ser capaz de ensinar milhões de crianças a ler, também o é a sua incapacidade de ensinar-lhes a *querer ler*. E aí aparece outra vez o problema do desejo, de como inculcá-lo. Mais bem dito: como estimular aquele desejo que "vem de fábrica" que toda criança tem desde que começa o jardim de infância. Como é que se desativou essa maravilhosa e inata propensão? Como ativá-la novamente?

As estratégias e experiências multiplicadoras são muitíssimas, quase incontáveis, porque de fato cada leitura compartilhada é uma experiência em si mesma. Todas apontam para o desenvolvimento de novos hábitos familiares e a *recuperação nos professores, docentes e bibliotecários do prazer, do amor e da vontade de ler, porque somente se os professores lerem poderemos chegar a ser uma nação de leitores* e poderemos formar para as novas gerações cidadãos competentes, responsáveis, capazes de questionar todas as ideias e de oferecer à sociedade ideias novas e melhores.

Somos o que lemos. A ausência ou escassez de leitura é um caminho certo rumo à ignorância e essa é uma condenação individual gravíssima, mas é ainda pior quando se torna coletiva. A não leitura, infelizmente, é um exemplo que se espalhou impunemente na Argentina, e, em parte, isso é o que gerou governantes autoritários, ignorantes e frívolos.

Por isso defendo que *não existe pior violência cultural que o processo de embrutecimento que se gera quando não se lê*. Uma sociedade que não cuida de seus leitores, que não cuida de seus livros e de seus meios, que não guarda sua memória impressa e que não encoraja o desenvolvimento do pensamento é uma sociedade culturalmente suicida. Não saberá jamais exercer o controle social que requer uma democracia adulta e séria. *Que uma pessoa não leia é uma estupidez, um crime que pagará pelo resto da sua vida. Mas quando se trata de um país que não lê, ele pagará esse crime com sua história*, e isso se potencializa ainda mais se o pouco que lê for lixo e se o lixo for a regra nos grandes sistemas de difusão massivos.

Portanto, visto pelo avesso e admitindo que é uma generalização, podemos dizer que toda pessoa que lê com certa consistência acaba suavizando seu caráter, não somente porque os livros transmitem suavidade, mas sim porque a prática *da leitura é uma prática de reflexão, mediação, ponderação, balanço, equilíbrio, comedimento, bom senso e desenvolvimento da sensatez*. Claro que também foram e são leitores competentes algumas pessoas desprezíveis, porém aqui não se está afirmando que "ler nos faz melhor", mas sim que toda regra tem exceções. Ler é um exercício mental excepcional, um precioso treinamento da inteligência e dos sentidos. Correlativamente, as pessoas que não leem estão condenadas à ignorância, à improvisação e ao desatino.

A partir dessas convicções, em 1996 iniciamos em Resistencia, Chaco, um voluntariado que a partir da forma jurídica e fiscal de uma ONG sem fins lucrativos[2] mantém como objetivo geral e missão trabalhar pelo fomento da leitura na educação; a divulgação da literatura e o crescimento cultural; e o desenvolvimento de todo tipo de estratégia que tenda a conseguir que algum dia sejamos uma sociedade leitora, capaz de exigir e estabelecer o *Direito Constitucional a Ler*.[3]

Em 1999, quando púnhamos em funcionamento o Centro de Estudos, o objetivo institucional que estabelecemos foi o de oferecer práticas que fossem capazer de substiruir os métodos educativos mais conservadores e – como pensávamos já naquela época – ineficazes. Propusemos tentar abordagens multidisciplinares, heterodoxas e audazes, com a premissa de que toda teoria cognitiva e social deveria ser aplicada como uma prática constante na experiência cotidiana de docentes, pais e avós. E essas teorias cognitivas deveriam demonstrar, acima de tudo, que são capazes de *produzir mudanças visíveis e sustentáveis* nas condutas, hábitos, convicções e prática leitoras, tanto para os mediadores como para novos leitores.

Com meia dúzia de professores de Língua e Literatura que se integraram ao Centro de Estudos, se ofereceram cursos de capacitação para docentes do Chaco ao mesmo tempo que se continuava a reflexão plural iniciada em 1996 com o Primeiro Fórum Internacional pelo Fomento do Livro e da Leitura, que começamos a organizar juntamente com a UNNE em agosto daquele ano na Cidade de Resistencia e cuja continuidade e riqueza teórica deu como resultado uma notável produção textual e um sólido prestígio.

Talvez porque no formato desses primeiros encontros o foco esteve na participação de um grande número de pessoas, o Fórum nasceu como um evento popular, para um público quase exclusivamente local que recebia a dezenas de intelectuais convidados a debater, em

---

[2] Inscrita e aprovada pela Inspeção Geral de Justiça do Chaco em 1999 e com reconhecimento do Cenoc no ano 2000, a atual Fundação é continuidade da desaparecida Fundación Puro Cuento e foi criada com fundos provenientes da obtenção do Prêmio Rómulo Gallegos em 1993. Parte do dinheiro desse prêmio permitiu a criação do fundo original da Fundação. A entidade leva meu nome por conselho de assessores legais e contábeis que, acertadamente, sugeriram que não se pusesse uma marca de fantasia a uma ONG naquele momento no qual muitas organizações da sociedade civil estavam sob um manto generalizado de suspeita de corrupção e no qual crescia, com razão, a desconfiada pergunta: "Quem está por trás disso?" Decidiu-se que tudo ficaria claro e transparente para o público desde que se conhecesse o logotipo.

[3] Que não é o mesmo que o Direito à Leitura. Sobre esses conceitos, ver Capítulo7.

uma linguagem clara e compreensível, como atuar por trás da construção da cidadania leitora e utilizando a perspectiva da resistência. A partir de então, todos os anos, um público variado, e majoritariamente docente escuta, pergunta, lê, propõe e aplaude ou questiona os conferencistas, painelistas e ministrantes de oficinas que a Fundação convida. Assiste gente da região toda e, nos últimos anos, de todo o país. E é comovente ver as pessoas que não conseguiram entrar, reunidas na rua e atentas ao telão e aos alto-falantes instalados para que possam acompanhar os palestrantes. Mais de 350 especialistas provenientes de uma vintena de países, relacionados de distintas maneiras com o livro e a leitura, já participaram em Resistencia desse "congresso". Mas certamente o mais importante é que a partir desses Fóruns milhares de pessoas – quase todos pais, docentes e funcionários do governo, primeiro do Chaco e mais tarde de muitos outros lugares – tomaram consciência de que a leitura é um ato transcendental.

Por volta de 1999 muitas pessoas se sentiam motivadas pela ideia do fomento da leitura e queriam trabalhar nesse campo além da organização e realização do Fórum. Isso coincidiu com a decisão de radicar definitivamente minha biblioteca pessoal no Chaco e pô-la à disposição do público. Tais objetivos fizeram necessária a criação de uma estrutura institucional abrangente e integradora que permitisse passar da retórica à ação. Contamos desde o início com a assessoria de respeitados especialistas que foram se transformando em amigos e marcaram o rumo do trabalho. A partir desse mesmo ano, cada atividade da instituição incluiu a aplicação de questionários entre o público, o que permitiu mapear as demandas de um vasto setor da população.

O contexto foi em todo momento a crise contínua que se prenunciava já em meados dos anos 90 e começou a mostrar seu lado mais cruel com o novo milênio. Desde o começo sabíamos que operávamos em uma sociedade que apresenta dados escandalosos: no Chaco 59% dos habitantes não leem nada ou leem apenas um livro por ano e entre os docentes 59% leem de dois a quatro livros ao ano e 22% um ou nenhum. Ou seja, que somente uma minoria de 19% dos docentes chaquenhos podem ser considerados leitores.[4] E isso se refere somente a Ciudad de Resistencia, o que obriga a pensar que o panorama no interior do estado é muito pior. E, além disso, cabe indicar o paradoxo de que o Chaco é o estado com o

---

[4] Dados extraídos do Estudo de Consumos Culturais da Cidade de Resistencia realizado em 2003 pelo Conselho Federal de Investimentos (CFI).

sistema de bibliotecas mais organizado do país, o que possui a maior quantidade de bibliotecas em relação a sua população e o único que chegou a ter até supervisores de bibliotecas.

O certo é que sendo a nossa uma sociedade atrasada, submetida ao clientelismo político e com elevados índices de analfabetismo real e funcional, era fundamental – como continua sendo – que a Fundação se mostrasse aberta, imaginativa, flexível, capaz de autocrítica e, sobretudo, tenaz e perseverante. Porque *os resultados nesta matéria são sempre lentos, difíceis de medir e em muitos casos parecem muito desanimadores.*

Porém, sabíamos também de algumas coisas que nos apoiaram:

1) que entre a leitura e a escola existe uma relação de uma riqueza potencial extraordinária, não totalmente reconhecida nem explorada;
2) que as bibliotecas públicas, escolares e/ou comunitárias são um terreno de assombrosa fertilidade, não aproveitado na sua totalidade;
3) que os laços familiares e afetivos – historicamente comprovado como o ponto pioneiro de transmissão da consciência e do prazer da leitura – eram, no entanto, o terreno menos trabalhado pela promoção da leitura;
4) que em toda comunidade existem pessoas com tradição e consciência leitora, com capacidade e desejo de ler para outros, e a quem somente falta estimular, orientar e comprometer para a ação e que para convocá-los era necessário oferecer o respaldo de uma instituição séria e perseverante.

Com base em tais premissas, parecia urgente estender e aplicar essa disciplina em nosso país, porque a Argentina careceu, por décadas, de uma Política Nacional de Leitura; além disso, a brutal crise econômica e social de que padecemos não fez mais que aprofundar as consequências dessa falta.

A Pedagogia da Leitura parte do correto princípio de que na Argentina são poucos os leitores competentes e constantes, como demonstram todas as pesquisas. No Capítulo 1, junto com os dados do estado da leitura em nosso país – que, a propósito, levam em consideração quase que exclusivamente a cidade de Buenos Aires, o que pode fazer pensar que no interior do país os algarismos negativos pelo menos se duplicam facilmente –, já foi dito que, dados essa realidade que nos circunda e o estado socioeconômico da maioria da população, não é possível pretender que tenhamos muitos bons indutores de leitura.

É por isso, ademais, que o primeiro campo de trabalho da Pedagogia da Leitura são os mestres, os professores de todas as matérias, incluídas, obviamente, as técnicas, científicas, esportivas e outras, *lado a lado com os pais, ou seja, ao mesmo tempo que eles*, sobretudo se são jovens.

Existem experiências muito bonitas que demonstram que não é suficiente apenas criar programas de leituras, mas sim, além disso e sobretudo, falta dedicar um certo tempo à leitura nas aulas, diariamente, e que o ideal é que isso se complete com programas de *Leitura em Voz Alta*, em casa e na escola, e com o incentivo *Leitura Livre Silenciosa e Sustentada* (ambas as estratégias são tratadas no Capítulo 5). O que se pode adiantar agora é que essas induções não são complicadas, são simples, tanto se são individuais como em grupo, e a única condição é que sejam *constantes e contínuas*.

Se o docente não lê, se não está preparado para desfrutar da leitura, não saberá transmitir eficazmente nenhuma estratégia por melhor que seja, porque ele mesmo não sabe desfrutar da leitura e então jamais poderá transmitir o prazer de ler aos seus alunos.

Por isso é fundamental propor a leitura como demanda central – e linha de capacitação de longo prazo – para a nova Formação Docente contínua e gratuita, que deve ser incluída de modo privilegiado na Nova Lei Nacional de Educação.

E dizer isso não é desqualificativo para os professores, nem tampouco equivale a propor somente livros de literatura, ou de filosofia, nem esses odiosos livros "importantes" e tantas vezes inutilmente caros.

O que a pedagogia da leitura procura é precisamente dar aos docentes uma nova orientação, um novo sentido à promoção da leitura, em seu absoluto favor.

E a respeito das leituras, as melhores muitas vezes são as mais simples e variadas, desde que as crianças possam escolher com liberdade, e deve-se encorajá-las para que o façam. Deve-se fomentar nelas a permissão de *escolher a leitura que queiram:* aventuras, investigações, livros técnicos, históricos, de poesia, inclusive eróticos. *Que leiam! É isso que queremos!*

E isso em todos os terrenos. Primeiro os professores, mas lado a lado, as crianças e suas famílias. E também as colaboradoras escolares. E os sindicatos, os hospitais, os meios de transporte, os clubes de bairro, as infinitas organizações da sociedade civil.[5]

---

[5] O CENOC tem registradas 12.824 OSC, o que significa que estão de alguma maneira legalizadas. Mas segundo diferentes informações haveria entre 40 mil e 100 mil mais no que se poderia chamar de campo "informal" dessas entidades. No *Diretório de ONGs vinculadas com políticas públicas*, de 2003, o reconhecido especialista Carlos March (ex-diretor executivo de *Poder Ciudadano* e de longa trajetória em organizações civis) sugere que são umas 80 mil.

Deve-se trabalhar com grupos de pais, com empregados, com desocupados e com profissionais nas bibliotecas e nos centros comunitários, onde quer que seja. Para a Pedagogia da Leitura *não há lugar no qual não caiba a leitura*.

PARA LER-TE MELHOR. UMA EXPERIÊNCIA NO NORDESTE ARGENTINO

Os modos de entusiasmar os não-leitores (que são a grande maioria, verdadeiros descapacitados em matéria de leitura) para que mudem para o time dos leitores mais ou menos constantes e conscientes, definem a Pedagogia da Leitura no seu sentido mais amplo e envolvem inúmeras possibilidades, estratégias e resultados para atingir esse objetivo, ao mesmo tempo que exigem o reconhecimento de que as dificuldades são enormes.

Isso apresenta o seguinte paradoxo: por um lado a Pedagogia da Leitura é assustadoramente simples, insolitamente rica em resultados (que ademais são muito mais velozes do que muitos pensam) e capaz de representar enormes benefícios em termos de conduta social. Mas, por outro, como esses resultados são intangíveis, "não se veem", tudo conspira para que não seja simples fazê-los massivos.

E existe outra coisa que complica mais do que ajuda. É que praticamente *qualquer pessoa com boa prática leitora tem, ou acredita ter, a fórmula perfeita para "fazer ler"*. Isso é muito comum não somente entre educadores, mediadores e especialistas em promoção, mas também em pais e mães que foram eficazes leitores. Isso não tem a intenção de ser ofensivo, somente descreve algo que acontece e muitas vezes dificulta (quando não desqualifica) abordagens que se baseiam em experiências adquiridas e aplicadas em combinação com a psicologia infantil e o senso comum.

Seja como for, a Pedagogia da Leitura exige, além do conhecimento e da experiência aplicada, uma decisiva dose de tempo, paciência e constância. Sobretudo esta última: *a perseverança é o fator fundamental em toda estratégia de fomento da leitura*.

Precisamente pela decisão de sermos perseverantes, desde o começo em 1996 orientamos nosso trabalho em direção a quatro campos de trabalho que são como as quatro pernas de uma mesa: 1) a educação; 2) a biblioteca; 3) os laços paternais; 4) o trabalho comunitário.

A Fundação é um Centro de Estudos que trabalha com docentes e bibliotecários para que adquiram noções teóricas e conheçam estratégias de leitura para aplicar em aula, dotando-os ao mesmo tempo de uma forte consciência social, dada a multiplicidade de fatores que intervêm nos processos de leitura. Para isso se ministram cursos de Pedagogia da Leitura, Didática da Literatura para Crianças e outras alternativas de aperfeiçoamento docente nos estados do Chaco, Corrientes e Santa Fé. Também foram publicados vários livros que são testemunhas dessa perspectiva,[6] além de manter um Instituto de Pesquisas Literárias que leva o nome de Juan Filloy. Além disso, existe uma biblioteca que no final de 2005 tinha uns 2.500 volumes classificados e outros 10 mil guardados por falta de espaço adequado,[7] e a partir da qual são apoiadas dezenas de pequenas bibliotecas escolares e comunitárias.

Quanto às *estratégias de leitura solidária* que se desenvolvem como ações concretas e permanentes da pedagogia da leitura, podem ser mencionadas:

◆ ***Programa de Avós Contadoras de Estórias***

As Avós Contadoras de Estórias são, na verdade, a melhor concretização das possibilidades revolucionárias da leitura em voz alta. Conforme o prestígio da instituição foi crescendo, o apoio da comunidade também foi ficando mais intenso. Isso explica por que quando a Fundação chamou a sociedade para participar de atividades concretas para fomento da leitura a resposta foi positiva e entusiasta até se converter no que é hoje: um poderoso grupo de mais de duzentos voluntários leitores que exercem os mais variados papéis.

A primeira ideia que envolveu voluntários foi o Programa de Avós Contadoras de Estórias, que foi, além do mais, a primeira experiência de gestão de voluntariado da instituição.

A atividade consiste em convocar pessoas da chamada "terceira idade" que possuem vocação e vontade de *ler* contos e relatos para crianças nas escolas de seu bairro ou de outras comunidades da periferia. Trata-se de um trabalho generoso e estimulante que procura levar o alimento espiritual indispensável que é a leitura a milhares de crianças, oferecendo a oportunidade de associar a experiência do uso da linguagem e do sentido estético ao afeto. Trata-se de *dar de ler* no sentido mais generoso do termo, não como dádiva, mas sim como provisão de leitura com afeto.

---

[6] Entre outros títulos, a série *Fomento do Livro y la Lectura*, volumes 1 a 7, publicados desde 2001.

[7] A biblioteca está orientada especificamente para a literatura e conta com mais de 2 mil exemplares autografados. Além disso, conta com uma hemeroteca literária e uma futura midiateca.

E aqui é necessário parar um segundo para dissipar confusões. Durante a crise de 2001 e 2002, em nossa Fundação decidimos contribuir para diminuir o desastre social mediante um programa de ajuda e sustento de refeitórios escolares. Tal como fizeram muitas outras ONGs da Argentina, tratava-se de dar respostas heterodoxas e velozes à crise e assim nos vimos obrigados a atender duas grandes urgências: *dar de comer ou dar de ler*. Diante da aparente contradição, mas encorajados pela presença de pessoas generosas, e seguindo uma ideia da escritora Graciela Cabal, respondemos "às *duas coisas*", conscientes de que o conceito "dar de ler" não pretende substituir papéis familiares nem escolares, nem muito menos é equiparável a oferecer um alimento ou um medicamento. *Não se trata de dar de ler como se fosse um ato beneficente*, mas sim de criar um vínculo real e sustentá-lo durante anos com pessoas que possuem direitos culturais mas não possuem acesso à leitura, e compartilhar com elas leituras de qualidade.[8]

Esse é um *programa participativo e integrador*, que não somente mobiliza os adultos idosos que decidem encarar a tarefa de levar leitura aonde seja necessária mas também revoluciona as comunidades de estabelecimentos educativos, hospitais, institutos para portadores de deficiência, refeitórios escolares, orfanatos e paróquias cujos diretores, docentes e estudantes participam ativamente da experiência.

A Fundação criou com esse programa um *espaço de encontro entre gerações* habitualmente condenadas à distância pela segmentação etária dos lugares concebidos para a cultura, o ócio e o prazer. *Possui um alto impacto de gênero* porque, ainda que não existam restrições para o recrutamento de voluntários, na sua maioria são mulheres com boa formação, leitoras habituais, convictas da necessidade da leitura para formar a cidadania e pessoas que a ferocidade do mercado de trabalho exclui muito cedo.

O principal rasgo diferencial dessa experiência em relação a outras no país é que *esse é um Programa de Avós Contadoras de Estórias, não de narradores orais*. Toda a atividade gira em torno do objeto livro, por meio do qual se tenta transmitir seu valor simbólico e incentivar assim a leitura a partir da primeira infância.

---

[8] Graciela Beatriz Cabal (1935-2004) é autora de uma obra literária notável e é uma das mais importantes referências da literatura para crianças na Argentina. Em vida foi membro do Conselho Assessor de nossa Fundação e colaboradora incansável em todas as estratégias de leitura que pusemos em funcionamento.

A outra característica distintiva é o estrito acompanhamento por meio de indicadores, assim como a sistematização que o faz transferível.

O *Objetivo Geral* que nos propomos com esse Programa é promover a tradição da leitura e a narração oral na primeira infância como prática de alto valor cultural, igualadora e transmissora de valores estético-educativos e geradora, a longo prazo, do desenvolvimento de uma cidadania com espírito crítico e elevada demanda de leitura e bens culturais.

E também:

— Cobrir o déficit afetivo-cultural nos lares nos quais pais, mães e avós que trabalham não costumam dispor de tempo suficiente para contar estórias a seus filhos; e o mesmo em lares onde adultos desocupados ou quebrados moralmente pela pobreza tampouco podem exercer essa prática fundamental.

— Incorporar ao mundo e ao imaginário infantil determinadas sensações e parâmetros estético-literários, ontológicos e afetivos.

— Acrescentar a oferta de atividades culturais dentro do sistema educativo, único âmbito de contenção para as crianças em risco de famílias excluídas pela miséria e pela marginalidade.

— Criar para os adultos idosos uma oportunidade de ressignificação de seu papel na comunidade, proposta que inclui desfrutar o prazer estético e intelectual e o exercício da solidariedade.

— Preservar o costume de ler para as crianças como uma das formas de comunicação historicamente mais relevantes na formação da identidade de uma comunidade.

À primeira convocatória responderam seis mulheres, modesta quantidade de voluntárias que foi suficiente para dar início a uma primeira prova em pequena escala, cujos resultados foram tão alentadores que nos levaram a sistematizar a experiência e fazê-la crescer.

O mais estimulante é que *a atividade se realiza de maneira muito simples:*

a) Convocam-se voluntários pelos meios massivos de comunicação.
b) Define-se uma modalidade de *reuniões mensais* para intercâmbio de livros e experiências.

c) Dá-se início a insubstituíveis *experiências de leitura* que costumam ter múltiplas variantes porque a ideia é de que cada avó reproduza nos encontros o momento íntimo e pessoal que significa para ela encontrar-se com suas "crianças" e ler com elas tal como faria com seus netos.

d) Monitora-se a atividade. Isso se faz em um formulário que recolhe o relato de cada experiência de leitura, a partir da perspectiva dos voluntários e com os dados necessários para levar uma estatística do andamento do Programa. Semestralmente se solicita também uma avaliação da instituição receptora.

Hoje, já no sexto ano de desenvolvimento, a atividade cresceu tanto que os beneficiários do Programa se diversificaram. Inclui dezenas de crianças internadas em hospitais e orfanatos, assim como as que se alimentam em refeitórios comunitários do *Programa de Assistência a Refeitórios Infantis,* também sustentado pela Fundação.[9]

Da mesma forma, se leva leitura às Meninas Mães Cangurus que aguardam o amadurecimento de seus bebês prematuros no Hospital Julio C. Perrando de Resistencia; a portadores de deficiência em centros de atenção especializados; e a grupos de cegos, de anciãos em asilos e de jovens em várias Bibliotecas Populares.

Mas a melhor mostra de que oferecer esse coquetel de "afeto + literatura de qualidade" promove a demanda de leitura é que ao finalizar o ano letivo, e com ele os períodos de encontros, a maioria das crianças reivindica que *sua* Avó Contadora de Estórias volte no próximo ano. As voluntárias que dão continuidade ao trabalho, lendo sempre nas mesmas escolas, observam a mudança que vai se produzindo nas crianças que visitaram continuadamente durante cinco anos. Suas professoras constataram que os pequenos começam a falar de suas leituras pessoais; levam aos encontros os livros que em alguns casos tomaram por empréstimo previamente das bibliotecas; podem compreender textos com linguagem menos coloquial e mais abstrata; são introduzidos novos gêneros, tramas maiores e complexas nos contos; se retoma o costume quase perdido de "falar sobre livros" e até se observa um melhor léxico na expressão coloquial das crianças. Tudo isso demanda um "trabalho" que se faz

---

[9] Desde 2000 o Programa de Assistência a Refeitórios Infantis se sustenta graças a benfeitores de vários países do mundo que garantem as provisões de mercadorias, material escolar e livros, assim como as visitas das *Avós*. Mais informação em www.fundamgiardinelli.org.ar

de maneira quase inconsciente, num marco determinado pelo afeto e pelo prazer e não pela facilidade ou comodidade.

As Avós, por sua vez, se convertem em parte importante das comunidades escolares que frequentam e despertam nas instituições inquietudes positivas, como a de conseguir novos títulos para a biblioteca ou criar recantos de leitura. As mostras de afeto são infinitas e se multiplicam tanto entre as crianças como entre os docentes.

Em junho de 2006 o Programa de Avós Contadoras de Estórias já funciona, com apoio da transferência tecnológica gratuita da Fundação, em uma vintena de cidade argentinas, assim como em Ciudad Juárez y Monterrey (México), Lima (Peru), Derbyshire (Inglaterra), Medellín (Colômbia), Ciudad de Guatemala y Quito (Equador).

◆ *Programa de Pediatras-leitores Voluntários*

Essa primeira boa experiência de gestão de voluntários nos encorajou a abrir a Fundação para a participação de novos e diferentes grupos da comunidade. O seguinte programa de promoção leitora convocou, no começo de 2004, dezenas de pediatras chaquenhos, por meio da Sociedade Argentina de Pediatria (SAP, Filial Chaco).[10] De imediato responderam muitos médicos, que começaram a cumprir o papel de agentes de mudanças em atitudes leitoras nas famílas de seus pequenos pacientes.

O programa se desenvolveu em função de uma estratégia de associação com as práticas habituais da profissão:

— Organizar a sala de espera como ferramenta de incentivo à leitura, colocando cartazes de promoção de leitura destinados tanto às crianças como aos seus acompanhantes, nos quais se destaca o novo papel do pediatra.

— Disponibilizar uma pequena biblioteca capaz de convidar as crianças a ler enquanto aguardam sua vez.

— Durante a consulta realizar perguntas que permitam diagnosticar a experiência leitora da criança.

---

[10] Levaram-se em consideração algumas experiências, antecedentes e fontes de material didático, tais como o Programa "Invitemos a Leer" da SAP e o Caderninho "Sana-Sana, Atenção Precoce em Leitura" do programa "Volver a Leer" do estado de Córdoba.

— Em alguns casos de crianças não leitoras, anexar ao seu histórico médico um "histórico leitor", no qual anotam indicadores simples dos progressos que essa família vai realizando.

— Receitar contos para o qual elaboramos um "Vade-mécum de Contos" (caderninho com uma estrutura similar ao vade-mécum farmacêutico) organizado por idade para facilitar a consulta e de modo que o profissional possa prescrever algum texto ou livro junto com o medicamento.

O programa produz um imediato impacto massivo, pois todos os pacientes têm acesso aos livrinhos das salas de espera e suas mães e pais às mensagens dos cartazes. Mas também apresenta outro impacto mais pontual e concreto em algumas famílias (dois ou três por pediatra) das quais se tem um registro de sua evolução.

A experiência produziu resultados inesperados, pois em algumas comunidades com alta incidência de crianças que dormem com adultos até idades avançadas, devido à introdução da leitura, por recomendação dos médicos, muitos pequenos começaram a dormir em sua própria cama. Os testemunhos atestam que os livros das salas de espera não são roubados, mas sim compartilhados e nem cuidados. Algumas crianças os pedem emprestados e os devolvem quando retornam na próxima consulta. Segundo testemunham os médicos, no "conversar sobre livros" encontram uma maneira de retomar relações mais pessoais com as famílias. E contam também que, se os pacientes entram no consultório com os livros nas mãos, diminui seu nível de temor e ansiedade.

As atitudes leitoras mudam inclusive a família dos médicos, porque, diante da necessidade de manter bibliotecas nas salas de espera, todos os membros da família contribuem com recomendações e, além disso, os doutores "experimentam" com seus próprios filhos os livrinhos que vão receitar.

Em 2006 o Programa no Chaco conta com 43 Pediatras-leitores Voluntários permanentes, tanto em consultórios privados como em salas de saúde comunitárias e hospitais pediátricos.[11]

---

[11] Em junho de 2006 o MECyT pôs em funcionamento um programa semelhante (médicos que receitam contos) dirigido a todo o país, dotando-o de livros que se entregam às crianças na consulta.

♦ Programa Leitor Amigo

Essa é a versão argentina do que na Inglaterra se chama *Buddy Readers Program* (Amigo Leitor). Consiste em que cada voluntário dedica, durante seis semanas seguidas, um determinado tempo para ler junto com uma criança ou com um jovem que apresente escasso interesse pela leitura ou dificuldade para compreender o que lê. Faz-se uma avaliação ao começar os encontros e outra ao finalizá-los. Os beneficiários se convertem geralmente, por sua vez, em leitores amigos de outras crianças menores. O programa invoca modelos leitores atraentes (pessoas conhecidas, famosas) e textos que se selecionam atendendo aos interesses do jovem e da criança.

A especialista britânica Grace Kempster – que visitou a Argentina em 2004 e 2005 – sustenta que é fundamental uma figura que guie e recomende leituras e que qualquer leitura é válida. Este último assunto foi muito discutido, compartilha-se a condição de recordar que *também é missão* da Pedagogia da Leitura *elevar o nível e a qualidade dos textos*. "Para criar bons leitores, os livros não são suficientes – diz Kempster, com razão –; é necessário que os acompanhe o prazer de falar deles, recomendá-los e criticá-los e com liberdade de escolhê-los. Os cidadãos criativos e inovadores que a sociedade da informação demanda são os que adquiriram o prazer de aprender e de ler".[12]

Kempster, que dirige no Condado de Derbyshire o Programa ROWA (*Read on Write Away*, que significa Leia e Escreva Agora) e com o qual estamos trabalhando em parceria,[13] costuma destacar a mesma coisa que aprendemos empiricamente desde o final dos anos 90: *o papel da escola é fundamental, tanto quanto o trabalho com as famílias*. Portanto deve-se fazer docência com os próprios docentes e com os familiares das crianças, especialmente quando se trata de famílias destruídas ou em estado de perda de valores. Devemos reconhecer com sinceridade que o docente argentino não é um leitor consequente e que sua competência leitora não parece ser muito superior à de qualquer cidadão.

---

[12] "Sólo con los libros no basta para crear buenos lectores". Entrevista de Raquel San Martín en *La Nación* de 24 de outubro de 2004.

[13] Desde agosto de 2005 existe um acordo de reciprocidade entre os programas ROWA e Avós Contadoras de Estórias, para iniciação e intercâmbio de experiências.

◆ **_Programa de Leitura Acompanhada_**

Um grupo heterogêneo de jovens e adultos provenientes dos mais variados estratos socioeconômicos e etários se encontra uma vez por semana para compartilhar leituras em voz alta e para conversar sobre livros que vão selecionando entre todos. Um coordenador se encarrega de guiar esse percurso literário, mas não de marcar o cânone das leituras. Não se propõe um olhar acadêmico, mas uma conversa amena, associações e apropriações pessoais de textos da literatura contemporânea, nacional e universal.

◆ **_Programa de Instituições Leitoras_**

Os voluntários, que são professores ou ex-professores de literatura com vocação para incentivar a paixão por ler, lideram processos de mudanças de atitude em todos os públicos de uma comunidade escolar determinada. Com estratégias e objetivos simples que possam ser alcançados em um prazo de dez semanas, trabalham com a direção do estabelecimento, com os docentes, os bibliotecários e os alunos, para convertê-los em *instituição leitora*.

◆ **_Programa de Leitura em Família_**

Também essa é uma adaptação do programa ROWA. Trata-se de promover encontros de toda uma família com mediadores de leitura. Em uma primeira parte da experiência, se separaram as crianças dos pais e das mães. Enquanto os pequenos compartilham leituras com uma contadora de estórias, os adultos se encontram com uma mediadora que conversa com eles sobre modos possíveis de fomentar a leitura em casa e sobre autores e textos de literatura para crianças. Na segunda parte do encontro toda a família se reúne para ler.

Todos os programas, uma vez passada sua etapa de prova, podem ser transferidos porque foram imaginados prevendo sua sistematização e o controle de indicadores de êxito. Por ser nossa ONG pequena e carente de poder para universalizar esses projetos, desde o início decidimos funcionar como um laboratório de ideias para que outras instituições ou governos possam adotá-los e eventualmente convertê-los em políticas de Estado.

O melhor exemplo disso é o extraordinário efeito que produziu o *Programa de Avós Contadoras de Estórias*, que a comunidade internacional reconheceu com quatro importantes distinções:

- *Qualificação Best Practice 2004*, outorgada pelas Nações Unidas-Habitat e pela Prefeitura de Dubai (Emigrados Árabes Unidos).
- *Prêmio "Um mundo sem limites"*, outorgado em 2005 por ILIMITA, o Plano Ibero-americano de Leitura da Organização de Estados Ibero-Americanos (OEI), o Centro Regional para o Fomento do Livro na América Latina e no Caribe (CERLALC) e a Câmara Colombiana do Livro.
- *Prêmio "Medellín 2005"* à transferência de Boas Práticas. Outorgado pelo Fórum Ibero-Americano de Boas Práticas (formado pelas seguintes instituições: Nações Unidas Habitat, Ministério da Habitação do Governo da Espanha, Fundação Habitat Colômbia, Associação Civil EL Agora, Instituto Brasileiro de Administração Municipal, Centro da Habitação e Estudos Urbanos e Prefeitura de Medellín).
- *Distinção "Harmony 2006", Best Cultural Practices.* Outorgado pela Unesco por meio do seu Fundo Internacional para a Promoção da Cultura e a Development Asset Management do grupo bancário francês Crédit Agricole.

Na Argentina, as avós receberam duas distinções:

- *Prêmio "Mulher 2006"*, outorgado a sessenta voluntárias leitoras da capital do Chaco pelo Rotary Club Resistencia Sur.
- *Prêmio "Apregoador 2006"*, outorgado pela Fundação O Livro e instituído como adesão à Feira do Livro Infantil e Juvenil de Buenos Aires para tornar público o reconhecimento dos difusores da literatura infantil e juvenil argentina.

Além disso, a Fundação Habitat Colômbia levou ao recente *World Urban Forum de Vancouver*, organizado pelas Nações Unidas-Habitat, a experiência da réplica de nosso Programa de Avós Contadoras de Estórias na Ciudad de Medellín.

Os complementos necessários para a pedagogia da leitura

Finalmente, entre as atividades de trabalho comunitário, nossa instituição organiza dois eventos que integram o cronograma anual de atividades e convocam milhares de chaquenhos: o ciclo de conferências *Outono Literário e de Pensamento* e a visita anual de autores com obra para crianças em escolas chaquenhas que chamamos *Primavera de Literatura Infantil*, que inclui leituras em espaços públicos e interações da literatura com outras artes e disciplinas. Esses eventos se realizam todos os anos nos meses de maio e outubro, respectivamente.

Obviamente, e ainda que algumas ações pudessem parecer mais vinculadas às propostas tradicionais de promoção, a Pedagogia da Leitura não descarta muitas outras aberturas que facilitam as múltiplas estratégias de estímulo à leitura. Entre as inumeráveis ações e propósitos recomendáveis é preciso mencionar os seguintes:[14]

— Colocar a leitura entre os principais objetivos do trabalho institucional da escola e começar a tratá-la como tarefa cotidiana.

— Aumentar o material impresso que circula na escola, aproveitando que existem muitas instituições capazes de doar libros para a biblioteca e para cada criança, começando pelo PNL e pela CNL.

— Organizar diferentes tipos de bibliotecas de classe, cada uma com suas normas, garantindo formas participativas vinculadas entre as crianças e o professor.

— Convidar às Avós Contadoras de Estórias que existam na comunidade, ou bem organizar um grupo, começando com os familiares dos alunos.

— Organizar oficinas de leitura para e com docentes e pais.

— Desenvolver trabalhos afins, simples e de baixíssimo custo, como fazer com que as crianças preparem tapetinhos de papel ou papel-cartão nos quais se sentarão quando sejam visitadas por uma Avó.

— Pode-se organizar uma Cesta de Livros para o Recreio. Isso pode ser preparado pelo bibliotecário do estabelecimento e deve ter acesso livre e com a única condição de que, quando alguém levar um livro, diga quando irá devolvê-lo. Essa cesta deveria se renovar a cada semana.

— Também pode ser conveniente colocar duas cestas com cartazes, um de "Os Melhores Livros da Semana" e outro de "Livros Não Tão Bons", e deixar que sejam os próprios alunos leitores que decidam quais livros colocar em cada cesto.

---

[14] Trata-se de um resumo de experiências facilmente compartilháveis, que foram extraídas de múltiplas bibliografias consultadas.

— Uma semana se pode organizar, mensalmente, uma jornada "Minha família lê comigo", da qual participem pais e familiares que leiam textos em voz alta para toda a escola, ou para a classe, de modo que a convivência seja uma jornada festiva, porém com foco na leitura.

Claro que toda estratégia ou política de promoção da leitura necessita, como é óbvio, de materiais de leitura. A partir de tal convicção, a Fundação aceitou em 2004 o convite do MECyT para trabalhar na preparação de várias antologias de textos breves para os jovens estudantes de nível secundário de todo o país. Ditas antologias foram contratadas, editadas e impressas pelo MECyT sem participação da Fundação.

Os produtos resultantes são basicamente três:

1) A coleção de cinco livros que leva o título *Leer x Leer*, que o MECyT publicou em edição da Eudeba e da qual distribuiu gratuitamente meio milhão de exemplares em todo o país.
2) A coleção de sete livros que leva por título *Leer la Argentina* e que resgata contos e relatos das sete regiões do país: noroeste, nordeste, litoral, centro-cuyo, pampa, Patagônia e a capital federal, incluindo a Grande Buenos Aires. Desde a segunda metade de 2005 são distribuidos gratuitamente 750 mil exemplares.
3) A coleção de doze breves livros de narrativa e poesia de autores chaquenhos, intitulada *En el Chaco, leer abre los ojos*. Com uma tiragem de 220 mil exemplares, são distribuídos gratuitamente em toda a província como parte da Campanha Nacional de Leitura.

A equipe produtora original foi composta pelas escritoras Graciela Bialet, Graciela Cabal, Graciela Falbo, Angélica Gorodischer e pelo autor deste livro.[15] Durante mais de um ano selecionamos, entre milhares de textos da literatura universal, latino-americana e argentina de todas as regiões e estados, conjuntos de breves leituras que consideramos capazes de seduzir jovens futuros leitores. Tratava-se de encontrar textos capazes de estimulá-los para que cada um entre com inteira liberdade no precioso espaço de inclusão, expansão e prazer que é a

---

[15] Na coleção chaquenha colaboraram os professores María del Carmen MacDonald e Francisco Romero.

leitura.[16] E tratava-se também, de fato, de formalizar uma *reformulação do cânon literário argentino*. Porque esses livros reconsideram não somente a literatura a ensinar, mas também se propõem a recuperar o maravilhoso hábito do velho livro de leitura que certas modas pedagógicas nefastas enclausuraram em nome de uma ridícula modernidade pletórica de "atividades".

A Fundação compartilha objetivos tanto da CNL como do PNL, que em muitos estados estão levando a promoção da leitura realmente a toda a população. Estamos convencidos de que esse é um dos melhores modos de contribuir para a construção de um país que não nos envergonhe, um país que dignifique o conhecimento e tenha entre seus valores o saber, a investigação, o pensamento independente. Um país, enfim, no qual a violência seja apenas uma má recordação e que em todos os magistérios sejam representados conceitual e financeiramente. *Um país em que todos e todas leiam.*

---

[16] É de se esperar que essas sejam somente primeiras edições, pois o objetivo é chegar aos quase 3 milhões de estudantes que cursam desde o 8º ano de EGB até o último de Polimodal em todo o país. Desse modo, cada estudante se formará sendo proprietário/a de entre cinco e doze livros que o Estado lhe entregará gratuitamente e os quais serão, em muitíssimos lares argentinos, talvez a única biblioteca pessoal e familiar.

Capítulo 4

Leitura, docência, escola e literatura

A necessidade de voltar a ler

O fato de termos nos transformado em uma nação pouco leitora é, talvez, uma das principais causas, e a mais profunda, da demora de qualquer possível modernização da Argentina. A não leitura dificulta as mudanças, estrutura o conservadorismo mais reacionário e deixa espaço para constantes improvisações que, por sua vez, criam raízes na ignorância de grande parte da população.

  O certo é que somos um país onde se lê pouco, e também, em consequência, onde as pessoas que exercem o poder conseguem se perpetuar, como acontece em muitos estados e municípios. O problema não é somente que os dirigentes políticos não leem (ainda que a maioria deles talvez seja de profissionais com estudos universitários, é óbvio que se embruteceram com os anos e com tanto pragmatismo), mas que os próprios votantes costumam proceder como sujeitos cativos, incapazes de critério próprio, ou como uma massa neutralizada em suas vontades.

  A crise, além disso, deixa muita gente nervosa porque está desempregada, porque possui trabalhos mal remunerados ou forma parte dessa massa marginal contida pelo Estado, os chamados "chefes e chefas do lar". Com medo da violência e da insegurança derivada da exposição a um sistema judicial injusto, a uma polícia temível e a um serviço penitenciário anti-humano; com serviços públicos deficientes nas capitais e inexistentes na maior parte do país; e sem dinheiro, em muitos casos, nem para comer. Tudo isso envilece educativamente a sociedade, obviamente, porque as crianças veem como se encontram as pessoas mais velhas das famílias mais pobres, cuja degradação (econômica e/ou moral) muitas vezes não lhes permite nem mandar os filhos à escola. Ou, então, frequentam escolas desestruturadas onde há piolhos e faz frio e onde as principais tarefas são o almoço, o leite, a conduta das crianças ou os assuntos sindicais.

Os aumentos orçamentários determinados em 2003, e que permitiram certa melhoria salarial docente, ainda que importante, são bastante insuficientes. Com a lei de financiamento educativo – que é um bom passo, deve-se dizer –, o mesmo Estado que em Educação havia quase desaparecido agora arcará com 40% e as províncias com 60%, mas somente se alcançará o 6% do PIB em cinco anos se a economia continuar crescendo, com o que o investimento educativo continuará submetido à lógica economicista.

É uma triste e vergonhosa verdade reconhecer que ainda – em pleno 2006 e apesar de algumas mudanças positivas que se evidenciam – são muitas as crianças argentinas que vão à escola somente para comer algo e para serem "contidas", como se as escolas fossem reservatórios ou depósitos de infantes, já que "é melhor que estejam aí do que na rua".

Em tudo que se refere à leitura, na Argentina atual, devemos levar em consideração, sempre, que vivemos em um país onde as famílias indigentes estão mais preocupadas com o pão de cada dia e com falta de um trabalho digno do que pelos livros e pela leitura. Isso é lógico, não poderia ser de outra maneira. E isso mesmo torna ainda mais absurdo o fato de que as famílias ricas (e inclusive as da classe média) se preocupem tanto em dar aos seus filhos roupas de marca e/ou em acumular tecnologias novas em casa, em completo detrimento da leitura.

Como fazer para que todas essas crianças leiam, qualquer que seja sua condição social? Como convencer esses professores cansados, deprimidos, aborrecidos, para que eles próprios leiam e estimulem a leitura em seus alunos? Como fazer para que os pais e as mães leiam?

Deve-se reconhecer, então, logo de cara, que *se na Argentina não se lê é, em grande parte, porque o contexto social, cultural, político e econômico não estimula a leitura*. Ao contrário, atenta contra qualquer vocação leitora.

E acrescentemos ainda o descrédito dos livros durante a ditadura, que ainda dificulta todas as políticas de fomento. O fato é que os resultados destrutivos da fobia à leitura estão ao alcance da vista. Do outrora orgulhosamente culto povo que fomos, hoje existem somente restos de soberba (vagas recordações de velhas glórias do saber e do conhecimento) e uma massiva ignorância em matéria de mundo, tecnologia e pesquisa científica. Não encontro para isso nenhuma explicação melhor do que o fato de que deixamos de ser um povo leitor, algo que fomos em algum momento.[1]

Aquela fama de cultos que algum dia gozamos os argentinos fez-se em migalhas em um par de gerações. Deixamos de ser uma nação entregue à maravilhosa curiosidade do conhecimento e pouco mais de três décadas de autoritarismo, intolerância, obscurantismo (pelo menos desde o governo de Onganía até agora) nos transformaram totalmente: éramos um país quase sem analfabetos, mas hoje estamos rodeados de analfabetos funcionais. O campo educativo é o que menos ou pior atenção recebeu dos sucessivos governos e possivelmente seja o setor que mais se castigou com as sucessivas políticas de ajuste. Hoje pelo menos um quarto da população argentina lê e escreve de um modo primitivo e apenas funcional.

Tal como se indicou no Capítulo 1, junto com o crescimento do analfabetismo funcional, os índices sobre os hábitos leitores da população não deixaram de mostrar o quanto despencamos ladeira abaixo: se fosse verdade, como se costuma dizer, que nos anos 50 os argentinos liam entre 2,8 e quatro livros por habitante/ano,[2] em meados dos anos 90 essa cifra diminuiu para menos de um livro por habitante/ano.

Seja como for, o que necessitamos é ler como um trabalho intelectual: entendendo, interpretando. Porque vivemos em um mundo onde os signos já não são apenas escritos; estão em movimento e abalam tudo. Hoje a televisão e a internet impõem discursos muitas vezes difíceis de entender ou suspeitosamente fáceis demais. E quase sempre autoritários e embrutecedores. E isso se reflete na linguagem coloquial dos argentinos, sobretudo nos mais jovens.

---

[1] Quando terminava este livro, em julho de 2006, conheci uma professora de uma universidade andina cujos alunos – me explicou – *não conheciam os livros*. Não é metáfora: até entrarem na universidade não tinham visto um livro em toda sua vida. Fazem parte de uma geração (mal) formada com fotocópias.

[2] Não encontrei registro citável de tal estatística, mas lembro-me de um relatório da Unesco sobre o estado social da educação e da leitura na América Latina publicado nos jornais *El Clarín* e *Página/12* em meados dos anos 90.

Vemos isso nas classes dirigentes, que não sabem o que dizem ou falam de uma coisa e se referem a outra, e não por amor à metáfora, que talvez nem saibam o que seja. Acontece que praticam o duplo discurso, ou seja, a mentira e a confusão como estratégia. E não me refiro somente às diretorias políticas mas também às corporativas: os dirigentes sindicais, empresariais, militares, esportistas e inclusive religiosos, hoje em dia, falam muito mal, com uma linguagem muitas vezes paupérrima. E cabe lembrar que o eufemismo, a mentira e a corrupção da linguagem – como se provou com a ditadura – costumam ser caminhos para a fácil corrupção.

Esse é um problema gravitacional para nós, pois sem o menor espírito paranoico podemos perfeitamente pensar que o poder político embruteceu a República para se sustentar no poder.

Então é forçoso resistir e há muito que fazer a respeito. Necessitamos, e podemos, fazer uma pequena revolução dentro da democracia, baseada no saber e no conhecimento. Para isso temos que perseguir – e conseguir – que os livros façam parte da vida das famílias.

É indispensável conseguir que nas casas (quando existe uma casa, entenda-se) existam estantes com livros em todos os cômodos: no quarto do bebê, no quarto das crianças, na sala de jantar e na cozinha.[3] E, é claro, que também devem estar em todas as salas de aula. Os livros devem estar sempre à disposição. Precisamos que as crianças os peguem, toquem-nos, saboreiem-nos, usem-nos como desejar. Como fazem com seus brinquedos, com seus animaizinhos e com todas as coisas de que gostam.

E devemos deixar sempre à mão dicionários e enciclopédias, devemos estimular o seu uso. São os melhores árbitros, sempre os mais autorizados. Além disso, são portas que se abrem à curiosidade e sempre ensinam. Inclusive este é o aspecto mais positivo que podemos encontrar nas chamadas novas tecnologias. Google, Wikipedia e outros buscadores da internet são, de fato, formidáveis enciclopédias cujo uso não se deve reprimir. Poderá se discutir, sim, a autoridade que possuem em alguns casos (e esse é um tema que excede este trabalho, ou seja, quem "sobe" a informação, com que seriedade e objetivos, com que honestidade e interesses, pois se sabe de casos de deslealdade e distorção. Sobre esse tema,

---

[3] Na Feira do Livro de Buenos Aires, 20 de maio de 2006, o secretário de Cultura da Nação, José Nun, anunciou que, no futuro, a construção de moradias sociais por parte do Estado vai contemplar a provisão de uma pequena biblioteca básica de vinte livros que será fornecida pela SCN.

veja o Capítulo 6). Porém isso não invalida a tecnologia, mas sim valoriza os dicionários e enciclopédias tradicionais em formato de livro impresso que continuarão sendo os verdadeiros árbitros indiscutíveis do saber.

Devemos, aliás, recuperar a leitura de jornais nas escolas e devemos voltar aos livros, que são nossos amigos mais fiéis, o único que supera o cachorro porque nem ao menos exige comida em troca. O livro somente nos dá. O livro é nutritivo e generoso como uma mãe. Somente os teimosos não entendem, por obstinação na ignorância, por pobreza de alma. Como costumam ser os corruptos, os permissivos, coniventes, por mais discretos que se apresentem em seus ternos e gravatas.

Por tudo o que foi dito, é importante incluir a Pedagogia da Leitura na formação docente. Na nova Lei Nacional de Educação – tanto no debate quanto na sua redação – deve figurar a emergência da leitura como razão de Estado e sua pedagogia como objetivo central e eixo transversal para fazer frente ao analfabetismo funcional e ao atraso.

Os jovens, a leitura e a docência

Como qualquer docente terá comprovado em mais de uma ocasião, hoje a imensa maioria dos alunos lê somente o necessário para não ser reprovado, quando não existe mais remédio, e mantendo a secreta espera do momento de terminar a escola (ou universidade) para não ter que ler nunca mais. Isso é terrível. Doloroso, porém certo. E dizê-lo não significa pôr a culpa nos alunos, como costumam acusar levianamente alguns especialistas. Nem tampouco nos docentes.

Na verdade, parece existir uma armadilha em algum ponto do sistema educativo que leva a essa espécie de oscilação constante em culpar ora o docente, ora o não leitor.

Essa atitude acusativa não contempla nem leva em consideração os infinitos condicionamentos e as múltiplas mediações impostas pelo próprio sistema educativo e pela indústria editorial, que por meio de "manuais", "atualizações", "práticas" e toda uma artilharia de propostas leitoras (certo de que muitas são muito bem-intencionadas) costumam resultar mais desanimadoras que pró-ativas, e muitas vezes mais reacionárias que estimulantes.

Amado de Nieva estudou com agudez a evolução dos modelos leitores impostos durante a ditadura militar, destinados fazer do leitor "um consumidor passivo dos textos e significados de outros". Para isso se instrumentalizou "o estudo dirigido de maneira acrítica" e na leitura "não se planejava discussão nem contextualização nenhuma. O significado era único, hegemônico, e devia ser consumido pelo aluno leitor". Por isso, agora "seria desejável que os docentes pudessem reconhecer e tomar consciência do cruzamento ideológico ao qual estão submetidos desde a seleção e imposição invisível de um cânone escolar empobrecido, até os modelos e concepções leitoras que estruturam suas práticas".[4]

Explicar como leem os jovens é um tema muito complexo. Segundo Paulina Brunetti, Candelaria Stancato e Maria Carolina Subtíl, da Faculdade de Filosofia e Humanidades da Universidade Nacional de Córdoba, opera nessa questão o problema da "metaignorância", termo acadêmico que descreve a situação de muitos formados em colégios secundários que "possuem a ilusão de que compreenderam porque concluíram as atividades e foram aprovados nas matérias, mas na realidade não entenderam bem os textos e, o que é pior, não sabem que não sabem".[5]

Isso tem a ver com que, de um ponto de vista sociológico, como diz Amado de Nieva, os docentes formam parte de uma instituição que os faz "presas do cânone escolar". Assim elaboram as denominadas "culturas magisteriais" que exercem "pressões que vão obturando práticas alternativas" devido a que "as tradições escolares possuem um caráter conservador muito forte que mantém, por décadas, quase intacto o cânone escolar". No entanto, uma coisa é um cânone esclerosado e outra coisa muito distinta é a negação dos cânones de leitura, e mais ainda os literários, porque, como diz Graciela Bialet a respeito das últimas duas décadas, "os CBC nacionais, e muitos estaduais, não recomendam NENHUM título. Os mais presunçosos dizem que é porque cada docente tem a inteira liberdade de decidir o que quiser. Eu, que sou desconfiada, asseguro que o deixar fazer é tão limitante como a mais estrita das listas".[6]

É compartilhável essa desconfiança, sobretudo se lembramos que "na escola média, aprender não é a finalidade da leitura porque esta não é indispensável para responder às

---

[4] Elsa Rosa Amado de Nieva, Dossier PNL, Escola de Verão para Docentes, Corrientes, fevereiro de 2004, pp. 11-13.

[5] Paulina Brunetti, Candelaria Stancato e Maria Carolina Subtíl, "Lectores y prácticas, los sujetos ignoran su propia ignorancia", em "No leo, *no sabo*, no aprendo", artigo no *Periódico de la UNC*, Nº 16, 12 de março de 2006.

[6] Graciela Bialet, "Ni la nada ni sólo esto. Diez `ideas ideológicas´ para repensar la lectura literaria en la escuela", Ponencia no 8º Fórum Internacional, em *Fomento del Libro y la Lectura/5*, FMG, Resistencia, 2005, p.36.

perguntas que o professor propõe", como indica Brunetti no mencionado artigo, que, além disso, oferece algumas interessantes constatações de cátedra: somente 10% dos alunos "acreditam necessário ler atentamente para serem aprovados", enquanto 40% sustentam que é suficiente "ter uma leve ideia".

Segundo essa pesquisa, somente 25% se autodefiniram como "maus leitores", o que, segundo Brunetti, indica que se generalizou "uma maneira profundamente superficial e rápida de ler" que se legitima quando são aprovados – e com notas altas – nas provas. "Esse é o grande obstáculo para o docente: as crianças acreditam que compreenderam e não manifestam terem tido dificuldades, quando, na realidade, não aprenderam".

Vale a pena observar o que pensam os estudantes consultados: 7% acreditam que basta demonstrar interesse para obter um 10. Só 13% consideram necessário ler compreensivamente para ser aprovado e 15% utilizam com êxito "estratégias para evitar a leitura". E assombrosos 30% desconhecem a utilidade dos títulos, subtítulos e notas de rodapé.

E se isso acontece em Filosofia e Humanidades de uma das principais universidades do país (a U.N. de Córdoba), fica claro que nem a escola primária, que atualmente *ensina a ler e a escrever,* nem a de nível secundário *de maneira alguma parecem capazes de formar leitores para toda a vida.*

A narradora Ângela Pradelli, que tem uma enorme experiência docente, diz muito bem: "A escola não está formando leitores, essa é a verdade, e não estou falando de leitores de literatura simplesmente. Um garoto tem que sair do colégio sabendo ler um jornal".[7] Talvez por isso, uma das máximas autoridades latino-americanas, a colombiana Silvia Castrillón, defende a importância da "administração do tempo dentro da escola, que cada vez oferece menos possibilidades para a reflexão e o pensamento, coisas que têm a ver diretamente com a leitura". E por isso, inclusive as bibliotecas, propõe, devem "enfocar um objetivo político, social e cultural muito claro a partir do qual formulem seus planos de trabalho e sua programação de atividades".[8]

---

[7] Ángela Pradelli. "Desafíos para leer la realidad", entrevista de Silvina Friera, no jornal *Página/12* de 3 de julho de 2006. Mesmo assim, são interessantíssimas algumas das reflexões de Pradelli no seu recente *Livro de Lectura,* Emecé, Buenos Aires, 2006.

[8] Silvia Castrillón, op. cit., pp. 16-17. Mais adiante se citará a paginação entre parênteses.

Sobre pedagogias questionáveis. Campanhas sim, campanhas não

Trabalhar pela leitura é trabalhar pela educação. Mas isso não significa ter que aceitar todas as propostas pedagógicas, e menos ainda as de matrizes conservadoras, paralisantes, classistas ou superficiais.

Há algumas décadas, a ideia, necessidade ou afã de potencializar as habilidades leitoras de professores, bibliotecários, pais e avós, e ajudá-los a se transformar em leitores convencidos, constantes, competentes e eficientes, forçou muitas pessoas e instituições, privadas e públicas, a desenvolver planos, campanhas e programas de estimulação leitora. Isso foi assim em quase todo o mundo e alguns países como os Estados Unidos têm registro dessas preocupações já desde o século XIX.

Em nosso país, as autoridades começaram timidamente, como se comentou no Capítulo 2, graças à pioneira inquietude de uma historiadora, a professora Hebe Clementi, que nos alvores da Democracia (1984) pôs em funcionamento o Programa "Ler é crescer" da Direção Geral do Livro da cidade de Buenos Aires. Desde então, a orientação foi direcionada para os diferentes possíveis mediadores: bibliotecários, educadores em geral, leitores mais ou menos famosos, pais e mães. Em todos os casos, e por meio de diferentes estratégias, se propôs o comum desafio de ver especificamente o que se fazia para que as crianças lessem e, em geral, como desenvolver o espírito leitor que parecia ter se extraviado e, todo mundo concordava, ser urgente recuperar.

Lentamente, e de maneira quase imperceptível, a ênfase foi sendo colocada no trabalho dos docentes, a quem se dirigiram os maiores esforços, certamente porque são os mediadores naturais (ao menos para o imaginário coletivo) pela enorme transcendência do seu trabalho, por serem os representantes do sustentado prestígio da educação instalado em todas as classes sociais e também, e isso não pode ser negado, porque são uma importantíssima porção do mercado consumidor de livros.

"Há várias décadas, três ou quatro, o mundo inteiro veio promovendo a leitura por meio de campanhas, planos e projetos que desviam a atenção do verdadeiro problema e criam a ilusão de que alguma coisa está sendo feita pela leitura", acusa Castrillón, para quem as campanhas de fomento da leitura "desviam a atenção do verdadeiro problema, pois este está na educação e nas possibilidades reais de acesso democrático à leitura e à escrita (...) Elevar nossos índices de 'leitura' per capita apenas significa aumentar a compra de livros e não estaríamos fazendo nada por uma verdadeira democratização da leitura". Assim, questiona "a bem intencionada, mas talvez equivocada decisão de pretender democratizar a leitura com estímulos à oferta" (pp. 12-13).

Mas, se nunca faltam os questionamentos, alguns são inesperados porque provêm de leitores consistentes como o grande escritor português José Saramago, Prêmio Nobel de Literatura de 1998, que na Biblioteca Municipal de Oeiras, nos arredores de Lisboa, desabafou há pouco tempo: "Não vale a pena o voluntarismo, é inútil, ler sempre foi e sempre será coisa de uma minoria. Não vamos exigir de todo o mundo a paixão pela leitura". O fantástico foi que o disse diante da Ministra da Cultura depois de ter aceitado participar do Comitê de Honra do Programa Nacional de Leitura de Portugal[9] e que ele mesmo foi, durante o III Congresso Mundial da Língua Castelhana, em Rosario em novembro de 2004, um dos principais apoios da Campanha Nacional de Leitura da Argentina, com um brilhante discurso na Escola Normal Nº 2 dessa cidade da província de Santa Fé, junto com o ministro Daniel Filmus e com o autor deste livro.

Mas, além da generalização e do tom fundamentalista e provocador das palavras de Castrillón e Saramago, existe muito acerto nelas. A relação entre a docência e leitura não pode se avaliar com olhos e coração frios, *e é óbvio que os problemas estruturais não podem ser jamais resolvidos apenas por meio da aplicação de recursos técnicos.* Por isso sempre fracassam os tecnocratas do FMI e outros organismos, porque não podem ou não querem compreender, e não aceitam a realidade social estrutural dos países do chamado Terceiro Mundo.

Além disso, acontece que os problemas estruturais também não podem ser resolvidos mediante políticas compensatórias que são eficazes diante da emergência da não leitura (como são os casos do Plano Nacional de Leitura e a Campanha Nacional de Leitura), mas não atingem o fundo da questão. A escola deve se guiar e ensinar sobre a base de objetivos a longo prazo, ou seja, com projetos curriculares. *A leitura deve retornar ao terreno curricular, com tempo e espaço específicos e pautados dentro do horário escolar.*

Ademais, nem todas as campanhas de promoção da leitura são iguais, e assim como existem esforços excelentes, capazes de estimular realmente a leitura em diversos setores

---

[9] *Clarín*, 1º de junho de 2006. Serviço de EFE.

da população, também existe muito falatório improcedente e provavelmente mais de um inconfessável e obscuro interesse proselitista. E tudo isso, tanto nos meios acadêmicos como na docência profissional em todos os níveis, na política em geral e, é claro, na indústria e comercialização do livro.

Obviamente, a partir dessa perspectiva, o eixo da questão está em melhorar a formação dos professores. Nas palavras de Castrillón, "o propósito de formar leitores requer professores mais bem formados (...) também como leitores e escritores, condição necessária para ensinar a ler e a escrever" (p.15).

E diante de certas ideias de moda que pretendem instalar novos esquemas pedagógicos cheios de pretensões acadêmicas e carentes do sempre necessário e elementar sentido magisterial de Sarmiento, "é necessário defender o espaço da escola como o lugar onde *não se ensine a decodificar porém a ler, um lugar onde não se fale da leitura mas sim onde se leia*; e não se deixar enganar com esses discursos de moda que falam de 'desescolarizar a leitura'. Este país não necessita desescolarização de nada. Necessita que a escola e os docentes escolarizem, no melhor e mais amplo sentido da palavra, os temas de que a pátria necessita e que passam, também e primordialmente, por que gente do povo leia e pense", como diz contundente e acertadamente Graciela Bialet.[10]

E é claro que existem múltiplas práticas de leitura, tanto individuais como coletivas, assim como diferentes maneiras de ler e diversos propósitos de leitura, que podem ser plausíveis ou criticáveis segundo o contexto. Mas quando certos tipos de ação não levam em conta o contexto social nem os antecedentes comunitários, o mais provável será não somente o fracasso da experiência mas também a frustração geral reinstalada.

Trata-se, portanto, de não invalidar a priori nenhum esforço mas, ao mesmo tempo, de impulsionar o modo de aplicar sempre propostas e programas adequados a cada comunidade.

É verdade, de todas as maneiras, que existem setores abertamente interessados em que "os outros leiam" por razões que vão além da leitura, começando pelo editores e livreiros, o que é, obviamente, coerente e lógico. Para quase todos eles, é claro, a problemática da leitura se reduz à crise do livro, e costuma-se equiparar um conceito com o outro. De fato, as feiras de livros que se organizam em todo o país – em todo o continente e inclusive em todo

---

[10] Graciela Bialet, op. cit., pp. 33-39.

o mundo – se orientam mais para a promoção do objeto livro do que à leitura em si. Isso não é muito grave, apesar de tudo, porque *fatalmente uma nação de leitores comprará mais livros, porém um país de consumidores dificilmente será alguma vez um país de leitores*. O problema se apresenta, em todo caso, quando existe miopia em alguns editores que não o entendem assim.

E, além de tudo, estão os políticos de ponta (os vimos em ação mais de uma vez) que utilizam as reuniões comunitárias com interesses completamente diferentes da promoção leitora. Verdadeiros escorpiões da democracia, muitas vezes alimentados pelas oficinas do poder. É necessário denunciar constantemente suas nefastas participações porque podem acabar com mais de um programa de promoção leitora, por meio da manipulação ou de chantagens. E isso, fique claro, não é um problema externo às escolas. Ao contrário, costuma suceder dentro das escolas e em torno destas, dos refeitórios e das bibliotecas escolares, das cooperadoras e dos centros comunitários.

É que, vez por outra, é indispensável reconhecer o caráter político da educação e da leitura, da escola e das possibilidades de transformação social da árdua realidade que nos circunda. Sobretudo porque, como denuncia Castrillón, é urgente "retornar à escola, recuperar o tempo perdido em tentativas erráticas, em modas importadas, em tecnologia alternativa, em acordos com a Microsoft, em fórmulas impostas pelo Banco Mundial, em compras massivas e indiscriminadas de textos que não respondem às verdadeiras necessidades da formação de leitores e que ao mesmo tempo comprometem, a longo prazo e com altos juros, os escassos recursos. É preciso apostar na formação dos docentes, restrita atualmente às oficinas e à educação não formal com as quais se pretende preencher o vazio da formação básica. Oficinas que dotam o docente com técnicas de caráter instrumental, que oferecem a vã ilusão de poder ensinar a ler sem ser leitor" (p. 44).[11]

É claro, também que os pais e professores estão interessados nas campanhas, ainda que eles mesmos não leiam ou sejam relutantes a qualquer mudança. É verdade que costumam resistir, por pura ignorância, e muitas vezes se deve proceder com eles com serenidade e franqueza para derrubar preconceitos. Porque, repito, desde os tempos da ditadura

---

[11] Curiosamente, Castrillón no seu livro descreve uma Colômbia de notável semelhança com a Argentina da época de Menem quando condena os "acordos que pretendem dotar todas as escolas do país de computadores, sem levar em conta que muitas carecem das condições mínimas não só para ter computadores, mas para serem consideradas escolas" (p. 44).

o autoritarismo argentino deixou instaurado o temor à leitura. E não pense o leitor destas páginas, ingenuamente, que isso é coisa do passado.

Finalmente, as melhores campanhas são as que conseguem envolver os bibliotecários. Estes mediadores (me refiro mais extensamente a eles no Capítulo 8) são fundamentais porque diante do imaginário social representam e são a cara do saber e do conhecimento. E se eles não leem, claro, caem em aberta contradição, muito além das suas habilidades técnicas, porque um bibliotecário que não lê é como um carpinteiro incapaz de usar o cinzel e o formão.

Sobre o cânone e o que "pode ser lido"

A propósito, não compartilho a ideia aceita a partir de certa semiótica de que "ler é uma luta que se trava com texto" (Amado de Nieva, p. 13), discussão que deve ficar para outra ocasião e outro livro. Mas, sim, compartilho a ideia de que *cada leitura tem uma história* e que um mesmo texto admite e autoriza infinitas leituras possíveis, tantas quantos leitores tenha. Essa ideia, que acredito foi externada por Julio Cortázar, resulta de certo modo anticanônica, o que eu acho fantástico. Porque o cânone literário está sempre submetido a interesses sectários. Por um lado da crítica, tanto a acadêmica quanto a bibliográfica. Por outro, das instituições, ministérios, autoridades e direções dos docentes. E por um terceiro, e não menos importante, da indústria editorial.

A propósito, existem muitas definições de cânone, mais ou menos coincidentes. Das definições contidas no *DRAE* surge a ideia de preceito, decisão ou regra estabelecida. María Moliner no seu *Diccionario de Uso del Español* define: "Catálogo dos livros sagrados admitidos como autênticos pela Igreja Católica". Por extensão, costumamos utilizá-lo como lista dos livros autorizados e admitidos pelas autoridades de uma literatura. Assim entende também Roger Chartier: "Elenco de obras ou autores proposto como norma ou modelo".[12] Ou simplesmente é uma "ordem de leitura", segundo Foucault.

Seja como for, o que o cânone faz é estabelecer o que "pode e deve" ser lido e o que não, deixando fora tudo o que não autoriza e obviamente não inclui.

---

[12] *DRAE*, 21ª edição, 1992. María Moliner, *Diccionario de Uso del Español*, Gredos, 1991. Roger Chartier & Guglielmo Cavallo, *Historia de la lectura en el mundo occidental*, Madrid, Taurus, 1998. Michel Focault, citado er *Escuelas Centros de Cambios*, Ministério de Educação do Estado de Córdoba, 2006.

Nesse sentido, deve-se reconhecer que nas últimas décadas, quando começaram a circular certas modas pedagógicas, também se produziu uma espécie de carnaval de leituras. A escola começou a ser "assistida" pelo mercado e, de repente, lentamente, tudo foi validado, se viveu uma descomedida invasão de títulos e autores, de traduções questionáveis por serem culturalmente inapropriadas, e até se celebrou uma evidente e festejada desordem nas leituras porque – se dizia – "o que importa é ler" e então era melhor que cada um lesse e deixasse ler o que se quisesse. "Tanto faz o que as pessoas leiam, desde que leiam,", parecia ser a senha.

Mas essa "liberdade" nas escolas foi uma miragem. A ordem tradicional, conservadora, rígida e autoritária, se abriu a uma diversidade desordenada e caótica mais focada em vender livros que em promover a leitura e que, a julgar pelos resultados, não serviu para grande coisa. E todas essas mediações convergiram, e convergem ainda, para a docência e para pais e avós (isto é, os consumidores, os que compram livros) e condicionam a seleção de textos, as estratégias de leitura, os modelos leitores e os planos de promoção.

O engano foi inteligente, é preciso reconhecer. Como se a diversidade total e absoluta fosse o novo paradigma – promovido pelo pensamento único da globalização –, a fragmentação terminou por destruir a trama de conhecimentos e experiências do próprio sistema educativo. Foi um modo tremendamente sutil de rebaixamento, porque, com o pretexto de liberar e ampliar a oferta, na realidade o que se fez foi *transformar a escola em feira do livro*. E ainda por cima, dado a ruína econômica, "foi como se primeiro lhe extraíssem os dentes e lhe tirassem o olfato, e logo o fizessem desfilar vertiginosamente diante de uma comprida e variada mesa de comidas", segundo Francisco Romero. E isso, que hoje em dia continua e pode ser irrepreensível comercialmente, na verdade foi e é nefasto para a educação. Porque *a escola deve promover a leitura e não os livros*.

Claro que nem tudo é mercado. O cânone também tem ideologia. Na Argentina é sabido que os cânones sempre foram conservadores e imobilistas. E não somente durante a ditadura, mas também na democracia.

É que o controle social é uma questão essencialmente ideológica e política. Para quem controla (o poder, ou quem o detém ou administra) sempre o bom leitor, o leitor competente, acabará sendo um ser inapreensível, incontrolável. *A leitura conduz à liberdade*. E isso para o poder – ainda mais para o poder autoritário – é inadmissível. Daí para a inversão de todo tipo de cômputos, classificações, fichas, tabelas e fragmentações textuais existe somente um passo. São pretextos para "orientar" os jovens leitores extraviados, ou para "desenvolver suas habilidades", ou – ainda – para "estimular a compreensão leitora" e muitos etcéteras. A única coisa que certos canonizadores buscam, e muitas vezes encontram, é a limitação ou anulação tanto da livre interpretação do leitor quanto do mero prazer de ler por ler.

Esses postulados se implantaram na docência argentina como diretrizes canonizadas e tiveram como doloroso resultado que pessoas capazes acabassem se utilizando dessas insuportáveis terminologias acadêmicas, tendo como único efeito conseguir embaralhar o bom critério, sepultar o bom senso e confundir milhares de docentes e estudantes de Letras, Ciências da Educação e outras carreiras afins.

Refiro-me, claro, a essa retorcida linguagem pedagógica e tecnicista que não apenas é esmagadora, mas que também contraria o bom senso e o conhecimento. É que quando alguém começa a falar para um professor – ou este é forçado a ler – apenas sobre objetivos linguísticos e extralinguísticos orientados a decodificar hipóteses para estabelecer as modalidades da cognição e metacognição do leitor, levando em conta as teorias da recepção e da comunicação, assim como os processos de indução, produção e interpretação de signos, com eixo em práticas pedagógicas conducentes a comprovar, desestimar ou substituir definições dadas do objeto de estudo leitura... Nossa! É como quando alguém tropeça com as tais novas metodologias e técnicas propedêuticas cheias de descrições atitudinais, conversacionais, expositivo-dialógicas, metalinguísticas e metacognitivas, e tudo isso para estimular a compreensão leitora dos educandos a partir de experiências vivenciais e intelectuais com reflexão indutiva sustentada em teorias cognitivistas e sociais... E nem fale se a escrita epistêmica interage em contraposição à literária em um processo sistêmico de exploração cognitiva... pelo amor de Deus!

E agora, permitam-me acrescentar – com respeito e cautela, porém com firmeza – que um pouco menos de "promoção" e preocupações mediáticas não nos viria nada mal. Como também não seria demais acabar com certa terminologia economicista e comercial que invadiu a educação em todos os campos e se introduziu nas salas de aula. Refiro-me a esse jargão dos anos 90 que ainda perdura em documentos nacionais e estaduais, que está no texto e no debate da nova Lei Nacional de Educação, e que infectou o discurso pedagógico institucional com fórmulas como "oferta educativa", "qualidade de serviço", "usuários da linguagem e das bibliotecas" ou "educar para a produtividade e o crescimento".

Deveríamos olhar um pouco menos esse ambiente mediático de economistas de televisão que nada nos ensina, para olhar mais o interior, que necessita desesperadamente recuperar o bom senso. A quem interessa esses lugares-comuns em escolas onde as crianças não leem mas nós queremos que leiam? E para que o deleite da linguagem rebuscada de *marketing*, Windows e as novas tecnologias, quando na metade das escolas do país as crianças estão "desconectadas" por causa da fome?

Estou tentando dizer que também seria bom duvidar – somente um pouco, se quiserem, e como um desabafo – de conceitos retorcidos como a "lectoescritura instrumentada" e toda a parafernália de "objetivos", "tarefas", "habilidades", "propostas de trabalho", "aptidões", "compreensões", "exercícios" e "avaliações" que *contaminaram o puro, simples e maravilhoso prazer de ler*. E também por isso condenar a já mencionada ideia da "saída para o mercado de trabalho", que é um conceito mentiroso transmitido aos garotos e garotas mais pobres deste país com o pretexto chantagista de que "se estudarem vão arrumar emprego".

E ainda mais: nem mesmo temos por que aceitar postulados como o do "hábito da leitura". Acredito honestamente ser um bom leitor, um leitor mais ou menos competente, e, no entanto, não acredito ter nenhum hábito, coisa que o *DRAE* define como o "modo de proceder adquirido pela repetição de atos iguais", o que não me parece aplicável à leitura. A leitura está ligada com a vontade e não com a repetição, e a vontade tem a ver com a curiosidade, com o estímulo intelectual, com a maravilhosa didática que consiste em ter livros em casa e gente que os lê e conversa na sequência sobre aquilo que leu.

Quando eu ia à escola primária sentia prazer cada vez que a professora ou meus companheiros liam em voz alta, e se me chamavam para ler, me esforçava ao máximo para que eles se deleitassem tanto quanto eu. E isso não é impossível de recuperar, e nesse sentido, são desenvolvidas estratégias neste livro (no Capítulo 5) para que não apenas na escola, mas em todas as casas esses paradigmas sejam mudados.

Junto com as descrenças caberia também questionar as propostas lúdicas, supostamente modernas, que equiparam a leitura com o jogo, o que é inapropriado e desautorizante. E, inclusive, poder-se-ia duvidar também da efetividade de muitas ideias afins, como a teatralização, feiras, maratonas, jornadas ou festivais de leitura. Na realidade, todas essas ações têm um valor simbólico e podem não ser ruins, mas o problema é que elas podem gerar a ilusão de que fazer isso já é suficiente, pronto, já se fez alguma coisa pela leitura. Essa atitude *desconhece a perseverança* que o fomento da leitura exige, a construção amorosa com tempo e esforço. E, além disso, cabe lembrar que nenhum bom leitor, nenhum leitor sério, em toda a história da literatura se fez leitor jogando nem participando de feiras e gincanas que tantas vezes consideram as pessoas como consumidoras antes que como indivíduos.

Ler, sabemos, é contrariar. Por isso as propostas exclusivamente lúdicas não têm sentido, por isso desdenhamos o estímulo ao jogo acrítico, ao prazer pelo próprio prazer. Não é que a leitura seja perigosa, mas implica riscos, sim, sempre, para algum ponto de vista, porque questiona e abre os olhos, porque pode abrir a porta não para ir jogar mas para enfrentar os dogmas, o autorizado e o proibido. A leitura estimula sempre a dúvida, as perguntas, a curiosidade.

Como poderíamos discordar então de Silvia Catrillón quando ela disse em referência à Colômbia: "Um dos problemas fundamentais está em que a leitura veio promovendo algo de que facilmente se pode prescindir, como um luxo de elites a ser expandido, como leitura 'recreativa' e, portanto, supérflua. (...) Nesse contexto, a moda de campanhas de leituras baseadas no lúdico, no prazer, na recreação, na diversão, com a indicação de que ler é fácil. (...) associou a leitura a algo inútil e prescindível" (p. 36).

É que a contradição em quase todos os programas de promoção da leitura aparece e se vê claramente quando "estes surgem da necessidade que os setores associados à produção do livro têm de ampliar o mercado em benefício exclusivo de seus próprios interesses, o que leva à formação de um público de consumidores de um bem cultural que em si mesmo constitui uma ferramenta de reflexão e, portanto, de mudança" (pp. 37-38). Daí por que muitas vezes são impulsionadas campanhas que apresentam o livro como um objeto fútil, completamente despojado de qualquer capacidade de transformação cultural.

A educação é uma questão eminentemente política. "Para que a educação não fosse uma forma política de intervenção no mundo seria indispensável que o mundo onde ela existisse não fosse humano", escreveu Paulo Freire.[13] Daí a necessidade de que a leitura se encaixe nessa mesma concepção.

---

[13] Paulo Freire, *Pedagogía de la autonomía*, México, Século XXI, 1997.

Docência, promoção e prazer pela leitura

Promover a leitura nas escolas somente por meio de ordens ou oficinas é como tentar convencer os demais de uma fé religiosa.

O docente promotor da leitura que não lê e no entanto propagandeia os benefícios da leitura é, de certo modo, como aquele sacerdote ou pregador que repete frases bíblicas de memória e de maneira ostensiva enquanto sua vida privada talvez deixe muito a desejar. Toda ordem tem sempre um conteúdo paternalista, quando não autoritário.

É preciso ter cuidado com isso porque os docentes se confrontam – e nem todos são conscientes disso – com uma dupla lealdade, que já se verá como resolver. Por um lado, existe uma ordem de leitura, uma legalidade que respeitar, existe uma série de normativas do ministério do qual dependem. Essa normativa são os programas, os supervisores, os diretores, as efemérides, os livros didáticos, os cursos de capacitação, os esforços curriculares, enfim, tudo o que administra, supervisiona, controla e autoriza/proíbe determinadas leituras e até as pedagogias adequadas, muitas vezes a da moda no momento. Por outro lado, existe a possibilidade não de transgredir tudo isso, mas de exercer a liberdade de leitura. Isso é precisamente o que mais bem pode conectar os docentes com os chamados "educandos".

Em outras palavras: o docente apegado às normas pode ensinar a ler e escrever, com certeza, mas não necessariamente formará leitores.

No entanto, esta realidade, que me parece frustrante para muitos professores, não é a única circunstância com que se confrontam os docentes argentinos.

Às vezes faltam materiais e isso também atenta contra suas capacidades. A escola argentina, além dos esforços de recuperação que têm sido feitos, vem de um atraso de décadas, o que fica evidente quando se percorre o país, quando se conversa com os professores das cidadezinhas mais afastadas ou dos bairros carentes da periferia das grandes cidades. A reclamação é unânime: queremos materiais de leitura, nos faltam livros, não temos manuais e os que existem são caros ou ficam desatualizados a cada x anos...

É impossível responder a essa demanda, mas, sobretudo, causa indignação quando se comparam os níveis de certos gastos oficiais e a dilapidação do dinheiro, assim como a corrupção que ainda existe em vastos setores da administração pública e na maioria das províncias. E, ainda que se saiba que a questão não será resolvida somente com mais e melhores materiais de leitura nas escolas, o indubitável é que o Estado deve prover mais e melhores materiais e é nosso dever exigir isso, porque todos nós os pagamos com os nossos impostos.[14]

Também não sei se a problemática docente é apenas salarial, como pretendem algumas argumentações mais ou menos reacionárias, mas sei que *urge represtigiar a docência* e isso é inegociável, básico e prioritário. Dignificar profissionalmente o professor é um verdadeiro primeiro passo também para estimular os novos leitores por meio da liberdade e da alegria.

Pode parecer idealista, mas eu gostaria de ver um docente comprometido com a leitura, sim, mas acima de tudo leitor. Um docente que respire leitura mas que além disso receba do Estado toda a provisão necessária, para ele e seus alunos. E, obviamente, um docente que não seja somente um profissional que, como ironiza Edward Said, concebe seu trabalho apenas como ganha-pão, com um olho no relógio e o outro no que considera ser a conduta adequada, ou seja, "não causando problemas, não transgredindo os paradigmas e limites aceitos, fazendo-se vendável no mercado e, sobretudo, apresentável, isto é, não polêmico, apolítico e 'objetivo'".[15]

Entretanto, queremos profissionais da docência ativos, com inquietudes e inconformados, comprometidos com sua escola e seu entorno social e dispostos a encarar as transformações que forem necessárias. E que começam, logicamente, pela leitura cotidiana como motor de todas as transformações e das mudanças de paradigmas de que necessitamos. As boas pessoas devem voltar a ser os modelos neste país, e melhor ainda se forem também bons leitores, como os que existem em qualquer comunidade, e muito melhor se eles forem os docentes.

Determinar novas possibilidades leitoras para uma nação que viveu décadas em vias de subdesenvolvimento educacional, e necessita com urgência recuperar o tempo perdido, envolve questionar tudo: o que é ler, o que queremos que seja lido pelos argentinos de hoje e de amanhã, como imaginamos o futuro cânone literário organizado sem a pretensão autoritária de fixar também a interpretação que deve ser feita das obras.

---

[14] Na verdade, os 12 volumes que integram as coleções *Leer x Leer* e *Leer la Argentina* ainda não chegaram a todo o país pela simples razão de que a tiragem foi de meio milhão de exemplares – o que é muitíssimo! – mas para que cada professor e cada aluno tivessem uma coleção própria, como deve ser, faltaria produzir pelo menos 12 milhões de cada volume, ou seja, 114 milhões de exemplares. Assim grande é a carência de livros escolares em nosso país.

[15] Edward Said, *Representaciones del intelectual*, Barcelona, Paidós, 1996.

Ser intermediário do saber e do conhecimento é uma enorme responsabilidade para o docente. Por isso, e levando em conta tal intermediação, propomos não somente a liberdade do docente mas também um exercício de liberdade absoluta por parte dos alunos leitores. Não para que o professor se desligue dessa responsabilidade ou relaxe, mas para que cada leitura seja um detonador do imaginário e do critério próprio dos estudantes e, a partir daí e somente a partir daí (ou seja, a partir da leitura), se estabeleça um novo diálogo enriquecedor entre docentes e alunos em torno da melhor literatura.

Daí, ainda que pareça provocador, a proposta de *resistir às modas pedagógicas que fizeram do prazer de ler um trabalho pesado. É necessário e urgente despojar a leitura de exercícios obrigatórios e propostas de trabalho* porque, apesar das boas intenções que as encorajam, em muitos casos somente estragam o simples e grandioso prazer de ler.[16]

É interessante citar, neste ponto, a crítica que Graciela Montes faz à leitura "por prazer" a respeito da escola. Ela reconhece que ler por prazer "recupera a ordem da emoção", mas indica que "pouco a pouco o conceito foi perdendo claridade e acabou sendo entendido de muitas e diversas maneiras. Alguns o enxergavam como sinônimo de 'leitura criativa', de 'passatempo'... 'ler por ler', 'que cada um leia o que trouxe de casa', 'ler o que escolheu ler', 'ler algo divertido sentado em uma grande almofada', 'ler somente o que gosto', 'ler e depois se fantasiar', 'ler e depois desenhar'. Cada um entendeu a ordem à sua maneira. E quando a ordem se cristalizou – se transformou em inquestionável e automática – o frescor desapareceu. Com frequência havia uma confusão entre o prazer que é sinônimo de facilidade (o cômodo, o gênero bem conhecido, as técnicas recorrentes, as séries, 'apenas livros de terror', 'apenas estórias curtas' etc.) e o prazer que inclui o esforço, a surpresa, inclusive certo incômodo".[17]

Talvez se trate de uma concepção extrema porque mistura, por exemplo, a leitura em liberdade (isso e não outra coisa é "ler por ler") com o ato de fantasiar-se ou de ler para "depois desenhar". E ninguém confundiria, no caminho de ser um país de leitores, o prazer como facilidade com o prazer como sucesso.

---

[16] Guillermo Martínez sustenta a ideia de que o prazer da leitura está precisamente na sua dificuldade, ideia preciosa e compartilhada para o caso de leitores consumados, mas que não seria aplicável nestas pedagogias da leitura. Ver "Elogio a la dificultad", em *Fomento del Libro y la Lectura/7K,* FMG, Resistencia 2005, p. 9.

[17] Graciela Montes, *La gran ocasión. La escuela como sociedad de la lectura*, Plano Nacional de Leitura, MECyT, março de 2006, p. 9.

É claro que ler por prazer pode ser entendido como mais uma estratégia propagandística da promoção da leitura, mas convenhamos também que destacar o prazer da leitura é uma maneira de descrever as infinitas possibilidades de uma consciência leitora.

LER É MAIS QUE ESCREVER

A literatura argentina evoluiu muito na democracia e hoje estamos todos mais marcados pela literatura do que comumente se crê. Quase tudo o que se escreve e se lê é vinculado com os códigos sociais que descrevem os argentinos desta época. Não podia ser de outra maneira.

Portanto, refletir sobre o discurso literário impõe não apenas pensar em que tipo de literatura fazemos, mas no que significa fazer literatura em uma sociedade tão degradada política, econômica, social e culturalmente. A crise que vivemos há pelo menos trinta anos é colossal e não deixou nenhuma área de fora. Como se viu no Capítulo 1, o analfabetismo cresceu de maneira preocupante enquanto diminuía a leitura per capita. E outros indicadores como a produção de livros (que em 1953 superava os 50 milhões de exemplares com 4.600 títulos; em 1957 diminuiu para 18 milhões com 2.500 obras, e ao terminar a ditadura em 1983 era de apenas 12 milhões de exemplares) também mostram uma notável recuperação em termos de mercado: em 2004 se editaram 55,5 milhões de exemplares de 18 mil títulos. Mas isso, apesar de alentador, não reflete uma melhora das condutas leitoras.[18]

A literatura, é óbvio, acompanha os processos coletivos. Os escreve. E os/as narradores/as, poetas, críticos, professores e pesquisadores tecem a trama múltipla e complexa do discurso literário de cada época, atendendo – pouco mais ou pouco menos – às circunstâncias sociais anteriormente mencionadas: analfabetismo, leitura, indústria editorial, indústrias culturais. E muitas das perguntas que a sociedade se faz são as mesmas que os escritores se fazem. O que e como lê um escritor? Ele lê consciente da sua condição? A partir de quais livros e mensagens lidos, em diferentes lugares e tempos, seu imaginário desperta? Como

---

[18] Para mais informações sobre a indústria editorial, consultar: Câmara Argentina do Livro (CAL) http://www.editores.org.ar e Câmara Argentina de Publicações (CAP): http://www.publicaciones.org.ar. Consultar também: Julio Cesar Olaya Guerrero, *La producción del libro en el Perú 1950-1999*, Lima, Universidad Mayor de San Marcos, 2001: http://sisbib.unmsm.edu.pe/Bibvirtual/Tesis/Human/Olaya_G_J/cap4.htm

funciona a memória de leitura no escritor? E como funciona a memória da escrita no leitor que ele também é? Quando e como o escritor encontra seu texto na leitura?

E o leitor, quando lê um livro, deposita onde o conteúdo e os resultados de sua leitura? Por que razão profunda ele lê e de que maneira vai escrevendo também seu próprio livro, esse livro que é todos os livros e se chama conhecimento, saber, cultura? De que modo a leitura de cada livro nos transforma?

Essas e outras (muitas) interrogações constituem parte do fabuloso enigma da criação. Da escrita e da leitura, círculo perfeito e virtuoso no qual uma conduz à outra e a transforma e consagra. Porque o ato de escrever e o ato de ler não são atos puros, se é que alguma vez o foram. Hoje todos sabemos – pelo menos desde Nathanael Hawthorne e de seu discípulo Jorge Luis Borges – que cada leitura implica em uma reescritura interior, que toda narração é narrada duas vezes, ou mais, e que a escrita é derivação de infinitas leituras. Essa perspectiva, por um lado, une literatura e escrita em um único, misterioso e de alguma maneira indefinível processo, e por outro nos leva à crua revelação de que os mecanismos da leitura e da escrita não têm regras claras e precisas.

Graciela Montes acerta quando sustenta: "A prática da leitura e a prática da escrita estão muito próximas, mais próximas do que em geral se pensa. A decisão de escrever, de deixar uma marca, supõe ter alcançado, ou ao menos desejar alcançar, alguma leitura. Escrever é uma forma de estar lendo, do mesmo modo que contar é uma forma de ler o que se conta. A própria formulação em palavras já é uma leitura".[19]

Penetrar nesses processos, entendidos como momentos complementares da criação, implica mergulhar nos infinitos paradoxos que a criação produz em cada um de nós e em nossa identidade coletiva.

Uma vez, entrevistado para um jornal, me perguntaram: qual é a distância entre a experiência de ler e a de escrever? Respondi que a distância é monumental e a estabelece o fato de que ler não faz mal a ninguém e sempre ajuda a crescer. Entretanto, existem coisas escritas que seria melhor que não existissem. Eu suspenderia tanta promoção de oficinas literárias em todo o mundo e a trocaria pela promoção de oficinas de leitura. *Não é de mais texto que nossos países necessitam, mas sim de mais leitura.* Muito mais leitura. A ignorância se combate

---

[19] Graciela Montes, op. cit., p. 13.

com mais e melhores leitores. Os povos com mais leitores estão mais bem preparados para sobreviver. Não tem por que a leitura ser um privilégio das classes intelectuais ou endinheiradas. E é uma defesa magnífica diante de qualquer discurso apologista da estupidez, como os que abundam em nosso país.

Em minha opinião, não existe escritor sem leitor. E não me refiro aos outros como leitores, mas ao próprio leitor que é cada um de nós. Que cada escritor deve ser antes que nada. Porque o único escritor competente é o que primeiro, antes, foi leitor competente e, como sentenciou nosso memorável cego, o que se orgulha mais de suas leituras do que das páginas que escreveu.

Mas o melhor de todo ato criativo é que ninguém sabe nem saberá jamais o que é exatamente a literatura nem por que se lê, por que se escreve nem para quem. É praticamente impossível explicar esses processos, mas, sobretudo, acontece que ninguém quer explicá-los. A literatura é uma indagação, é um caminho de busca e não necessariamente para alcançar revelações. Escrevemos para saber por que escrevemos, e ao mesmo tempo escrevemos para ser lidos, porque todo texto está dormido, provisoriamente morto enquanto ninguém o lê. E é essa a função do outro, o leitor: reviver cada palavra, dar sentido e força e transcendência.

Dizia Juan Rulfo: "Escrevemos para não morrer". Ou seja, escrever como se vive: fugindo da morte à frente. Por isso tantas vezes, na paralisia, o poeta, o narrador sente que morre. E de fato está morrendo. Então, escreve para fugir da morte. E lê para convocar a vida. Por isso a leitura é desenvolvimento, por isso é crescimento. Ler é mais que escrever.

É claro que não proponho ignorar a escrita, mas levar em conta que ela "não desenvolve o vocabulário tão efetivamente quanto a leitura, tampouco ensina gramática, pronúncia ou habilidades leitoras; não oferece ao escritor tanto conhecimento e informação quanto a leitura nem ensina a escrever tão bem quanto a leitura" (Trelease, p. 220).

Por isso a obsessão e a moda das oficinas de escrita ou de "expressão" nas escolas fazem com que os professores invistam mais tempo em escrever do que em ler, e isso não é bom.

Nas escolas é comum escolher leituras com a ideia de que a seguir as crianças escrevam algo alusivo, ou bem produzam novos textos a partir do que foi lido. Para mim isso não parece producente; a ideia de "ler para escrever" me parece desnecessária. Cada jovem leitor se lançará a escrever se tiver vontade, mas na escola o importante é que não sinta nenhuma obrigação vinculada à leitura. Com certeza existem fantásticos livros motivadores e oficinas eficazes, mas *escrever ou não deve ser independente da leitura*.

Trelease lembra que, "das quatro habilidades (escutar, falar, ler e escrever), a de escrever é a menos usada pelos adultos nas tarefas diárias" (p. 219). Então, que sentido tem insistir em ensinar escrita em detrimento da leitura? As crianças não serão melhores estudantes por escrever todos os dias. *Os melhores alunos não são os que mais ou mais bem escrevem, mas os que leem mais.*

Ambos os atos implicam compromissos complexos e inadiáveis, é claro. Diz-se e repete-se que o compromisso do artista deve ser apenas com sua obra. Muito bem. Mas se se vive neste doloroso continente, sobrevivendo a políticas de ajustes e irritados pelos efeitos sociais da corrupção, não parece decente que o escritor se feche em autocontemplações. E isso somente lhe imporia a condição de ser antes de tudo um bom leitor, eficiente e constante. Alguém que sabe que é um bom leitor pode não ser escritor, mas o bom escritor não pode não ser leitor.

Por acaso, alguns docentes sentem que isso pode resultar mais arriscado em termos de conduta coletiva na sala de aula. Seria bom lembrar que não há problema em ler em um ambiente desordenado. De fato a leitura em liberdade pode não ser tão silenciosa, e existirá quem misture leituras, ou revire livros e revistas, e até pode acontecer certo caos. Também pode suceder que não leiam os clássicos que nós gostaríamos e sim textos que desaconselharíamos. Mas não temos que nos preocupar com isso. O que queremos é que leiam e assim formem seus próprios critérios. *Quando se lê muito, não há que sentir temor ante nenhuma leitura*. E, além do mais, não idealizemos: talvez nenhuma geração tenha lido completamente os clássicos. Essa é uma ilusão que temos, não uma comprovação.

Aconteceu-me há um tempo durante uma conferência em La Rioja. Alguém do público me perguntou se eu admitiria que meu filho lesse *Mein Kampf (Minha luta)*, de Adolf Hitler. Minha resposta foi que lamentaria muito ter que enfrentar tal hipótese, pois confiava que esse livro não estivesse na biblioteca da escola que meus filhos frequentam; mas que se fosse o caso eu não seria censor de nenhuma leitura e confiaria no critério do meu filho, que talvez um dia venha a ler esse livro abominável, mas certamente antes terá lido Cervantes e Shakespeare, assim como no dia seguinte lerá Cortázar, Faulkner, Gogol e toda a vasta e superior literatura universal. Isto é: nesse hipotético caso eu confiaria no bom leitor que meu filho pode ser e ao mesmo tempo apresentaria às autoridades da escola uma severa discussão sobre o acervo disponível na biblioteca.

Em síntese, e acho que nossos docentes podem compreender perfeitamente, não podemos virar as costas totalmente para o que nossos garotos e garotas leem, mas também não devemos ser censores. Todo bom leitor é curioso, caótico, insatisfeito e por isso devemos celebrar a variedade. Não queremos que todos os alunos sejam futuros professores de Língua e Literatura, porém queremos que leiam.

Façam a prova: desenvolvam para uma turma uma teoria literária sobre Borges e leiam para outra turma "El muerto". Ou melhor, desenvolvam durante uma semana uma explicação acadêmica sobre a gauchesca para uma turma e leiam sextinas de *Martín Fierro* a cada dia para outra turma. E depois me contem o que promove mais a leitura.

A literatura também educa a alma. Não são poucos os professores, de qualquer profissão e matéria, que escolhem exemplos literários, e leituras, pela simples razão de que *aí se encontram todos os princípios, valores e condutas humanas*. Mas o que importa é que o desenvolvimento intelectual acompanhe o desenvolvimento emocional e também o social. Trelease põe como exemplo um caso paradigmático: "Quando pensamos somente nos resultados das provas, devemos lembrar que a nação mais educada em 2 mil anos liderou o mundo em matemáticas e ciências em 1930. Mas essa mesma nação se transformou no Terceiro Reich. O Holocausto não teria acontecido se o coração alemão tivesse estado tão bem educado como sua mente" (Trelease, p. 109).

Todo escritor leva em consideração essa circunstância, ainda que não seja conscientemente. A impunidade de alguns monstros desperta aquele compromisso excludente com a própria obra, mas também produz uma forte rebelião interna. E surge a pergunta: que obra produz o artista que é capaz de evitar pronunciamentos sobre as misérias e desgraças que definem o curso político, econômico e social de nossos países? Jamais direi a ninguém o que deve escrever, pensar ou calar. Mas não posso deixar de sustentar que a literatura, a escrita e a leitura, hoje como sempre, nos impõem uma enorme responsabilidade.

Obviamente, a literatura não é feita para para dar respostas. Mas parece dar.

A literatura, diz-se por aí, não serve para nada. Mas não é tão inútil.

Também se afirma que não faz revoluções. Muito bem, mas contribuiu para elas e escreveu *todas elas*.

Cada escritor se pergunta o que não compreende, o que não sabe, o que duvida, cada escritor que questiona seu próprio inferno nos questiona a todos, como estabeleceu Quevedo há quatro séculos.

Agora nós sabemos também que *o bom leitor questiona tudo* e é por isso que a leitura representa um perigo para o poder.

Devo lembrar que vivemos na América Latina, este continente menos feroz e exótico que os europeus costumam crer, mas muito mais destruído do que os globalizadores querem reconhecer?

Quando na América Latina recuperamos a democracia, também recuperamos o uso da palavra, mas nem a democracia nem a liberdade significaram por si próprias recuperar o tempo perdido.

Por isso mesmo, em nosso país e em nossa América, ou seja, nestes subúrbios do assim chamado Mundo Global, o pensamento, a razão e a poesia são ofícios cada vez mais complexos. E em paralelo, a leitura foi se transformando quase em uma extravagância. Já sabemos que a falta de trabalho e a deterioração econômica turvam o ânimo, envilecem os ideais e debilitam a criatividade. São implacáveis inimigos da leitura e de seu filho direto, o saber. Mas como cultura, democracia e liberdade são termos inseparáveis, então trata-se de resistir ao desastre econômico ao mesmo tempo que se reinventa a esperança.

Já apontamos o enorme paradoxo: enquanto o mundo alcança níveis assombrosos de desenvolvimento científico e tecnológico, em nossa América existe mais fome do que nunca. Quando os avanços deveriam nos deixar orgulhosos enquanto seres humanos, nós aqui temos que nos envergonhar pela quantidade de crianças sem lar e pela miséria que é a paisagem de todas as nossas cidades.

Para um escritor, um poeta, um escritor latino-americano deste tempo é muito difícil se manter em atividade criativa sem atentar ao que passa ao redor. É simplesmente impossível se distrair, se aburguesar textualmente, inclusive se concentrar nos deliciosos rodeios teóricos da criação e da crítica ou no mero prazer da leitura. A menos que se seja um pouquinho idiota.

Por que escrevemos então? Porque, além de fugir da morte, deixamos escrito que pertencemos a este mundo e a esta época. E porque, afinal, não podemos evitar e não sabemos, ou não queremos, fazer outra coisa. Mas claro: o que pode fazer um poeta, um narrador diante da brutal realidade? O que cabe fazer aos que só pensam e refletem mas não têm soluções nas mãos nem possibilidades concretas de modificar a realidade? Minha resposta é: continuar sonhando e espraiar o sonho. Para isso servem os poetas. Seu destino e seu drama é sonhar o impossível, talvez um mundo melhor. Descrever infernos. Antecipar horrores. Conceituar o etéreo. Apreciar o oculto. Desvelar o insondável. Explorar o desconhecido. Criar essa alteridade que é a arte.

E por que lemos e nos importa tanto que outros leiam? Porque com cada página lida e que fazemos ler se constrói o pensamento autônomo. Com cada livro que se lê se coloca um tijolo no alto da grande muralha que é o conhecimento. Com cada leitura damos um passo à frente e retrocede a ignorância. Talvez possam me dizer que nem tudo o que se lê é bom e proveitoso, e é verdade; mas eu responderei que quem mais lê mais bem diferencia. Não sabe de pães quem come vidro, mas quem experimenta todos os trigos. Por isso lemos tanto e por isso fomentamos a leitura. Porque cada texto bem lido é desmentir os corruptos, os autoritários, os que crescem com o enganoso fim da história, os globalizadores que governam. Cada leitura demonstra que a história segue seu curso, sempre em movimento. E cada poema e cada conto demonstra que o importante das utopias é sonhá-las, porque isso faz mais digna a vida e além disso nos permite viver a beleza. A humanidade, nossos povos, a gente mais simples, todos, sempre, necessitam da poesia – ainda que não saibam e ainda que se recusem a aceitar – para mais bem suportar a própria tragédia.

Alguns, olhando a vida com os olhos da alma, discutem e propõem estratégias para a promoção e o fomento da leitura porque sabem que ao menos essa utopia é possível.

A velha e clássica pergunta – para que servem os poetas? – tem uma única e eterna resposta possível: os poetas servem para que lhes perguntem para que servem os poetas e então eles continuem tentando respostas em forma de poema. Por isso a poesia – como leitura – é como uma infinita relação amorosa: uma única árvore de múltiplos galhos chamados paixão, ternura, amizade, confiança, conflitos, alegria, rigor, suavidade, sede, entrega, dúvidas, respostas e tantos mais. E é uma árvore que, quando cresce, ninguém quer que seja derrubada jamais.

Capítulo 5

A leitura em voz alta e a leitura silenciosa

Definição e importância

A leitura em voz alta é para mim o caminho mais poderoso do fomento à leitura. É a via ideal, quase perfeita, para o estabelecimento de uma relação amigável com a leitura e com os livros, e, consequentemente, para o acesso ao conhecimento. Ainda mais, a leitura em voz alta é a chave para a educação e para o saber, para a construção de cidadãos responsáveis e de uma sociedade melhor.

Sigo nessa matéria as ideias gerais e o ensino de Jim Trelease, em minha opinião o mais agudo e competente expert em leitura dos Estados Unidos, autor de um livro extraordinário, *Manual de la lectura em voz alta*.[1] Trelease desenvolve no seu manual uma assombrosa teoria para alcançar o sonho de uma sociedade de leitores, e o faz a partir de uma enorme experiência: várias décadas de observações e práticas de mãos dadas com essa virtude que todo intelectual deve ter: o bom senso comum à experiência não dogmática nem preconceituosa.

A leitura em voz alta, sustenta, é "uma das mais baratas, simples e antigas ferramentas de ensino" (p. 33). E, a respeito do baixo custo – assunto que para uma sociedade como é

---

[1] Jim Trelease, *Manual de la lectura en voz alta*, Bogotá, Fundalectura, 2005. Mais adiante, todas as citações desse livro mencionarão o nome do autor e o número da página.

hoje a nossa não é de pouca importância –, acrescenta: "O menos custoso que podemos dar a uma criança, além de um abraço, resulta ser o mais valioso: as palavras" (p. 51).

Isso é absolutamente verdadeiro.

Se alguém se perguntasse como começar a aplicar a estratégia da leitura em voz alta, a resposta seria extremamente simples: *começa-se começando a ler*. Conforme cada caso são os pais, os professores e bibliotecários – os mediadores – os que devem tomar a decisão de quando, o que, como e onde ler em voz alta. Para isso não é preciso mais que decisão, generosidade e uma leitura ao alcance da mão.

Os mediadores, na magnífica definição de Graciela Montes, são uma espécie de "casamenteiros entre o leitor e o texto (...). A voz de quem lê um conto em voz alta, sua presença, o livro que sustenta na mão, as ilustrações que se espiam ou vislumbram, o lugar no qual se desenvolve a cena, os odores e sons circunstanciais formam parte da experiência e chamam a atenção sobre ela".[2]

Do ponto de vista do bom senso, a leitura em voz alta se baseia em comprovações simples que o mundo vem fazendo desde sempre e, em particular, as mães ao longo toda a História: acalmar os bebês, alimentá-los pela boca e pelo espírito, ajudá-los a construir seu vocabulário, sossegar as inquietudes dos filhos, diverti-los quando estão irrequietos ou entediados, explicar-lhes os laços de família e o tamanho e comportamento do mundo em que vivem, estimular sua curiosidade, fortalecer e facilitar seu caminho para o conhecimento e o saber, dar-lhes prazer e alegria.

Tudo isso é o que queremos para nossos filhos. E tudo isso podemos lhes oferecer por meio da leitura em voz alta. Dessa maneira, a leitura vai ficando associada a tudo o que há de melhor na vida.

É nesse sentido que o prazer da leitura pode ser recomendado, ensinado, transmitido, não tanto como uma habilidade (o que também poderia ser), mas como uma provisão amorosa que damos às crianças, com nossa voz e os textos mais maravilhosos da literatura universal, de maneira a lhes transmitir um alto grau de segurança.

A segurança também está associada ao prazer e à alegria. A leitura em voz alta também, porque é regida por Eros e não por Tánatos. Como uma mãe, o leitor só dá vida.

---

[2] Graciela Montes, *La gran ocasión. La escuela como sociedad de lectura*. Plano Nacional de Leitura, MECyT, março de 2006, p. 17.

Se não existe prazer, inevitavelmente a criança rejeitará a leitura. Daí que a leitura em voz alta, paciente e tranquila, estimulante e, na medida do possível, divertida, jamais é rejeitada por nenhuma criança. Façam a prova e verão: nenhuma criança pedirá que *não lhe leiam* em voz alta. Nenhum dirá: "Não, não quero que você leia para mim".

E para ler por prazer – atenção – o mais importante é *sempre* o que se conta, a trama. Como quando alguém quer "um bom livro", ou seja, quer uma boa história. São os típicos livros que se levam "para ler durante as férias". Bom, com as crianças acontece o mesmo: querem boas histórias, com ação, intriga, suspense. E aí estão os *Harry Potter* de J. K. Rowlings, ou a série *Narnia*, de C. S. Lewis. Vejo na minha casa e me parece fantástico: esses livros mantêm as crianças longe da televisão!

Um lê para o outro como quem dá de comer para quem tem fome, mas não como dádiva e sim como ato de fraternidade: etimologicamente o verbo "compartilhar" significa "repartir o que se tem". Ou seja, repartir o pão para que o outro também coma.

A leitura em voz alta é o melhor caminho para criar leitores, simplesmente compartilhando as palavras que nos vinculam. Compartilhar a leitura é compartilhar a linguagem prazerosamente, afirmando-a como veículo de entendimento, fantasia e civismo.

Para a leitura em voz alta não é preciso "saber" de literatura nem de livros. Apenas são necessários *uns minutos*, e basta ler em voz alta e clara. É possível ler um conto, uma poesia, um artigo de uma revista ou qualquer notícia do jornal. As crianças, por si próprias, decidirão se isso que é lido para elas é interessante. A qualquer idade saberão mostrar seu interesse ou manifestar seu desinteresse.

Tampouco é preciso fazer cursos de literatura infantil ou participar de uma oficina de leitura. Não se requer nenhum esforço ou talento especial. Somente se deve ler. Generosamente, intensamente se possível, teatralmente se o texto propõe ou autoriza. Ler em voz alta implica sempre a possibilidade de um encontro precioso com a criança que escuta.

Um fator que Trelease destaca é, precisamente, que por meio da leitura em voz alta se nutre a capacidade de escuta das crianças, tanto em casa como na sala de aula. E isso, ele diz, "fornece os alicerces da leitura" porque "*a compreensão oral (escuta) aparece antes que a compreensão leitora*" (p. 41).

Referindo-se especificamente aos mediadores escolares, Liliana Argiró diz: "A leitura em voz alta captura para os leitores de hoje, leitores silenciosos, os mistérios e segredos.

Mas ler em voz alta é como uma dupla leitura, a vista e o ouvido se apoiam entre si, se potencializam reciprocamente. Ler em voz alta multiplica, expande, convoca".[3]

A questão do vocabulário também é essencial, porque toda criança vai à escola para aprender por meio de palavras. De onde resulta óbvio que as crianças que cheguem à escola com vocabulário mais rico terão melhores possibilidades, ao passo que as crianças com menos recursos verbais terão mais dificuldades.

Bem, e onde as crianças aprendem mais palavras? Como elas alcançam um vocabulário mais rico? Sem dúvida, na leitura em voz alta, que, além de melhorar sua capacidade de escuta, as familiariza com um léxico mais bem provido, o que, por sua vez, lhes permitirá entender mais e melhor tudo o que for ensinado na escola. E mais: quando a criança começa a ler por si mesma, o vocabulário que trouxer de casa será determinante para o seu grau de facilidade de compreensão.

"Se uma criança tem idade para que alguém converse com ela, já tem idade para que alguém leia para ela. É o mesmo idioma (Trelease, p. 69)."

É claro que todos sabem que o vocabulário não é adquido somente por meio da escuta ou da leitura. Desenvolve-se, sobretudo e de melhor maneira, por meio desse exercício de vocabulário que é a conversação. Certamente por isso Jorge Luis Borges costumava destacar certa nostalgia pela perda do costume de bater-papo. E qualquer pessoa de idade avançada se lembrará, se lhe perguntam, da importância atribuída antigamente à conversa, ao intercâmbio de ideias que era o intercâmbio de palavras, que remetia sempre à literatura, àquela velha e maravilhosa ideia de "falar de livros", ainda vigente em alguns setores intelectuais e que exige sempre duas qualidades: paixão e sinceridade. Tal como sucede com as opiniões políticas, ao "falar de livros" se defende aquilo em que se acredita. E isso convida a conversar e, possivelmente, como estapa posterior, também conduz a ler.

As crianças "não entendem"

Esse é um preconceito que não deve invalidar a leitura em voz alta dirigida às crianças, sobretudo aos menores, incluindo os bebês. Porque se trata de ler para eles em voz alta, não de estar atento ao seu entendimento.

---

[3] "Lectores de hoy, lectores de ayer, lectores de siempre. Un itinerario posible para que la lectura nos 'encuentre' desde la escuela", na 9ª Publicação do programa "Volver a Leer" do Estado de Córdoba, 2004, p. 32.

As crianças sempre compreendem uma coisa: que a voz da mãe é doce, grata e acolhedora. É o que mais os bebês reconhecem, mesmo dormindo.

Dois especialistas para mim fundamentais – Trelease e a francesa Michelle Petit – coincidem que *antes do livro está a voz*. "Tudo acontece nas palavras maternas que enunciam as primeiras sílabas para o bebê; nessa voz interior que escuta o bebê, essa voz que transmite um sentido; um sentido que ainda lhe escapa mas que ele pressente. Essa voz cujas modulações mudam conforme a mãe fale da realidade cotidiana ou se deixe levar pela fantasia, e à qual desde cedo a criança é sensível", diz Petit.[4]

Trata-se de ler em voz alta, não de questionar o entendimento de quem escuta. Quem, certamente, já se encarregará, de diversas maneiras, de nos fazer conhecer suas "opiniões" e seus gostos.

A leitura em voz alta exige que os pais comecem lendo textos breves, ajustados à capacidade de atenção da criança. Ambas as coisas irão crescendo com os anos: a extensão dos textos e a atenção. E também a famosa compreensão, obviamente, porque será produto de uma evolução bem guiada e acompanhada.

Sabemos que a criança vê imagens e cores, reconhece os rostos familiares e vai descobrindo o mundo, seu entorno. Logo enche seu espírito de mensagens, cartazes, imagens, propagandas, movimento. Em estado de pureza virginal se assoma à vida, à televisão, aos estímulos de um mundo que nem sempre a recebe com sorrisos. Extrai significados de tudo isso e lentamente aprende a falar e a se expressar, e inventa estórias e quer estórias porque seu vínculo com a vida não distingue ainda o real da ficção. Por isso é essencial que nessa etapa a criança incorpore a leitura, o objeto livro e a narração como parte da vida. Quanto menor, melhor. Não se deve esperar nem um minuto. Não importa se a criança "não entende". Eu diria, inclusive, que o melhor que pode acontecer é que não entenda. Não entendamos a leitura! Simplesmente leiamos, compartilhemos histórias com eles. O livro pode ser, e deveria ser (depende de nós, os adultos), um dos seus brinquedos preferidos.

A escola, por isso, deveria estimular as crianças a sentir que o momento da leitura (esses poucos minutos de leitura em voz alta ou os que se destinem à Leitura Livre Silenciosa

---

[4] Michelle Petit, Chantal Balley e Raymonde Ladefroux, *De la bibliothéque au droit de cité*, Biblioteca Pública da Informação, BPI/Centre Georges Pompidou, Paris, 1997.

e Sustentada, da qual falarei mais adiante neste mesmo capítulo) é como *um recreio encantador, enriquecedor e divertido, no qual a aprendizagem vai de mãos dadas com a leitura em liberdade absoluta.*

Trata-se sempre de estar do lado das mentes mais abertas e não contaminadas. É o que nos recordava Graciela Cabal em cada uma das suas afetuosas participações nos Fóruns do Chaco, aos quais assistiu ano após ano até seu falecimento, em 2004: "Eu estou do lado das crianças. A criança, em geral, faz alianças com os avós, com os velhos, porque os dois estão nos extremos, em uma instância que não é o trabalho nem a agitação violenta e desordenada de serem efetivos ou exitosos, estão marginados cada um em seu extremo. Então se unem, como fazem os marginalizados. E no meio ficam os pais, que sempre estão como que em outra coisa, como os que não entendem. (...) Os pais aparecem mandando, não entendem o que acontece, só o neném e a avó. E então eles confabulam para se ajudar. E isso não significa que o neném não goste dos seus pais".[5]

E chegará o tempo da mudança, quando aprender a ler. A leitura talvez não resulte tão prazerosa então, certamente se converterá em algo trabalhoso. Mas a criança estará mais bem preparada se naturalmente tem incorporada a leitura como parte da vida. Se equivocará, lhe custará compreender tudo o que lê. E aí novamente a família deverá acompanhá-la, compartilhando leituras, poemas, contos. Em todo caso, esse será o tempo de "entender", ou melhor, de ir entendendo.

Acrescenta Petit: "Fortalecido com esse poder que lhe dá a voz incorporada, a voz protetora, a criança pode se afastar um pouco. (...) Desenha seu espaço, desenha a si mesma. Começa a ser seu próprio Pigmaleão, a se contruir como sujeito. (...) Nos encontramos realmente nas premissas da emancipação do pequeno ser humano" (p. 21). E, se apoiando em Gilles Deleuze,[6] conclui que "a canção ou o relato da noite são um princípio de ordem no caos e continuarão sendo durante toda a vida" (p. 23).

Também entre nós essa maravilhosa estratégia tem destaque. Graciela Montes fala da "moderada liberdade de ler em voz alta" onde o texto "marcará sua presença; o timbre de voz, a entonação, os balbucios, as pausas são reflexo de sua atividade, do seu trabalho... Pequenas

---

[5] "Yo no escribo para la infancia, escribo desde la infancia: entrevista a Graciela Cabal", entrevista de Adriana Malvido, na 9ª Publicação do programa "Volver a Leer", Estado de Córdoba, 2004, p. 47.

[6] Gilles Deleuze, "De la ritournelle", em *Mille Planteaux*, Paris, Minuit, 1980, p. 382.

intervenções, comentários, críticas, referências a outros textos, perguntas às vezes insólitas, gestos mínimos são as rachaduras por onde, muitas vezes, a leitura pessoal se deixa ver".[7]

Aconteceu comigo várias vezes quando visito escolas e falo com os estudantes. O silêncio desses "pequenos vândalos", como os chamava Cabal, me encanta, uma vez que são cativados por uma boa leitura em voz alta. Experimentei com crianças de todas as idades textos cuja leitura demanda entre cinco e dez minutos. E nunca falha. Textos meus e de outros autores, sempre lidos com paixão, com vontade de cativar seu interesse. E me encanta ver inclusive os professores em silêncio, também eles cativados pela leitura e depois, diante do diálogo livre que inevitavelmente se inicia, desfruto apreciar como acabam sendo parte do encontro, porque aí passam a ser leitores adultos e não mais professores. E confesso: mais de uma vez gozei intimamente com o deslocamento de algum docente que se colocou a "professorar" e que conseguiu apenas – contraste implacável – o aborrecimento de algumas crianças que, no ato, compreenderam a diferença muito melhor que o docente.

E não pense que o bate-papo posterior deva ser sobre nada especial. Na realidade, tudo o que eu faço é perguntar se eles gostaram ou não e, às vezes, pergunto se eles conhecem algum outro texto, qual e por que, e terminamos falando de nossos livros favoritos, meus e deles, e os comprometo a trazer esses livros para a escola o quanto antes e os compartilha com seus companheiros e amigos.

O problema costuma ser, acredito que vai ficando claro, que quem deveria incentivar a leitura e ocupar o lugar do mediador que estimula não o faz. Os mestres, os professores, deveriam ser os primeiros leitores, os mais entusiastas, os que estimularão o desejo de ler. E nem sempre o fazem. Reside aqui grande parte do problema. E dizer isso não é ir contra os docentes, mas o contrário: dizer isso é absolutamente a favor deles!

Leitura, literatura e meios na escola

É óbvio que nas últimas décadas a literatura perdeu muitas batalhas. E não apenas pela pressão das chamadas "razões de mercado", mas também pela proliferação de propostas de moda, quase todas vulgarizantes, de ilusório atrativo, elitistas ou de entediantes hermetismos.

---

[7] Graciela Montes, op. cit., p 11.

A crise editorial foi duríssima nos anos 90 e isso contribuiu para a fenomenal crise de leitores. As dificuldades econômicas atentaram contra a indústria do livro. Produziu-se uma vertiginosa descentralização, acabou o crédito, o mercado diminuiu, centenas de livrarias fecharam e se desencadeou o auge do extraliterário ou paraliterário: Auto-ajuda, História, Biografia, Sociologia, Ciência Política, Economia, Management, infinitas abordagens da conjuntura política e toda essa escrita que supostamente "ensina a viver".

Literatura bastarda em muitos casos, evidentemente mobilizou o interesse dos editores porque gerou novos e diferentes leitores. Não é minha intenção julgar quem cultiva esse ramo, mas lamentar, sim, que muitos bons editores tenham caído nele.

O certo é que hoje o grande público compra esses livros (são os que mais vendem) e desdenha, assim, sem perceber, a boa literatura, ao mesmo tempo que alimenta – sem querer – seu próprio atraso. Incentivado ainda pelo auge da vulgaridade, do mau gosto, da arte-relâmpago e da estética do ordinário que impera na televisão. É um fenômeno que dá razão a Borges quando dizia que "a estupidez é popular".

Os difusos limites entre literatura e indústria editorial, e entre literatura e educação, se evidenciam em uma pesquisa realizada na Itália e mencionada por Umberto Eco. Mediante um questionário literário que oferecia quatro respostas possíveis a cada pergunta, "interrogados sobre o *Decamerão* apenas 21% dos entrevistados responderam que se tratava de um livro de contos, 14% declararam que era um tipo de ônibus, 29% afirmaram que se tratava de um apartamento de dez ambientes e 36% supuseram tratar-se de um vinho tinto".[8]

Também é frequente ouvir que há vinte ou trinta anos os jovens liam muito mais do que hoje. É possível, mas também não idealizemos. É verdade que na atualidade as crianças dedicam mais tempo ao videoclipe, ao computador e outros meios audiovisuais, mas, na minha opinião, não é a tecnologia a culpada (ver Capítulo 6). Não acredito que as crianças leiam pouco porque assistem à televisão ou jogam na internet. Acredito sim que as crianças de hoje não leem porque seus pais também não leem.

E, ainda por cima, nosso sistema educativo – o escolar e também o familiar – transformou a leitura em um trabalho pesado, em um castigo e até em chantagem.

---

[8] Umberto Eco "Un hombre que lee vale dos", em *La Nación* de 20 de abril de 2004.

As crianças não são tontas. Obviamente preferem a televisão e os jogos da rede. Você não faria o mesmo?

Quando alguém lê, queira ou não, trabalha o texto no sentido de perguntar e *se perguntar*, descobrir e *se descobrir*, *dialogando com a leitura*. E se poderia dizer também que a leitura trabalha com o indivíduo porque com essas interrogações e esses descobrimentos são disparados riquíssimos processos interiores, se amplia o ponto de vista, se engrandece o horizonte e se dialoga com o mundo, e o universo adquire novas e infinitas dimensões. Isso é maravilhoso. E é espontâneo e não conduzido, porque é íntimo.

Nenhuma criança pode se educar sem leitura. E, neste sentido, podemos sim dizer que é impossível a educação sem livros. Não existe sistema nem tecnologia que possa substituí-los, porque o livro na escola representa uma ideia totalizadora e canonizadora do saber, e *incorpora conhecimentos e desenvolve o imaginário, únicas maneiras de moldar um pensamento crítico próprio.*

Mas entre nós, durante muitos anos, pelo menos desde a década de 60, muitos educadores acreditaram no contrário. Fizeram com que eles acreditassem que a chave da leitura estava em outro lado: na compreensão. Todavia hoje se escuta essa preocupação, que, no entanto, nunca conseguiu dar respostas ao problema da não leitura. E mais: acredito que a agravou involuntariamente.

O problema que os professores apresentavam era mais ou menos assim: como ensinar os alunos a compreender o que leem? Isso levou às árduas formas de decodificação textual, a certos excessos mal digeridos de Barthes, Benveniste e outros linguistas notáveis, e assim o ensino da literatura, de passagem, se transformou em uma espécie de ciência exata. Os árduos interrogatórios sobre significantes e significados, conteúdos e prosódias, análises gramaticais, léxicas e de intencionalidade autorais – dito seja com toda responsabilidade e sabendo da heterodoxia desta afirmação – fizeram estragos na leitura.

Caiu-se no excesso de interrogações sobre *o que se quis dizer* (anulando *o que se disse*) e chegaram a tornar complexos, quase que de maneira farsesca, os estudos textuais até um ponto em que a maioria dos alunos não entendia o que lia (e não liam nem queriam ler porque não entendiam nem lhes interessava tudo isso, obviamente) e até começaram a odiar a literatura, os livros e a leitura.

Dito seja com todo respeito e cuidado: os professores de língua e literatura deveriam se informar de que os alunos dos níveis secundários, na Argentina e em todo o mundo, não querem ser literatos. Querem poder desfrutar em paz da leitura. E aqueles que por acaso tenham vocação, certamente, buscarão os modos de encaminhá-la. Mas a grande maioria dos alunos só quer e necessita, e *isso* é o que se deveria dar a todos, uma correta desenvoltura da língua, uma correta expressão escrita e a oportunidade de ler em liberdade.

Mas isso não se constrói com entediantes teorias literárias nem com "exercícios" chatos que só conseguem afugentar os leitores. Isso se constrói a cada dia, com professores e alunos lendo juntos.

Portanto o problema não se reduz a que "as crianças de hoje querem as coisas fáceis". Não é somente que a televisão "não nos faz pensar". Não basta dizer que "chegam pessimamente preparados do primário" (com o qual se culpa uma vez mais a docência, muitas vezes entre os próprios docentes), que "agora a internet está destruindo a cabeça das crianças", isso uma vez mais sataniza a tecnologia. O problema está em que os professores muitas vezes não assumem que podem estar equivocados. Simplesmente isso: talvez errem nas estratégias, porque se especializaram – involuntariamente, é óbvio – em destruir as sementes leitoras.

Cada vez que um professor fazia – e infelizmente ainda faz – perguntas sobre o significado de um texto, a partir da sua boa intenção em acreditar que com isso seus alunos mais bem compreenderiam a leitura, na realidade o que fazia – e ainda faz – é afugentar o leitor potencial que existe em cada aluno. Minha experiência autoral está cheia de casos de alunos que tocam a campainha da minha casa ou telefonam, para que, *por favor*, lhes explique "o que eu quis dizer". E quando lhes explico que tudo o que "eu quis dizer" é o que está escrito, receio que me odeiem se por acaso não forem aprovados... obviamente por minha culpa.

A eliminação da hora de leitura nas escolas (da qual muitos da minha geração sentem saudade), o cancelamento daquele sublime momento de leitura em voz alta que desfrutaram outras gerações, gerou o que vemos: garotos e garotas *confrontados* com os textos. Inimigos de sua própria vontade e necessidade de leitura, rapidamente jogadas no lixo. Ou impulsionados à indiferença, produto da obrigação de fazer análises críticas, abordando assuntos que geralmente não lhes interessam, e impedindo o desenvolvimento de *seu desejo de ler livremente*. De ler por ler.

É que hoje na Argentina quase todos os adolescentes *sabem ler, concordo, mas não sabem o que ler*. A imensa maioria dos garotos entre 12 e 18 anos não saberia que livros escolher porque, na verdade, além de ninguém lhes ter inculcado o hábito de ler nem o conhecimento dos livros, eles também ignoram por completo o desejo de ler.[9] Sem falar no conceito de prazer.

A moda dos mestres e professores de fazer perguntas muitas vezes rebuscadas ou ultra-acadêmicas foi letal. Mas não devem ser culpados por isso porque não tiveram outra chance. A ditadura, por um lado, proibiu toda pedagogia da liberdade enquanto os condenava a ensinar formalismos vazios. E depois a democracia não soube corrigir isso, porque, entre outras coisas, chegou o *marketing* para acabar de estragar tudo, quando muitas editoras começaram a fazer livros com "propostas" de trabalho, cansativas e inúteis inquisições, atividades imprestáveis e análises e interpretações que foram formas perfeitas de matar o desejo de ler. Fizeram com que os docentes se contagiassem de uma retórica "produtivista" que, transferida aos alunos, o único que fez foi que fugissem da leitura. E, ainda por cima, a mania de "avaliar" tudo e de condenar a "falta de compreensão leitora" dos estudantes acabou afastando o sujeito do seu objeto, ou seja, os leitores dos livros.

É urgente, e seria mais fácil do que se pensa, mudar as formas de ensino da literatura. Se realmente queremos que os alunos sejam leitores, capazes de construir significados e inseri-los na trilha do pensamento próprio, autônomo, livre e audaz, é necessário mudar os planos de estudo e estimular mudanças nas atitudes dos docentes de língua e literatura para que, entre outras coisas, compreendam que o trabalho e o tédio são inimigos da leitura.

Para isso poderiam ser feitas muitas coisas, simples e rápidas, começando por ler em classe, em voz alta, compartilhando entre todos o prazer de um bom conto, de uma poesia, inclusive novelas por capítulos. Eu sonho com professores que levem para a escola o livro que leem em sua casa e o apresentem e o compartilhem com seus alunos.

E, além do mais, é preciso começar a ler *os textos completos, não fragmentados*, nem fotocopiados. Trata-se de voltar ao livro, ao modesto livro de baixo preço que se consegue em qualquer lugar. Voltar à frequência compartilhada das bibliotecas, escolar ou de bairro, e nunca mais propôr atividades depois da leitura. Deve-se eliminar o conceito de "trabalho" ou "produção" em torno da leitura. Zero de produção. E incentivar o debate livre, estimular

---

[9] Este, aliás, é o melhor resultado das Avós Contadoras de Estórias, que depois de cinco anos lendo para as mesmas crianças já sabem que esse desejo é perfeitamente despertável.

o espontâneo, despreocupar-se com toda construção de significados, toda comparação, toda associação e toda interpretação que não seja espontânea, livre e estimulante.

Na escola argentina, a leitura em voz alta *deveria ser considerada prioritária*. Ainda mais levando em conta o grau de decomposição social que produziu a persistente crise econômica dos anos 90, cujos piores resultados começam a ser percebidos mais de quinze anos depois. É urgente que a leitura em voz alta seja considerada em uma categoria superior no labor *educativo*.

"A leitura em voz alta é muito mais importante que os módulos, as tarefas, os questionários, os relatórios de leitura e os cartões didáticos", diz Trelease (p. 33). E, de fato, nas circunstâncias atuais, a escola argentina faria bem em mudar alguns de seus paradigmas leitores, de maneira a aceitar que *qualquer trabalho de interpretação ou compreensão, e qualquer outro trabalho didático vinculado à leitura, em definitivo não faz mais que interferir entre o livro e o estudante*, ou seja, entre leitura e ensino, entre construção de personalidade e transmissão de conhecimentos.

Isto é, para mim, o mais grave problema da promoção da leitura, pelo menos na Argentina: todos os esforços e estratégias destinados a fortalecer a compreensão leitora não fazem mais que neutralizar a emoção do descobrimento, interferem na imaginação, interpõem cláusulas e condicionantes que anulam o prazer.

Imaginemos o seguinte quadro para focar em um dos problemas mais frequentes da pedagogia imperante em matéria de leitura: somos uma criança que frequenta a escola 180 dias cada ano e praticamente todo dia nos falam da importância de ler (que é o que nós *não fazemos*), nos falam mal da televisão (que na verdade nos encanta e nos diverte) e nos dão guias de leituras que mais ou menos sutilmente nos obrigam a ler uma hora ou mais por dia, e, ainda por cima, nos impõem "propostas de produção" e interpretação e nos apresentam questionários para ver se entendemos ou não entendemos... Não há dúvidas: mais cedo ou mais tarde acabaremos odiando a leitura.

A esse respeito, e talvez com a típica mentalidade capitalista, Jim Trelease compara em determinado momento a leitura com os negócios. E o faz com graça e aguda ironia: "A leitura é o produto que tentamos vender. Cada vez que lemos em voz alta fazemos um comercial do prazer que esse produto proporciona". Consequentemente e, em sentido oposto, continua, "cada folha de exercícios é um comercial do tormento. Se o tormento for maior que o prazer, o cliente parte para outro produto" (p. 94).

Aliás, existe uma piada que circula pela internet sobre a retorcida linguagem academicóide de certos ambientes da docência argentina, que representa o disparate a que se chegou.[10]

Uma proposta para as escolas argentinas:
leitura em voz alta e leitura livre silenciosa e sustentada

Na Argentina não sabemos quantos pais leem diariamente para seus filhos nem quantos professores o fazem, nem quantas crianças, nem quando, nem quanto tempo real, nem com qual frequência.

Isso não significa nenhuma acusação. É a simples constatação de nossas carências, que nessa matéria é chave porque se trata das duas mediações fundamentais. Seria fantástico realizar ambas as pesquisas, que permitiriam comprovar como os pais e os professores descartam o recurso fundamental que significaria aplicar uma dupla estratégia leitora: a combinação

---

[10] *Jesús (el Maestro) en la E.G.B argentina*. Naquele tempo, Jesus subiu a montanha e sentando em uma pedra deixou que seus discípulos e seguidores se aproximassem. Então tomou a palavra e disse:
— Na verdade, na verdade digo que serão bem-aventurados os pobres de espírito, porque deles será o Reino dos Céus. Que serão bem-aventurados os que tenham fome e sede de justiça, porque eles serão saciados. Bem-aventurados os misericordiosos porque eles alcançarão a misericórdia. Bem-aventurados os perseguidos por causa da Justiça porque deles será o Reino dos Céus...
Então Pedro o interrompeu para dizer: "Mestre, temos que aprender isso de memória?"
E Andrés disse: "Temos que tomar nota?"
E Santiago disse: "Isso cai na prova?"
E Felipe disse: "Não tenho papiro!"
E Bartolomeu disse: "Teremos que fazer uma monografia?"
E João disse: "Posso ir ao banheiro?"
E Judas disse: "E tudo isso para que serve?"
Então, um dos tantos fariseus presentes, a quem nunca tinha ensinado, pediu para ver o planejamento de Jesus, e diante do assombro do Mestre, indagou nestes termos:
— Qual é o nome do projeto didático? Quais são as expectativas de sucesso? Tende à abordagem da área de forma globalizada? Você selecionou e hierarquizou os conteúdos? Quais são as estratégias? Responde às necessidades do grupo para garantir o significado do processo Ensino-Aprendizagem? Proporcionou espaços de encontros a fim de coordenar ações transversais? Quais são os conteúdos conceituais? Quais os conteúdos procedimentais? E quais os de atitude?
Carifas, o maior dos fariseus, disse então: "Depois da instância compensatória de março, me reservo o direito de me reportar diretamente aos teus discípulos para que as enquetes favoreçam o rei Herodes".
Os olhos de Jesus se encheram de lágrimas e, elevando-os ao céu, pediu ao Pai a aposentadoria antecipada.

da *Leitura em Voz Alta* e da *Leitura Livre Silenciosa e Sustentada*, que pode render extraordinários frutos na escola argentina.

Trealease postula que "um dos propósitos fundamentais" da leitura em voz alta "é motivar a criança para que leia de maneira individual por prazer. Em termos acadêmicos, esse tipo de leitura é denominada leitura silenciosa e sustentada. (...) Nada de interrupções para responder a perguntas, nada de questionários ou relatórios: apenas ler por prazer" (p. 173). A formulação dessa ideia reconhece diversas denominações, dependendo das diferentes siglas em inglês que podem ser traduzidas como: "Momento diário de leitura individual", "Largue tudo e leia", "Leitura silenciosa ininterrupta", "Leitura livre voluntária".[11]

O espírito que governa essa ideia é de que "ler é uma habilidade e, quanto mais se usa, mais bem se faz" (p. 174), o que para nós soa obviamente como tipicamente funcionalista e por isso mesmo deveria ser adaptado à nossa realidade. O contexto socioeducativo argentino e latino-americano necessita atender de maneira menos mecânica essa "habilidade". Apesar de que partimos do princípio de que nosso magistério se conforma que os alunos quase não leiam e que isso se transformou em um problema quase sem solução.

Por outro lado, na sociedade civil existe uma espécie de pensamento mágico: o de que se as crianças não leem em casa, pelo menos lerão na escola. O que é completamente falso e gera pelo menos dois graves problemas: exime de culpa os familiares e transfere para a educação escolar uma responsabilidade que não pode cumprir. Não conheço medições de quanto tempo é dedicado à leitura nas escolas argentinas, mas estou certo de que deve ser uma porcentagem ínfima das quatro ou cinco horas de cada jornada.

"Se a maioria das crianças aprende a ler mas não lê, devemos nos perguntar *por que* não o faz" – argumenta Trelease (p. 176). "As únicas respostas lógicas são: porque não gosta ou porque não tem tempo (...) A leitura em voz alta resolveria o primeiro problema e a leitura silenciosa e sustentada atacaria o segundo."

O único indicador que conheço no plano familiar é dos Estados Unidos, onde em 1990 se realizou um estudo nesse sentido. E demonstrou que somente 20% dos pais liam diariamente para seus filhos (Trelease, p. 47).

---

[11] Trelease disse que nasceu como "Lectura Silenciosa Sostenida" em 1960 na Universidade de Vermont, criada por Lyman C. Hunt, e logo foi desenvolvida pelos especialistas em leitura Robert e Marlene MacCracken (p. 177).

No entanto, em matéria escolar existem experiências maravilhosas de aplicação dessa dupla proposta. Obviamente é Trelease (p. 60-63) que desenvolve o caso da escola pública Solomon Lewenberg, de Boston, que esteve a ponto de ser fechada em 1984 pelos seus baixíssimos níveis acadêmicos e seus inumeráveis problemas de disciplina. Ali se aplicou uma combinação de leitura em voz alta e leitura silenciosa e sustentada e, em apenas quatro anos, as quase seiscentas crianças dessa escola passaram a alcançar a pontuação mais alta de leitura de toda a cidade.

Outro caso é o de Hiroshi Hayashi, um professor de ensino médio japonês que implantou o sistema em sua própria escola, cansado de ver como os jovens pioravam a sua conduta. Ao contrário do que se pensa habitualmente, parece que os garotos japoneses são displicentes e o abandono escolar aumentou 20% desde 1997 (Trelease, p. 62). A leitura silenciosa e sustentada produziu resultados extraordinários nessa escola, a tal ponto que Hayashi começou a enviar cartas aos seus colegas de outras escolas, que a sua vez incentivaram outros. Os resultados foram assombrosos. Hoje mais de 3.500 escolas japonesas aplicam essa combinação e seus alunos alcançam as melhores qualificações.[12]

A estratégia que – seguindo Trelease – proponho para as escolas argentinas públicas e privadas é muito simples, quase extremamente simples, porque *consiste em que cada docente, cada dia e todos os dias, leia em voz alta um texto breve* que pode ser narrativo, poético ou informativo, unitário ou sequencial (capítulo de novela) dependendo da idade dos alunos, *e que isso seja complementado imediatamente com alguns minutos de leitura silenciosa em liberdade*.

Essa leitura – que proponho para *todos os níveis*, do inicial ao universitário – convém ser *muito breve* (não mais de dez ou doze minutos ao início de cada período e antes de começar qualquer atividade) e requer apenas que o docente leia em voz alta, de maneira clara e atraente. A seguir, *e sem necessidade de comentários nem opiniões*, são iniciadas as aulas da jornada.

A persistência e consistência dessa atividade são condições *sine qua non*, de maneira que rapidamente os alunos saibam que cada jornada se inaugurará com uma leitura. Assim, rapidamente eles começarão a esperar esse momento e logo participarão pedindo determinados textos ou a repetição de leituras e inclusive não faltarão os alunos que se oferecerão para ler o que eles mesmos trouxeram de suas casas ou da biblioteca.

---

[12] Trelease (p. 63) e jornal *Asahi Evening News*, de Tóquio, de 17 de maio de 1998.

Aliás, essa simples prática leitora permitirá uma interessante recuperação lexical. Tomemos por exemplo contos breves, de entre 600 e mil palavras. Em voz alta, clara e lentamente, podem ser lidos em dez minutos. Em silêncio, em menos de dez. Mas o mais importante é que, se projetarmos isso, significaria a possibilidade de multiplicar a linguagem coloquial das crianças pelo simples fato de que estariam lendo pelo menos umas 5 mil palavras semanais, o que significa umas 20 mil mensais. Não me ocorre nenhuma possibilidade melhor, mais rápida e mais agradável, para aumentar o vocabulário dos estudantes.

Esse pequeno e transcendente momento deve ser completado com outro, de modo a encerrar a jornada: *a Leitura Livre Silenciosa e Sustentada, que não é outra coisa que uma permissão de poucos minutos, ao final da aula, para que cada aluno leia o que quiser, em silêncio, antes de ir embora.*

A leitura livre silenciosa e sustentada consiste em destinar os últimos dez ou doze minutos de jornada para que cada aluno leia em silêncio o que quiser. *A chave é a liberdade a partir da única ordem: ler em silêncio*, e com a garantia de que o docente não viagiará a conduta do grupo nem as distrações de cada um.

Para isso é fundamental, a princípio, dispor de um menu de textos em um cesto ou trazê-los cada dia da biblioteca, ou – com o tempo isso é o ideal – que os alunos mesmo tragam os textos que queiram ler silenciosamente ou talvez compartilhá-los ou intercambiá-los com seus companheiros. O fundamental é que toda a classe leia em silêncio, cada um concentrado no seu texto, sem controles, até que toque o sinal e voltem para suas casas.

Logo se verá como os alunos agradecem que lhes permitam ler em silêncio. *Eles também necessitam (ainda que não saibam expressar em palavras) que em algum momento do dia se detenha o mundo.*

Trata-se de ajudá-los a ler do mesmo jeito que eles sonham, porque as crianças sempre sonham – todas as pessoas sonham – e os sonhos são narrativos. Mesmo os mais medíocres ou lineares, todos os sonhos contém histórias. Cada sonho é uma narração. Mesmo que uma pessoa sonhasse apenas números, ou sinais, por exemplo, seria impossível que eles não compusessem uma narração, porque há sempre um significado nos sonhos, ou seja, uma história. E assim é como lemos e nos interessa o que lemos. E em silêncio é que misturamos e cozinhamos lentamente, em nosso espírito, o que lemos ou sonhamos.

E esse maravilhoso momento de recolhimento, íntimo, não deve de maneira alguma ser estragado pela obrigação de explicar o que eles sentiram nem deve ser encarado como um trabalho, nem submetido a avalição do que talvez tenham compreendido ou não, nem o que "viram" no texto, ou pensaram, ou que for. É indispensável ajudar-lhes garantindo esse espaço de leitura em silêncio!

De passagem, isso *instala e fortalece a ideia de que a escola é um espaço onde se lê e não um lugar onde se fala da importância da leitura.*

Proposta:

Ainda que eu saiba que algumas instituições do país realizam provas de leitura em voz alta e que existem outras que estimulam e autorizam o tempo para ler, a combinação de ambas as estratégias não se pratica como *atividade de todo o ano, todos os dias, todos os anos e em todos os cursos*, nem como ação coordenada ao iniciar e encerrar a jornada. Daí o sentido desta proposta, que permitiria superar a falta de uma política institucional sistemática.

Para implantá-la, as instituições educativas simplesmente deveriam garantir que todos os alunos tenham, todo dia, pelo menos esses *dois momentos de leitura garantidos: ao iniciar a jornada e ao finalizar a mesma.*

O mais recomendável é que se ponham em funcionamento ambos os programas ao mesmo tempo. E não somente porque é muito simples fazê-lo, mas porque é o mais eficaz. Ainda que na realidade o maior ou menor êxito de ambos os programas dependerá da vontade e da constância da direção da instituição e de cada docente.

Em síntese, simplesmente trata-se de iniciar as atividades de cada dia com dez a doze minutos de leitura em voz alta e terminar com dez a doze minutos de leitura livre, silenciosa e sustentada.

Vejamos um modelo de implantação desta proposta:

Leitura em voz alta para iniciar a jornada: toda manhã (ou toda tarde), antes de começar as aulas, cada mestre (ou professor do ensino médio, EGB ou Polimodal) lê um texto em voz alta durante dez a doze minutos. O texto que quiser, o que leu na noite anterior, o que ele achar interessante e quiser compartilhar com seus alunos. Não é necessário, em princípio, nada além de dizer que quer compartilhar com eles o texto que vai ler. Só isso. E lê. Dez ou doze minutos. Depois, sem nenhuma transição, inicia a aula com toda naturalidade.

Leitura livre, silenciosa e sustentada para terminar a jornada: da mesma maneira, cada meio-dia (ou tarde), ao terminar a jornada, cada mestre ou professor convida os alunos a ler em silêncio o que eles quiserem, durante dez ou doze minutos. Só isso. Não é necessário nada além de uma breve explicação das regras a primeira vez para que fique claro que se trata de uma proposta de absoluta liberdade, o que realmente é. A única condição que se pede – não se impõe, se pede – é que leiam em silêncio, cada um o que quiser. Se não levaram nada, o mestre ou professor oferecerá ir rapidamente buscar alguma leitura na biblioteca (ou terá previsto essa possibilidade e organizado uma cesta com livros e revistas ou simplesmente terá uns quantos exemplares sobre a mesa). A ideia é que cada aluno leia em silêncio o texto que quiser. No final, se despedirão até o dia seguinte.

São duas estratégias complementares, é claro, que dispostas harmonicamente produzirão resultados assombrosos.

Rapidamente se perceberão os interesses dos alunos quando eles mesmos queiram falar de suas leituras, compartilhá-las, recomendar textos, intercambiar com seus companheiros ou com o mestre/professor.

Nesse ponto deve-se dizer que é essencial que o docente leia ao mesmo tempo que os alunos. De nenhuma maneira seu labor termina com a leitura em voz alta do início da jornada. É indispensável que no final o docente também leia em silêncio o que quiser. E isso não apenas para "dar exemplo", mas também porque os alunos costumam se identificar com mestres e professores e poderiam perfeitamente tomar como exemplo tanto se o docente busca alguma palavra no dicionário como se lê o jornal, uma revista ou um livro em particular.

No Capítulo 2 já adiantamos que a leitura em voz alta e a leitura livre, silenciosa e sustentada podem ser concebidas como *um recreio encantador, enriquecedor e divertido, no qual a aprendizagem vai de mãos dadas com a leitura em liberdade*. E de fato é assim. Convém então pedir às crianças que sejam elas que tragam leituras; deve-se motivá-las para que todo dia sejam elas que proponham novos textos para compartilhar na aula (e, levando em conta que a palavra "aula" sempre remete a obrigações e avaliações, haveria que se ter muito cuidado ao usá-la na leitura livre, silenciosa e sustentada); estimulá-los a que compartilhem em casa a leitura de que mais gostaram com pais e irmãos, ou com seus amigos. E assim, lentamente, se poderá ir perguntando a eles qual é o melhor livro que leram, qual o pior, quais seus pais e irmãos ou seus amigos adoram ou abominam, qual mais recomendam e por quê etc., etc., etc.

Fica claro que por nenhuma razão serão interrompidos esses minutos finais de cada jornada, que são de propriedade, digamos, dos alunos. Também não serão feitas perguntas nem cobradas tarefas, nem muito menos se avaliará coisa nenhuma.

E aqui cabe *um esclarecimento importantíssimo*, porque mais de um docente pode brincar ao ler o que foi dito anteriormente, já que apenas o vocábulo *avaliação* é a chave para toda a docência.

Antes de tudo, separemos os fins. Quando digo que "não se avaliará nada" me refiro a que *não haverá provas, não se avaliará os alunos de modo convencional*. O que não impede que os professores possam levar avaliações pessoais, íntimas e inclusive curriculares, para verificar como se desenvolve a estratégia e que novas leituras propor. Dessa maneira os docentes saberão o que ler, intercambiando títulos e experiências, chegando a serem leitores eles próprios. Para isso a instituição poderá organizar reuniões de avaliação da experiência para ver como cada docente a desenvolve, se cria bem os climas, se o tempo é o adequado ou convém aumentá-lo ou diminuí-lo. Isso vai proporcionar, inclusive, que os professores comecem a "falar de literatura". Seria um maravilhoso resultado adicional!

Mas de nenhuma maneira serão aplicadas provas, tarefas, guias de estudo nem serão formuladas perguntas aos alunos nem com os alunos. De nenhuma maneira se avaliará qualquer atitude da criança em relação aos livros, aos textos e à leitura. Eles devem saber *e sentir* em todo momento que *não se trata de uma atividade*, mas sim de momentos absolutamente livres, não condicionados a nada e que – como foi dito antes – *se trata de um espaço próprio onde o aprendizado está de mãos dadas com a leitura em liberdade*.

Portanto, me desculpem o rígido tom preceptivo do parágrafo anterior, mas neste ponto – exatamente neste – não cabe um tom de proposição: é absolutamente indispensável que *os alunos não se sintam avaliados nem controlados*. Daí o conceito da leitura *livre,* silenciosa e sustentada.

De maneira que, na experiência que aqui se propõe, *o docente deve apenas ler para os alunos em voz alta ao início da jornada e depois deixar que as crianças leiam em silêncio no final*. E se o docente também lê durante esses minutos, muito melhor.

E ninguém se assuste, por favor, pois não estamos propondo uma hora curricular de leitura, mas apenas uma experiência de leitura de *dez minutos por dia,* porque sim, sem rodeios, ler por ler sem tarefas posteriores.

A ideia de não qualificar nem medir rendimentos, pois, *deriva do mais elementar bom senso que devemos recuperar para a docência de nosso país.* Os adultos não trabalhamos com livros, nem com revistas ou jornais. Simplesmente lemos. E jamais fazemos avaliações, exercícios nem provas. Por que, então, vamos forçar as crianças a fazê-los?

Finalmente, apenas será conveniente comentar o que alguns alunos/as quiserem em relação a suas leituras, e só se eles assim quiserem ou se manifestarem nesse sentido.

A essência desta proposta, está claro, é esta:

1) A leitura em voz alta persuade por meio do que o professor lê para toda a classe: textos unitários (contos, poemas, artigos de jornais ou revistas) ou seriados (novelas por capítulos, dependendo da idade e do nível dos alunos).
2) A leitura livre silenciosa e sustentada é a oportunidade respeitosa, e em liberdade, de ler para si e porque sim, sem obrigações e sem que essa leitura deva "conduzir" a nada.

Esse recurso é fácil, bom, barato. A decisão não custa dinheiro nem envolve realizar uma reforma educativa. Muito menos é necessária uma lei do Congresso Nacional nem uma resolução ministerial. Apenas uma decisão interna da instituição, ainda que seria fantástico que o MECyT recomendasse experimentar esses programas durante um par de anos. Bastaria com que cada escola fizesse uma medição prévia sobre quanto, quando e como leem seus alunos, para logo comparar os resultados. E já se verá!

Capítulo 6

A leitura e as novas tecnologias

Apresentação da questão

A pergunta mais frequente que enfrenta qualquer promotor da leitura é, palavras mais, palavras menos, a seguinte: o que fazer com as crianças que passam cada vez mais tempo na frente do computador, batendo papo pela internet o dia inteiro ou jogando jogos em rede? Como estabelecer limites?

Praticamente não existe público que não formule essa pergunta. Provém de pais e docentes que, em todo o país, se declaram cada vez mais desconcertados, alarmados ou vencidos pelas chamadas novas tecnologias.

Percebe-se neles um sentimento de impotência generalizada diante das infinitas possibilidades – sempre renovadas e na velocidade da luz – da internet e da informática em geral. A facilidade e a naturalidade com que as crianças de hoje usam o *chat*, os *videogames*, as mensagens de texto e todos esses avanços tecnológicos resulta completamente aterrorizante para os mais velhos.

E é compreensível que assim seja. Ainda que alguns possam recordar que essa é a mesma pergunta que nos fazíamos há um par de décadas, quando as crianças passavam "o tempo todo na frente da televisão", o fenômeno atual é muito mais forte e imprevisível, muito menos conhecido em seus detalhes e possibilidades (cuja infinidade atemoriza por si própria) e, portanto, menos gerenciável. Daí que essas chamadas "novas tecnologias" produzem maior impotência nos adultos do que a observada há uns anos, quando a preocupação se reduzia (escolho o verbo propositalmente) aos efeitos negativos da dependência à televisão. Essa impotência assusta, claro, porque "as crianças estão o dia todo envolvidas com "*isso*" que não controlamos.

E, como tudo aquilo que se ignora costuma produzir temor, acontece que muitos pais e professores se deixam levar por fobias paralisantes, proibições neuróticas e atitudes negativas, ou bem – como me parece está sendo cada vez mais comum na nossa sociedade – por uma perigosa *permissividade* derivada de certa espécie de *comodismo, estado de conformismo*, que, dito seja com toda franqueza, deve ser denunciado.

Vamos com calma, então, e comecemos por *descartar a ideia simplista* de que as crianças de hoje deixaram de ler porque assistem à televisão, como se dizia há uma década, ou porque são reféns da internet e dos *videogames*, da maneira como é propagado atualmente. Isso não é verdade. Pelo menos, não *toda* a verdade.

Sem dúvida, a televisão de péssima qualidade de nossos países e a tecnologia fascinante dos jogos virtuais exercem uma influência muito forte nas crianças, mas já sabemos que se elas não leem – não deixarei de repetir – é porque, em primeiro lugar, seus pais e seus professores também não leem. E depois sim: é indubitável a responsabilidade não das tecnologias mas sim dos responsáveis, que na Argentina são o poder político e os meios de comunicação, cuja miopia cultural e capacidade de vulgarização são tão grandes quanto grosseiras.

Muito bem. Mas condenar tudo isso não é suficiente, não basta nem corrige nada, muito menos alivia *a angústia de pais e mães quando veem que seus filhos estão dominados por máquinas e tecnologias,* um estado de coisas cujas consequências ignoram e temem.

Portanto, em primeiro lugar, gostaria de denunciar *uma atitude não de todo acertada* por parte da sociedade, que nessa matéria foi vítima, é verdade, mas que também tem alguma responsabilidade por causa da sua quase única coerência: a de nunca reagir diante do que a prejudica ou fazê-lo sempre tarde demais e de maneira errada. Por causa dessa triste passividade e da inaudita complacência que os diferentes setores sociais mostraram mais de uma vez na história argentina, pelo menos nos últimos setenta anos, me parece que como sociedade muitas vezes nos comportamos como se fôssemos alheios ao nosso próprio destino e permitimos, irresponsavelmente, que barbaridades demais sejam cometidas. O resultado está à vista: somos uma sociedade que se degradou velozmente em apenas um par de gerações. E isso abrange os mais diversos aspectos, desde a política até a educação, desde a economia até a comunicação, desde a saúde até a leitura.

Pelo menos desde que a queda da bipolaridade Leste-Oeste terminou com tantas utopias, desde que um péssimo ator de cinema se tornou estadista e começou o reinado do pior governo no maior império do planeta e desde que se instalaram ideias retrógradas como a de que a História terminava e o mercado era o novo deus absoluto e inquestionável, o século XXI começou em pleno auge da maior contradição vivida pela humanidade: a revolução tecnológica mais extraordinária da História, por um lado, e por outro a maior crise social, cultural e ambiental em trinta séculos.

Nesse contexto nos encontramos sem saber o que fazer diante de uma revolução que deixa pequena a revolução de Gutenberg e torna minúsculas as previsões de Julio Verne: o universo ao alcance da mão; o conhecimento concentrado em pontos de luz que brilham em uma tela; as vias virtuais de transmissão do saber se renovando minuto a minuto; o livro transformado em um objeto imaterial; e os textos, que historicamente foram pergaminhos, rolos, códigos e, na sequência, o amigável livro impresso que determinou a evolução do saber humano, agora são coisas imprecisas, móveis e inapreensíveis chamadas *hipertexto* ou texto virtual. Ou seja, intangível, inexistente, porque o que é virtual não é concreto, é uma abstração. Que problema.

A velha, falsa inimizade da TV

A textualidade eletrônica não é mais do que outro endereço para a leitura. É uma nova residência para os textos, um lugar diferente para a escrita, e é, tecnicamente, denominada "suporte". Que é o apoio que o sustenta (DRAE) ou o ponto, lugar ou "coisa capaz de sustentar algo", como diz o *Pequeno Larousse*, que em matéria informática define o suporte como: "Meio material, cartão perfurado, disco, fita magnética etc., capaz de receber uma informação, transmiti-la ou conservá-la e, depois, restituí-la a perfeição".[1]

---

[1] *El Pequeño Larousse Ilustrado*, Buenos Aires, Larousse, 2005, p. 941. Todas as definições que seguem são tiradas desse mesmo dicionário, com indicação de página entre parênteses.

Esse suporte é capaz de hospedar todo o conhecimento humano, tal como o livro impresso e encadernado que conhecemos o fez até agora. Só que agora o espaço necessário se reduz fantasticamente e, por exemplo, toda uma imensa biblioteca cheia de livros que lotam estantes do teto ao chão pode caber em um espaço invisível ou *virtual*, ou seja, "que tem existência aparente ou potencial mas não real ou efetiva" (p. 1040). E não apenas uma biblioteca, mas dezenas, milhares, todas as bibliotecas do mundo.

E nós podemos consultar tudo isso na tela de qualquer computador, em casa ou onde for, porque todas as letras, imagens e sons, de todos livros e discos do planeta, todos podem estar ali, medidos nos chamados *bit*, que são a "unidade mínima de medida de conteúdo de informação" (p. 157).

De fato, estamos falando do endereço da maior biblioteca universal. A soma de todas elas mas, ao mesmo tempo, diferente e melhor, porque permite concentrar e encontrar tanto conhecimento quanto o saber em um só suporte ou lugar.

Quem pode negar que isso é uma maravilha?

Ainda que, sem dúvidas, seja conflitiva – como sempre acontece com toda nova tecnologia –, porque apresenta muitos problemas, políticos, técnicos, econômicos, culturais, morais, jurídicos e muito outros. Com o livro de Gutenberg aconteceu a mesma coisa no seu momento e aqui estamos.

As chamadas novas tecnologias representam a maior oportunidade e possibilidade multiplicadora do saber, capazes de facilitar até o infinito a conexão, os vínculos, a associação de ideias e a divulgação democrática do conhecimento. Daí a repetição de que o questionamento delas (incluindo a telefonia celular, a televisão de alta definição e uma quantidade de suportes que a cada momento são descritos nos meios e nos surpreendem) deve ser feito com conhecimento e sem preconceitos. Especialmente porque se trata do que leem e assistem nossos filhos.

Mas nossos filhos também nos viram ler ou não ler, atuar e ficar paralisados, falar e fazer silêncio, e cresceram – pouco mais, pouco menos – vendo o mundo através daquilo que era mostrado pelos chamados meios de comunicação de massa (rádio, imprensa escrita e especialmente *a televisão*, esta última com abundância de conteúdos e discursos deploráveis).

É evidente que em quase todos os nossos países a televisão – salvo exceções – é retrógrada, ultraconservadora, autoritária, sexista e discriminatória. E a sociedade não parece tão preocupada com isso, nem com o fato de seus filhos serem reféns da televisão. De fato, existem aparelhos de televisão em 96,6% dos lares argentinos (e metade dos 3,4% dos que não têm TV em casa declara que é por falta de recursos).[2] E não pense que são um aparelho ou dois. Não. O equipamento caseiro em média na Argentina é de 2,4 televisores por lar.[3]

Por isso os argentinos assistem à televisão uma média de 3,4 horas diárias, o "que quer dizer que a TV continua sendo o principal consumo cultural dos argentinos", conforme conclui o relatório oficial de consumos culturais.

Uma pesquisa do jornal *La Razón*,[4] realizada entre 10.714 votantes, mostrou que 58,1% das pessoas (presumivelmente todas da Cidade de Buenos Aires) assistem à televisão entre duas e quatro horas diárias, *e 9,5% assistem mais de cinco horas*. Somente 8,5% dizem não assistir à televisão, enquanto 23,9% assistem uma hora ou menos todo dia.

Obviamente, esses dados não significam que devamos acusar os inventores da televisão, nem uma tecnologia específica, e sim *reconhecer que as causas da má qualidade são de gestão e são políticas, econômicas, publicitárias, sociais e culturais*. A devassidão comercial, o mau gosto, a incapacidade estatal de controlar, juntamente com a idiota apologia do ordinário e do vulgar, se combinam diariamente para confundir a linguagem do nosso povo, propor o ócio improdutivo, desviar a atenção de problemas importantes,[5] ressaltar excessos e, entre muitos outros resultados negativos, fazer com que o entretenimento seja um modo de paralisia social ao mesmo tempo que um modo de extravio das tradições leitoras.

Dessa maneira perderam sentido o prazer da leitura e a leitura que forma o bom senso. Tudo isso foi perdendo atenção, interesse, tempo e até sentido diante da chamada "caixa boba", que de boba nunca teve nada, nem foram bobos os seus proprietários nem os sistemas político-econômicos que legislaram e continuam legislando sobre a televisão.

---

[2] Sistema Nacional de Consumos Culturais (SNCC), Secretaria de Meios de Comunicação da Chefatura de Gabinete, Presidência da Nação. Dados de agosto de 2005: http://www.consumosculturales.gov.ar/sncc.htm

[3] Segundo dados de 1999, nos Estados Unidos 58% dos lares possuem televisores inclusive na cozinha. Jim Trelease (op. cit., p. 90) não duvida em qualificar de "muito torpes" os pais de família que os colocam. Ainda que não pudesse encontrar dados equivalentes em nosso país, não estranharia que na Argentina essa torpeza fosse igual ou maior.

[4] Realizada pela consultora D'Alessio-Irol. *La Razón* de 10 de novembro de 2005.

[5] A influência desse meio é formidável: a pesquisa da SNCC diz que 84,9% dos argentinos se informa por meio dos noticiários da televisão.

E dissemos que não se trata de satanizar a televisão e que os meios de comunicação de massa não são nem bons nem maus. São as falsificações, o consumismo exacerbado e neurótico e o falso democratismo que estão *despalavrando a sociedade*. Porque, quando as pessoas se veem forçadas a não falar nem pensar a não ser em termos econômicos e suas convicções estão obscurecidas pelo medo diante da incerteza, todo raciocínio fica dificultado. E se nesse contexto familiar, social e ainda educativo as crianças não leem porque não são estimuladas em absoluto, a culpa disso não é da televisão. Ao menos não exclusivamente da televisão. Pensar o contrário me parece uma redução excessiva, ainda que, de todas as maneiras, e para desenvolver o juízo crítico dos futuros cidadãos da democracia, seria conveniente ligar menos a televisão e recuperar e fortalecer o diálogo e a conversa cordial baseada na informação que oferece a leitura.

Mas o problema é humano, não tecnológico. E com a internet e as novas tecnologias acontece exatamente a mesma coisa.

O computador, a internet e a leitura

Há vinte anos, na revista *Puro Cuento* se defendia que a informática não era inimiga da leitura nem da escrita, uma vez que era absolutamente impossível utilizar essa tecnologia sem a alfabetização. A informática ainda estava nos primórdios, a internet ainda não existia e muitos buscávamos estabelecer quem – além da perversa ditadura – eram e onde estavam os inimigos da leitura.

Mas também achávamos que aqueles primeiros computadores estavam fadados a ser um recurso vantajoso, um complemento idôneo, um aliado poderoso da escrita, do livro e da leitura. Ao menos, permitiam trabalhar com rapidez e economia.

E, em seguida, isso trouxe uma fascinação pelo chamado "hipertexto", ao que víamos como uma espécie de texto infinito, capaz de passar por cima da linearidade da leitura tradicional, que inclui, engloba e ressemantiza. O hipertexto permite o ir e vir de ideias, admite múltiplas leituras ao mesmo tempo, facilita reacomodar modos e estilos, refaz as texturas e, enfim, é como uma permissão para a livre circulação textual. Uma maravilha, claro.

A partir de então, tudo se precipitou. E o acesso cada vez mais fácil aos textos trouxe sua fabulosa democratização. A internet permite agora que qualquer leitor, desde qualquer lugar do planeta, chegue a quase qualquer livro, não importa onde ele(s) estiver(em). É como o sonho de ter a Biblioteca Nacional, a do Congresso dos Estados Unidos e todas as Biliotecas Nacionais do mundo juntas, ao alcance de nossa mão e em nosso próprio escritório.

Diz Pablo Mancini, um jovem docente de várias universidades argentinas que trabalha na produção de conteúdo e projetos especiais para o portal Educ.ar do MECyT: "O mundo já não parece mais aquele que conhecíamos: estamos transformando-o. A história dos meios de comunicação mostra claramente a reorganização social gerada pela aparição de um meio: a percepção do tempo e do espaço ficam notavelmente alteradas. Esse novo meio não foi o fim da razão, como anunciavam os círculos intelecutuais apocalípticos. (...) Milhares de pessoas escrevem diariamente sobre ciberculturas, sobre as transformações tecnoculturais e sobre a complexidade que a internet introduz em nossa vida, em nossas práticas mais cotidianas. Mas também milhares de pessoas, em seus lares, em cibercafés, escolas, universidades e bibliotecas mantêm videoconferências com outra pessoas, que às vezes estão a apenas duas quadras mas que com frequência estão a um oceano de distância. Porque uma conversa por chat com uma câmera é a naturalização, a apropriação cotidiana de tecnologias que outrora eram supersofisticadas e estavam ao alcance de poucos".[6]

Claro que ainda existem muitos excluidos ("Mais de 1 bilhão de pessoas em todo o mundo continuam sem ter acesso a serviços básicos de telecomunicação e 800 mil comunidades não têm conexão a redes globais de voz e dados", continua Mancini), mas isso também pode mudar a qualquer momento porque a mesma internet muda de maneira constante e rápida. Segundo um artigo do diário norte-americano *USA Today* de 16 de abril de 1998, o uso da internet *se duplicava a cada 100 dias*.[7] Não consigo imaginar como será agora, mais de oito anos depois, mas pelo menos se sabe que em 2006 se enviam 60 *bilhões de e-mails por dia*, o que praticamente duplica o total diário médio de 2002.[8]

---

[6] Pablo Mancini. "Dia Internacional de Internet", em Cultura Digital, portal de Educ.ar: http://weblog.educ.ar/sociedad-informacion/archives/cat_cultura_digital.php

[7] Jim Trelease, op. cit., p. 270.

[8] Baseados em relatórios da Agência Reuters, diversos meios localizáveis em internet destacam esta informação, o que significa praticamente dobrar a quantidade registrada em 2002, quando se enviaram 31 bilhões. Em: *Interlink Headline News*, Nº 2818, de 18 de outubro de 2002: http://www.ilhn.com/ediciones/2818.html

Claro, o diversificado uso do correio eletrônico, que é útil para praticamente *tudo* (trabalhar, comprar, vender, ensinar, amar, odiar e mil etcéteras), é fabuloso e se baseia precisamente naquilo que nos interessa neste livro: *tudo aquilo é escrito todos os dias e é lido todos os dias.*

E o que acontece na web é que, sem mais, *todos os textos do mundo estão ali.* E dizer isso não é um exagero: não há de faltar muito para o que tudo o que foi escrito na História, em todo o decorrer da Humanidade, termine por ser transferido para formas eletrônicas. Isso garantirá a universalização mais democrática do patrimônio bibliográfico que ninguém jamais possa ter imaginado. Exatamente o que Jorge Luis Borges chamou "uma extravagante felicidade",[9] ideia que fascinou o especialista em história do livro e da leitura da Escola de Altos Estudos em Ciências Sociais de Paris Roger Chartier e que é compartilhável, evidentemente, ainda que advertindo que essa felicidade não deixa de envolver riscos.

Riscos? Sim, porque se todos os textos da história e da humanidade estão ali, a pergunta é óbvia: quem os "baixou"? E a seguir: eles foram copiados exatamente como eles são? Que certeza temos? Trata-se verdadeiramente dos textos originais?

O limite da questão provém do ético, o que implica aceitar o risco de que os textos possam ter sido modificados, manipulados eletronicamente.

Assim como há quinze séculos passamos do código ao livro manuscrito e há cinco séculos deste ao impresso (ambos corpos sólidos, matérias com formato e sucessão lógica e seriada em folhas e páginas), agora o livro eletrônico obriga a ler em uma tela de pontos luminosos imperceptíveis. E a verdade é que esta sim é uma revolução maior que a de Gutenberg – como postula Chartier –, porque estamos na presença de uma mudança tremendamente inquietante e capaz de modificar não apenas o pensamento mas inclusive o modo de pensar de agora em diante. Quando Gutenberg inventou a imprensa de tipos móveis prensáveis, que permitia a reprodução infinita dos textos e a produção de livros em série, *a leitura oral em voz alta que requeria o código manuscrito deu espaço à leitura silenciosa, visual e íntima,* que conhecemos e amamos nestes últimos séculos, e que também abriu caminho para a propriedade privada dos livros.

O texto eletrônico, agora, vai além e revoluciona inclusive a organização do texto e sua estrutura, o acesso a ele e até a redação, que pode passar a ser coletiva ou modificada arbitrariamente, ou bem adaptada a – e por – cada leitor.

---

[9] "Essa felicidade 'extravagante' da qual fala Borges não é prometida por bibliotecas sem muros e inclusive carentes de lugar, que serão sem dúvida as do futuro". Roger Chartier, "Del códice a la pantalla: trayectorias de lo escrito", em *Quimera* Nº 150, setembro de 1996.

É certo que essa textualidade virtual, imaterial, chamada "hipertexto", necessita de quem a leia. Porque, *se não é lida, não existe*. Nem sequer desaparece; pois se não "é visitada" e lida, em realidade nunca existiu. Em outras palavras, o hipertexto requer leitores. E não é pouca coisa dizê-lo. Observe que *em todos os casos estamos diante de textos que deverão ser lidos*. Salvo no caso da televisão, as novas tecnologias exigem leitores: a computação, a navegação virtual, o *chat e até os videogames* requerem a leitura. De fato, na cibernética moderna se fala inclusive de "leitores de discos".

Sabemos e dizemos neste livro, e o afirmamos permanentemente, que *a leitura é e será sempre o melhor modo de ter acesso ao conhecimento*. Ainda que este esteja domiciliado em uma tela de computador. Isso deveria ser tranquilizador diante de certas visões apocalípticas que circulam, ainda que nada se esgote com tal afirmação. Mas é um fato que o ser humano, para seu crescimento intelectual, continuará necessitando sempre da leitura. Ainda na frente do computador *deve-se ler e não existe outro modo de produção textual que a escrita*.

Nas palavras de Umberto Eco, "Os livros continuarão sendo imprescindíveis, não apenas para a literatura mas para qualquer circunstância na qual se necessite ler cuidadosamente, não somente para receber informação mas também especular sobre ela. Ler uma tela de computador não é o mesmo que ler um livro. Pensem no processo de aprendizado de um novo programa. Geralmente o programa exibe na tela todas as instruções necessárias. Mas os usuários, em geral, preferem ler as instruções impressas".[10]

Se o que mudou foi o lugar, a residência onde mora o texto, tal como acontece na vida, em toda mudança de casa se produzem modificações. Mas continuamos dormindo em camas e comendo em mesas e, igualmente, estamos acostumados a encontrar todos os textos em livros, revistas e jornais. Mas o resultado dessa mudança é que agora os temos em uma tela de pontos e de maneira muito mais veloz, acessível e barata. Não é fantástico? Por que sentir medo? Admitamos a vertigem que produz, de acordo, mas aproveitemos imediatamente a oportunidade. E a reflexão sobre os modos de representação, produção e circulação cibernética dos textos é isto: uma oportunidade que é mais bem compreender, aceitar e utilizar em nosso benefício. Isso seduz e atemoriza? Pode ser, mas também oferece possibilidades ilimitadas e é, de fato, um futuro que já chegou, transformado em presente. E se condiciona a nossos filhos, como de fato vemos que faz, mais uma razão para entendê-la.

---

[10] Em *Pagina/12* de 28/12/2003, e na 9ª Publicação do programa de Promoção à Leitura "Volver a Leer", Córdoba, 2004.

Todos os avanços tecnológicos são revolucionários, e *é sempre melhor compreender as revoluções que rejeitá-las*.

Além disso, podemos confiar nisto: *a leitura não morreu nem morrerá com nenhuma tecnologia*. Deixemos que alguns céticos e apocalípticos augurem a morte do livro, quem sabe se terão razão. Mas separemos uma vez mais: ainda se assistíssemos à morte do livro material, o velho e querido volume de pasta de papel, encadernado e guardado em nossas bibliotecas de madeira, ainda se isso acontecesse, *a leitura não morrerá jamais. A história da humanidade é e continuará sendo a história da leitura, isto é, a história da literatura*. E os velhos, convencionais e íntimos livros que murcham e amarelam com os anos, tal como os conhecemos e queremos até hoje, continuarão sendo fonte e domicílio do saber original e o melhor testemunho dos sucessos da espécie. Ray Bradbury soube disso cinquenta anos antes que todos nós.[11]

De maneira que eis aqui a *primeira conclusão aliviadora: a leitura não vai morrer e muito menos vai ser morta pela internet*.

E uma segunda: *ainda que talvez os livros desapareçam, a leitura continuará viva*. Por isso *o que verdadeiramente necessitamos, como sociedade, é de leitura. Livros também, mas, acima de tudo, leitura*.

Em terceiro lugar, se hoje se lê menos e se conversa menos, e se nossas crianças (e muitos adultos também) que "navegam" nas redes infinitas da internet depois parecem autistas, não é por culpa do excesso dos hipertextos. Em todo caso, sejamos conscientes de que quando alguém passou várias horas na web, acaba enjoado *de tanto ler!*

Isso também nos lembra de que *a tecnologia digital depende, antes de tudo, da leitura*. E esse é um elemento-chave: um analfabeto ou quem não tenha prática de lectoescritura jamais terá a possibilidade de ter acesso à internet. A leitura de textos, impressos e eletrônicos, é insubstituível e nesse sentido se pode dizer que a computação instalou, de fato, uma nova forma de instrução pública, o que é evidente inclusive nos países mais atrasados. Como diz Alberto Manguel, "Inventamos uns poucos objetos quase perfeitos ao longo da História. O livro, como a roda, a faca ou a porta, não vai desaparecer nunca. Pode mudar um pouco cada tanto, mas sempre estará conosco".[12]

---

[11] Ray Bradbury, *Fahrenheit 451*, Buenos Aires, Sudamericana, 2006.

[12] "Leer es uma forma de saber que no estamos muertos", entrevista por Oscar Raúl Cardoso, *Clarín*, 1º de agosto de 1990.

Umberto Eco possui exatamente a mesma ideia: "(os computadores) são incapazes de satisfazer a todas aquelas necessidades intelectuais que estimulam. (...) Até agora, os livros continuam encarnando o meio mais econômico, flexível e fácil de usar para o transporte de informação a baixo custo. Os livros continuam sendo os melhores companheiros de naufrágio, (...) são dessa classe de instrumentos que, uma vez inventados, não puderam ser melhorados, simplesmente porque são bons. Como o martelo, a faca, a colher ou a tesoura".[13]

Como se vê, a maior preocupação de ambos os experts, e de quase todos os especialistas, é pelo destino do livro. Com o maior respeito, não é exatamente a minha. *Livro e leitura não são a mesma coisa.*

E isso é algo que, me parece, devemos explicar a quase todos os docentes e pais que perguntam quase em um coro em cada apresentação pública: o que fazer diante da internet?

Minha resposta é que o primeiro e melhor que podemos fazer é aprender nós mesmos a usá-la, para poder acompanhar a nossos filhos nesse processo de descobrimento. Ao mesmo tempo, nos perguntar o que fazer e o que não fazer para que as crianças saibam se defender melhor, tenham critério e desfrutem da tecnologia sabendo colocar limites. E para tudo isso se trata de ler, tanto nós quanto as crianças. Não existe alternativa. *Leitura. Livros ou não livros, mas ler.*

Por isso a questão está nos pais, uma vez mais. E nos docentes, que de tanto em tanto exercem a função de pais substitutos durante várias horas ao dia. Existem muitas pessoas que acreditam que a não leitura, hoje, é consequência da televisão e, sobretudo ultimamente, da proliferação dos "jogos em rede". Muitos pais estão preocupados pelos jogos de guerra e de matar, por essa lúdica violência que apaixona milhares de garotos e garotas como os que vemos nos cybers.

Não digo que os cybers não sejam nocivos, no sentido de inutilizar o tempo livre das crianças e tirar tempo de outras atividades. Tampouco digo que para um espírito juvenil seja inócuo estar praticando formas de morte durante horas todo dia. Não digo isso. Digo, sim pelo contrário, que o problema principal não está nos cybers nem nos jogos, mas na atitude acomodada dos pais, *no abandono da responsabilidade de ensinar.*

Mas essas pessoas não parecem perceber que as causas não estão no que demonizam, mas no que deixaram de fazer. Nenhuma pessoa nasceu sabendo amarrar o cadarço

---

[13] Op. cit.

do sapato. É tarefa dos pais ensinar pacientemente a necessidade, a utilidade e a maneira de amarrá-lo. A mesma coisa acontece com a leitura e, evidentemente, com os valores e princípios. Não se traz do nascimento. Aprende-se. Mas *para aprender é preciso que alguém nos ensine*. Trata-se de transmitir valores em casa e um valor importante é aprender a distinguir entre a realidade e a ficção. E entre o jogo e o trabalho ou entre a verdade e a mentira.

De qualquer maneira, é verdade que na sociedade contemporânea – a sociedade informática, como ela é chamada – acontece o paradoxo de que se conversa menos, se discute pouco e não se encoraja o debate enriquecedor. E se ainda por cima se impõe um discurso único, podemos estar mesmo com problemas. Mas uma vez mais isso não será culpa das novas tecnologias mas dos usos atrofiantes que delas fazemos. E a isso devemos resistir, inclusive dentro da internet.

Eis aí outra de suas maravilhas: essa tecnologia nos permite discutir suas virtudes e defeitos *enquanto* a usamos. Podemos refletir, questionar e advertir o que acontece à medida que acontece. Além disso, podemos nos valer dessa rede em paralelo ao telefone celular, ao automóvel, ao gravador, ao computador, ao CD e ao DVD. Que são, todas, tecnologias modernas utilíssimas, a nosso inteiro serviço. Se pudermos pagá-las, claro. Porque seria idiota a idealização desse meio sem advertir que ainda está fora do alcance da grande maioria da população.

A citada pesquisa do Sistema Nacional de Consumos Culturais diz que apenas um em cada três argentinos possui computador em casa (66,2% do total de entrevistados disseram que não possuem), porcentagem que está obviamente associada ao nível socioeconômico dos entrevistados. Assim, 90% das pessoas de nível socioeconômico alto possuem computador em casa. Mas nos níveis médios esse número cai para 67,5% e nas classes baixas para apenas 13,5%. Em todos os casos, a metade dos que possuem computador em casa acessam a internet "todos os dias ou quase todos os dias", enquanto os que não possuem se conectam de uma a três vezes por semana em lugares públicos. Os jovens e os residentes do interior do país são os que se conectam com maior frequência. E a maioria de usuários está, como é fácil comprovar, entre os jovens de 12 a 17 anos, seguidos dos que têm entre 35 e 49 anos.[14]

---

[14] Sistema Nacional de Consumos Culturais (SNCC).

A respeito de para que se utiliza a internet, uma pesquisa feita em Córdoba em 2002 mostrava que na Cidade de Córdoba 36,5% dos jovens entre 18 e 29 anos consultavam a internet em busca de material de leitura, enquanto que nenhum dos maiores de 66 anos o fazia. Por classes sociais, somente 5,2% das pessoas de baixa renda consultavam algo na internet, contra 46,2% dos ricos (ABC1) e 29,2% da classe média (C2C3). E por nível educativo, os que mais consultam (49%) são os que têm estudos superiores.[15]

Mas, acima disso tudo – que de todos os modos se democratiza velozmente pelo auge fenomenal de cyberscafés e outras lojas onde se pode acessar a rede a muito baixo custo –, não se pode negar que essa nova tecnologia nos dá a oportunidade de pensá-la e discuti-la *enquanto* se produz, pois se trata de uma revolução muito peculiar e generosa. Lembremos que Gutenberg nem sequer tinha patenteado o seu invento quando toda a Europa já estava infestada de prensas e nasciam as censuras modernas, mas *foi preciso esperar quatro séculos* para que se desenvolvesse a reflexão sobre essa tecnologia.

Antecipações dos 90: as reparações morais

Em 1995, quando a internet apenas começava a fascinar o mundo, em um encontro pelo fomento do livro e da leitura celebrado no Chile[16] sustentei que, **hipoteticamente**, talvez fosse apropriado pensar que a popularização dessa então novíssima tecnologia teria um único e enorme limite, que poderia delimitar notavelmente sua projeção. E esse limite tinha a ver com a ética.

Sou usuário de computadores há vinte anos (em 1986 comprei meu primeiro Apple) e comprovei pessoalmente a assombrosa velocidade das mudanças tecnológicas. Apenas dez anos depois, em 1997, durante um seminário na Universidade de Virgínia, tive, no meu escritório, o primeiro computador com acesso ao que se chamava então "estrada da informação" e depois internet ou simplesmente "a Web". Eu ficava maravilhado por poder entrar

---

[15] Pesquisa de MKT Consultores entre 400 casos de residentes na cidade de Córdoba, publicada em *La Voz del Interior* de 16 de setembro de 2002.

[16] Esta seção foi redigida em função do texto lido no Encontro "Políticas de fomento del libro en América Latina", organizado pela Sociedade de Escritores de Chile, Santiago, de 26 a 28 de setembro de 1995.

a qualquer hora e quantas vezes quisesse. De muito longe lia os jornais *Clarín, Pagina/12, La Nación, El País* de Madrid, *La Jornada* do México, *El Mercurio* do Chile e todos os jornais norte-americanos. Podia comparar (sem pagar um centavo) como esses meios tratavam uma mesma informação, o que eles destacavam, o que eles silenciavam. Descobria assim a transparência, a manipulação, a ironia, a fúria. Comparava e, ao comparar, aprendia. Em apenas uma hora, cada manhã, todos os dias, lia e treinava meu cérebro, me enchia de ideias, crescia o tempo todo como pessoa. E ao meu redor todos – estudantes e professores – faziam a mesma coisa. Não podia ser mais motivador.

Sem um só papel sobre a mesa do escritório, *a leitura continuava dirigindo toda a aprendizagem*. Tinha a melhor prova do significado da comparação e da análise como pátria no sentido crítico e comprovava, ao mesmo tempo, que nunca acaba nem acabará a transmissão de conhecimentos por meio da leitura, que é o melhor meio para a aquisição do saber. O que intuía há tempos se confirmava: o texto eletrônico – livro, jornal ou revista – impõe em nossa vida uma mudança impressionante que nos exige, antes de tudo, prova e compreensão. Nele se escrevem e se leem informações de todo tipo, e todas as informações cabem e estão nesse gigantesco e infinito bazar de palavras. A curiosidade e a necessidade, que são as primas-irmãs do conhecimento, se detêm aqui e ali, fuçam, investigam, descobrem, compartilham. E o saber e a memória virtual, flutuantes, deixam de ter corpo, carecem de materialidade, não são objetos. Até o verbo "salvar" tem um significado novo, porque no computador o que se "salva" é uma não matéria. *O texto eletrônico modifica a maneira de ler, afeta o costume de ler e outorga novas possibilidades ao senso crítico.*

Não dá para navegar por aí se não se lê. É um verdadeiro festival de leitura, porque, independente de toda iconografia, a tudo se tem acesso lendo. Até o bate-papo (o *chating*) é escrito e lido.

Depois foi a vez de, no México, dar aulas virtuais. Outra maravilha tecnológica que requer, no entanto, um equipamento especial que combina os novos recursos eletrônicos com clássicos e inovadores recursos educativos. De fato são aulas nas quais o professor por um lado (em uma cidade) dá aula de determinado curso a alunos que estão em outras cidades ou em outras classes. Todos podem se ver na tela e participam como em qualquer classe presencial. Nesse caso, a questão do equipamento é essencial. Na Argentina já existem "classes virtuais". Por enquanto em algumas universidades, principalmente privadas.

Também existem os *blogs*, que são uma maneira a mais de se encontrar para "falar de livros", compartilhar fragmentos que nos comoveram numa leitura, intercambiar informações. Muitos escritores têm blog, assim como também grupos de leitores. Existe de tudo ali, alguns mais acadêmicos que outros, alguns com forte linguagem hipertextual que nos obrigam a ler ao mesmo tempo músicas, textos, fragmentos de vídeos, reproduções de fotografia e obras plásticas. Os jovens com acesso à internet aprendem muito rápido a se comunicar nesse tipo de formato. É uma possibilidade tecnológica a mais, e de fácil utilização, mantém códigos próprios e às vezes fechados e nem sempre é possível discernir entre o verdadeiro e o não comprovado.

Isso tem a ver, aliás, com as limitações que serão apresentadas parágrafos adiante. Mais que limitações, seriam perigos certos, baseados no descomunal descontrole das misérias que essa tecnologia também traz (como qualquer outra). Por exemplo, a pornografia infantil (se estima que existam mais de 20 mil sites dedicados à pedofilia e a cada tanto lemos nos jornais situações de abusos horrorosos); a comercialização indiscriminada (se calcula que existam 200 milhões de contas falsas, que enviam e distribuem lixo eletrônico o tempo todo); e o grande risco que, no apogeu do governo Menem, me pareceu mais evidente: a desinformação intencionada, o uso da internet para a falsificação e a mentira.

É importante reconhecer que a leitura e o conhecimento a que por ela se tem acesso, se são falsificados, podem resultar comprometidos. E é aí que está, em minha opinião, o verdadeiro grande risco: outra vez a questão ética.

Acontece, como já é evidente, que a internet veio também reformular muitos conceitos: o *copyright*, os direitos autorais, os direitos de tradução, a indústria gráfica, as imprensas, os arquivos e as bibliotecas, a forma de catalogação e classificação, tudo isso está agora sendo questionado.

O texto eletrônico provoca mudanças técnicas, mas também *modifica a maneira e o costume de ler*. É a própria leitura que resulta afetada e aí sim estamos diante uma verdadeira crise. Portanto, como dizíamos já em 1995, "é em vão toda rejeição e é melhor compreender o fenômeno, para verificar de que modo pode ser útil para o que verdadeiramente nos importa: o crescimento intelectual, o desenvolvimento das armas morais que nos permitam combater o embrutecimento".

Por aqueles dias um historiador do livro, Henri-Jean Martin, defendia: "O livro já não exerce mais o poder que foi seu, já não é mais o amo de nosso raciocínio ou de nossos sentimentos diante dos novos meios de informação e comunicação de que a partir de agora dispomos".[17] Tão apocalíptica ideia deu lugar a formidáveis debates e respostas, algumas das quais vimos páginas atrás. Roger Chartier propôs discutir acerca da ideia de que o livro tal como materialmente conhecemos perdeu seu poder e isso apresenta uma revolução temida por muitos e encorajada por outros, como acontece com todas as revoluções e que consiste – segundo Chartier – "na transformação radical das modalidades de produção, de transmissão e de recepção do escrito".

Claro que a leitura continuará sendo o modo de aceder a todo o conhecimento, esteja domiciliado onde estiver. Ler é sempre necessário e ainda não existe outro modo de produção que a escrita, nem outro de transmissão que a leitura. Além disso, a necessidade de arquivar nunca acabará, assim como a necessidade de continuar lendo. A humanidade sempre precisará aprender as ideias, as palavras, e essa necessidade de fixá-las garante que a leitura continuará sendo o melhor meio de aprendizagem para qualquer pessoa.

Como a prensa de Gutenberg, a leitura em voz alta que requeria o manuscrito deu lugar à leitura silenciosa, visual e íntima que amamos neste século, e como sabemos também abriu caminho para a conservação, a reprodução em massa e a propriedade dos livros.

Esse é um dos aspectos mais impactantes, porque a representação eletrônica dos textos, tanto em ícones, letras flutuantes na tela, e com a fascinante mas ao mesmo tempo pavorosa possibilidade de modificação *à vontade*, transforma o texto em uma imaterialidade. A matéria que chamamos livro deixa de existir, e o que existe é um brilho que reluz e que podemos ler, ainda que não tenha fixação nem corporeidade. O que está mudando é a forma de representação: para nós o livro e o jornal são objetos materiais onde se acumula parte do saber universal e a informação de cada dia. Mas para muitas crianças já não é assim; e para os estudantes e pesquisadores – isto é, os leitores – de amanhã, e muitos de hoje em dia, tudo será informação e títulos a buscar no imensurável menu dos computadores.

Chartier disse que a mudança se deve a que "o livro impresso reduz estreitamente as possíveis intervenções do leitor no texto". E destaca com razão que "a revolução do texto eletrônico não é somente uma revolução técnica, mas também uma revolução da leitura". O objeto impõe sua forma, sua estrutura, seus espaços, e o leitor pode ocupar apenas,

---

[17] Henri-Jean Martin, *Historia y poderes de lo escrito*, Gijón, Edições Trea, 1999.

clandestinamente, margens e áreas em branco. Entretanto, no texto eletrônico o leitor pode fazer o que quiser (anotar, mover, copiar, difundir com seus comentários, fragmentar) e até se transformar em co-autor.

Por exemplo: alguém que simplesmente se dedicasse a "copiar" e "colar" todos os fragmentos e parágrafos de todas as críticas acadêmicas e todas as pesquisas realizadas sobre *El libro de arena*, de Jorge Luis Borges, existentes na internet estaria de fato escrevendo um novo livro sobre *El libro de arena*. E, por meio dos sistemas de tradução simultânea que qualquer bom computador possui, imediatamente poderia enviar à estrada informática "seu próprio livro" e em vários idiomas.

Claro que o limite é somente ético. O que, convenhamos, hoje em dia é perigosíssimo.

A garantia de sobrevivência dos livros e jornais tal como conhecemos, lemos e amamos está em que continuarão sendo fonte, verdade escrita e assentada, censo do passado e da história, constância do saber original, testemunho do talento. Por isso as bibliotecas e hemerotecas devem continuar com o seu trabalho de acumular e os acervos continuarão sendo importantes. E eu diria: cada vez mais importantes. Porque ali se guardará a ordem dos textos que leu e continuará lendo a humanidade para desenvolver o senso crítico como único e melhor caminho em direção à independência do espírito; em direção ao pensamento próprio.

Imaginemos o seguinte: dentro de trinta anos o filho de minha filha quer ler *Don Quixote de la Mancha* e recorre ao computador, que coloca o texto na tela. Mas acontece que alguém (seus pais, um censor, um engraçadinho, qualquer *hacker*) achou que não era conveniente que esse garoto lesse este ou aquele capítulo (e então o apagou) e, por outro lado, quis destacar este ou aquele episódio, que ele pôde reescrever ou modificar de acordo com a sua vontade.

E outro exemplo mais próximo: suponhamos que se proponham reparos ideológicos, morais ou de simples gosto de qualquer pessoa aos contos de Ana María Shúa, e então censurem, eliminem fragmentos aqui e ali, mudem situações, alterem diálogos e modifiquem radicalmente a trama de um ou de todos os contos. Dá a volta ao mundo a versão que esse sujeito "baixou" na Web e nem a própria Shúa sabe o que estão lendo os seus leitores.

Segundo Umberto Eco, "Uma novela hipertextual e interativa dá rédeas soltas a nossa liberdade e criatividade e espero que essa atividade inventiva seja implementada nas escolas do futuro. Mas com a novela *Guerra e paz*, que está escrita em sua forma definitiva, não podemos exercer as possibilidades ilimitadas de nossa imaginação, confrontamo-nos com as severas leis que governam a vida e a morte".

Eco não menciona a ética nesse caso, mas está implícito que fala dela.[18] E é bom insistir que o limite é apenas ético, porque envolve o risco de que, em um par de gerações em que ponham a mão algumas centenas de leitores eletrônicos, poderíamos assistir ao mais fenomenal cambalacho livresco: o *Martín Fierro* e o *Fausto*, *Don Quixote* e *Crime e castigo* poderiam acabar sendo uma mesma massa textual difusa.

Também destacou há pouco o conhecido cientista político ítalo-norte-americano Giovanni Sartori: "Na rede, informação é tudo o que circula. Portanto, informação, desinformação, verdadeiro, falso, tudo é um e o mesmo. Inclusive um rumor, uma vez que passou à rede se transforma em informação".[19]

A indeclinável batalha pela restauração da ética e pelos valores que acarreta – honra, trabalho, solidariedade, retidão – deverá ser travada porque não temos alternativas.

Escrever, hoje e sempre, é viver. Se escrevemos para não morrer, como ensinava Juan Rulfo, parafraseando-o poderíamos dizer que *também lemos para viver*. Se promover a leitura é uma tarefa de formiga porque é enorme para a nossa pequena capacidade, é silenciosa e quase imperceptível, e exige constância e paciência formidáveis, também as novas tecnologias – sobretudo se sabemos delimitá-las e pô-las a nosso serviço – estão do nosso lado para isso.

Não podemos tapar o céu com a peneira. O texto eletrônico é uma realidade, é a cultura do presente, o será mais e mais no futuro, e ao seu ritmo continuará mudando nosso senso crítico. Nossos livros não serão substituídos, esses irmãos amorosos que nos dão a possibilidade da anotação, do comentário escrito na margem, do destacado e do recorte, da citação e do comentário, da dobra e do salto de páginas, enfim, do prazer íntimo de voltar à página sábia cada vez que desejemos, com somente retirá-lo da prateleira, onde repousa seu saber. Mas as coisas mudam e temos que admitir que *o texto eletrônico também permite tudo isso*. A questão então, agora e sempre, não é o destino do livro, e sim a leitura.

---

[18] Op. cit.

[19] Giovanni Sartori, *Homo videns: La sociedad teledirigida*, Madrid, Taurus, 1998.

Se escrevêssemos o elogio ao papel, diríamos que o amamos porque pode ser cortado, dobrado, guardado nos bolsos ou em envelopes, lavado, escondido, fotocopiado, reciclado, reescrito, desenhado, rasurado, manchado, amassado, desenrolado, recuperado e sei lá mais o quê... E, obviamente, tudo isso *para ser lido.* Pois bem, *com o texto eletrônico se pode fazer exatamente o mesmo e até mais facilmente e mais velozmente.*

Para ser lido.

Capítulo 7

O Direito Constitucional de ler.
Rumo a uma política nacional de leitura

O direito de ler

A *Declaração Universal dos Direitos da Criança* foi aprovada pela Assembleia Geral das Nações Unidas em 20 de novembro de 1959 e quase duas décadas depois o Cerlalc (Centro Regional para o Fomento do Livro na América Latina e no Caribe) redigiu *Os Direitos Universais das Crianças a Escutar Contos*, logo adaptados e publicados por diversas instituições.

A seguir, um resumo:

> *Toda criança/jovem goza a plenitude do direito de conhecer os contos, poemas e lendas de seu país.*[1] *(...) tem direito também a inventar e contar seus próprios contos, assim como a modificar os já existentes criando sua própria versão (...) a escutar contos sentado no colo de seus avós; aqueles que tenham vivos seus quatro avós poderão cedê-los a outras crianças/jovens que por diversas razões não tenham avós que lhes contem estórias; da mesma maneira, aqueles avós que careçam de netos têm liberdade de recorrer a escolas, parques e outros lugares de concentração infantil onde, com inteira liberdade, poderão contar quantos contos quiserem (...) exigir contos novos (...) pegar no sono enquanto lhe contam um*

---

[1] Apesar de produzida originalmente pelo Cerlalc (com sede em Bogotá, Colômbia), a presente versão foi adaptada e publicada pelo programa "Volver a Leer", de Córdoba, em várias de suas produções.

conto (...) exigir que seus pais e professores lhe contem contos em qualquer hora do dia (...) pedir outro conto e pedir que lhe contem 1 milhão de vezes o mesmo conto (...) por último tem direito a crescer acompanhado de um "Era uma vez...", palavras mágicas que abrem as portas da imaginação rumo aos sonhos mais maravilhosos da infância.

O direito de ler deveria ser – algum dia, em alguma reforma – incorporado como um direito constitucional. Porque ler, como se tenta demonstrar ao longo deste livro, é inerente aos cidadãos de uma democracia. Então deve ser garantido pela República.

O direito constitucional de ler se baseia em que *a leitura é condição básica para que uma pessoa se eduque e possa continuar, durante toda a sua vida, se for o seu desejo, seu próprio processo de aprendizagem. Baseia-se também em que é a melhor garantia da livre circulação de conhecimento, que é indispensável para a construção de uma cidadania responsável, participativa, reflexiva e com pensamento autônomo. Tudo o que fortalece sua própria identidade e a identidade da nação inteira.*

Além disso, gostaria de lembrar aqui que *todos os direitos constitucionais se relacionam estreitamente com a leitura.* O direito ao trabalho, à saúde, à previdência social, os direitos das crianças e dos idosos, todas as profissões e empregos, a inclusão social em todas as suas formas, a não discriminação e todas as possibilidades de desenvolvimento econômico, social e cultural da população, *tudo* está vinculado com a leitura de maneira essencial, basal e irrevogável. De maneira que, assim, *a leitura chega a ser um direito político fundamental.*

Portanto, *a própria democracia depende da leitura.*

Vista desta maneira, a leitura como direito transcende a perspectiva que se dá habitualmente ao considerá-la como um exclusivo "problema pedagógico".

Em seu já citado livro *El derecho a leer y a escribir*, a especialista colombiana Silvia Castrillón menciona algumas conclusões dos Encontros Regionais de Leitura e Escrita realizados na Colômbia[2] e declara: "Uma política pública de leitura e escrita é o produto de uma interação dinâmica entre a sociedade que indaga, se compromete e propõe e o Estado que trabalha na busca do pleno reconhecimento e promoção da leitura e da escrita como direitos essenciais das pessoas no mundo contemporâneo. Dessa perspectiva, o Estado ajuda a modelar, conduzir e projetar a sociedade, cumprindo com o fim último para o qual existe: promover

---

[2] Organizados pela Associação Colombiana de Leitura e Escrita (Asolectura), fundada e presidida por Castrillón, foram realizados em cinco cidades daquele país em 2004.

o bem comum e o pleno desenvolvimento de todos. (...) Uma política pública é constituída por todos aqueles que com sua atuação, seus conhecimentos e suas decisões podem analisar, propor e modificar os modos de pensar, sentir e fazer de uma comunidade (município, departamento ou nação) por meio da leitura e da escrita. Para poder atuar como instrutores da política é necessário informar-se, formar-se, mobilizar-se, acompanhar, avaliar e corrigir a marcha de uma política" (pp. 18-19).

E, ao final, reconhece que ter acesso à leitura talvez "não organize de maneira absoluta a democracia, mas não tê-la definitivamente a impede ou, pelo menos, a retarda" (p. 42).

A leitura exige o desenvolvimento de políticas públicas integrais, que incluam a pedagogia (tanto no mundo da docência como no familiar) e isso impõe ao Estado a obrigação de criar e garantir os mecanismos legais necessários para que toda a população – em todos os níveis socioeconômicos, etários, étnicos e linguísticos sem exceção – tenha acesso livre e gratuito à leitura. Para isso é preciso que se estabeleça uma política de publicação de textos literários e de outros tipos, seja por compras mediante licitações ou por produção do Estado, a fim de que cada cidadão tenha, desde o berço, a possibilidade de desenvolver seu potencial de leitura por meio de uma intensa prática leitora.

Trabalhar para que se sancione o Direito Constitucional a Ler é parte principal da proposta de uma Política de Estado de Leitura, pela qual muitas pessoas e instituições vêm batalhando há muito tempo. Dita política será o fruto de um debate nacional, já iniciado de fato, que culminará nas leis e normativas jurídicas que garantam o acesso de toda a população aos materiais de leitura de que necessite. Sem dúvida, o espaço específico para isso são os lares, as famílias e os laços familiares, e a Educação Pública entendida como o sistema escolar, docente, bibiotecnológico e paraescolar (refiro-me às cooperadoras, refeitórios, associações e grupos de pais e familiares de alunos) no seu mais amplo sentido. Essa política se integra também aos programas e planos de promoção e fomento à leitura, como muitos que estão sendo desenvolvidos em todo o país e que tão importantes resultados alcançam entre atores e mediadores de leitura.

Mas deve ficar igualmente claro que uma Política Nacional de Leitura *não pode se reduzir, se resumir nem se concentrar no trabalho de, sobre e com os mediadores exclusivamente.* É necessário que toda a sociedade civil tome consciência da importância da leitura e, obviamente, os legisladores, para, desse modo, coordenar as iniciativas e as ações, garantir os financiamentos necessários e levar essa política de leitura a todos os estratos da sociedade: hospitais, prisões, Forças Armadas e policiais, meios de transporte, meios de comunicação, OSCs e ONGs, quaisquer que sejam suas missões e objetivos.

A cultura leitora inclui a preservação e o fortalecimento da língua (oral e escrita), que é a verdadeira e mais profunda identidade de um povo. E inclui tanto a língua oficial como as originárias, a produção textual de todas e o acesso livre da cidadania a elas. Não como imposição, e muito menos imposição pedagógica, mas sim como direito, como liberdade, como exercício natural que nos é dado desde que nascemos e nos desenvolvemos socialmente.

Para pôr em funcionamento essas propostas deverão ser levadas em consideração as experiências que foram estudadas e desenvolvidas por diversos organismos internacionais. Pelo menos o *Plano Ibero-Americano de Leitura Ilimitada*, da Organização de Estados Ibero-Americamos (OEI), e o *Centro Regional para o Fomento do Livro na América Latina e o Caribe* (Cerlalc) avançaram na preparação de programas de políticas públicas de leitura.[3]

LER E PODER. DE GUTENBERG ÀS PRISÕES ARGENTINAS

O itinerário da leitura e do livro foi sempre arriscado. Desde os primeiros pergaminhos que fixaram o saber, o conhecimento, as leis, os relatos e o discurso até o século IV, quando o códex passou a ser oficial – diz Roger Chartier –, "se impôs definitivamente uma nova forma de livro... O códex, isto é, um livro composto por folhas dobradas, reunidas e encadernadas (que) substituiu os pergaminhos que até então tinham transportado a cultura escrita".[4] O códex modificou o uso dos textos ao estabelecer a paginação.

Mas foi apenas em meados do século XV, quando Johannes Gutenberg inventou, em Maguncia, a primeira prensa de tipos móveis que permitiu a reprodução infinita dos textos, que o controle sobre o que se publicaria foi retirado do convento, do monastério ou do Vaticano e começou assim sua formidável democratização: a era da circulação dos livros.

A sequência pergaminho-códex-livro impresso determinou a evolução do saber humano e é exatamente como uma continuidade dessa sequência histórica que devemos considerar

---

[3] Pode-se consultar facilmente na internet.

[4] Roger Chartier, Discurso de abertura do 5º Congresso Internacional de Promoção da Leitura e do Livro, Buenos Aires, abril de 2002. Fundação O Livro, OEI, MECyT, Buenos Aires, 2005.

hoje o chamado hipertexto ou texto virtual. A textualidade eletrônica não é mais que outro domicílio para a leitura, uma nova residência para ela (como vimos no Capítulo 6). É sem dúvida controvertida – como sempre acontece com toda nova tecnologia –, mas também multiplicadora, infinita e capaz de facilitar inumeravelmente a conexão, o vínculo, a associação das ideias e a divulgação democrática do conhecimento.

Todas as formas de transmissão textual implicam, de fato, formas de mobilidade social, porque com a ampliação do conhecimento e maior variedade de categorias intelectuais – que estarão sempre acima dos avanços técnicos – a humanidade se desenvolve e cresce, tanto em seus ganhos como em suas aspirações e lutas. E claro, cada nova forma cria seus próprios leitores, com suas habilidades e manhas, com seus gostos, aproveitamentos e imperfeições. E isso, em cada momento histórico e em cada núcleo social, suscita a questão do poder. Porque *ler é poder*. Assim aconteceu com a Bíblia, cada um de seus evangélios foi produto de uma crise de poder. Como foi a Comédia de Dante em Florença de 1.300 e foi também a proposta de Martinho Lutero de uma Bíblia germânica sem intérpretes oficiais; assim como também as invenções de Jean Rabelais, as de Shakespeare e Cervantes e outras mais, todas orientadas a se esquivar de censuras e responder aos poderes seculares. E, mais recentemente, nos alucinantes últimos cem anos, as perseguições do nazismo e do franquismo, e entre nós a Noche de los Bastones Largos, e mais recentemente ainda, as fogueiras da Junta Militar em Eudeba, no Centro Editor da América Latina, em Losada. *A história da leitura é também a história de sua perseguição.* Delas se nutriu a história do pensamento, da literatura, das religiões e de cada cisma, de cada ditadura e de cada democracia.

Castrillón aborda muito bem essa questão do poder quando lembra "que a leitura não é boa nem má por si própria, que é um feito histórico e cultural e, portanto, político, que deve se situar no contexto em que se dá. Que historicamente a leitura foi um instrumento de poder e exclusão social: primeiro nas mãos da Igreja, que se resguardava por meio do controle dos textos sagrados, do controle da palavra divina; depois pelos governos aristocráticos e pelos poderes políticos e atualmente por interesses políticos que buscam se beneficiar dela. (...) *Somente quando a leitura constituir uma necessidade sentida por grandes setores da população e essa população considere que a leitura possa ser um instrumento para seu benefício e seja de seu interesse apropriar-se dela, poderemos pensar em uma democratização da cultura escrita*" (p. 10, o destaque é nosso).

Por sua vez, a antropóloga francesa Michelle Petit, também especialista em leitura reconhecida em todo o mundo, diz: "Ler não é uma atividade insignificante, um passatempo qualquer. Continua sendo hoje em dia o primeiro instrumento de acesso ao saber, ao conhecimento, às formalidades e a um melhor domínio do idioma, pelo que é capaz de modificar os destinos profissionais e sociais. (...) Nunca se pode controlar absolutamente alguém que lê".[5]

E, na Argentina, também o destacaram com autoridade as escritoras Graciela Montes e Graciela Bialet.

"A leitura tem a ver com o poder, sempre foi assim. (...) Esquecer que a leitura está vinculada ao poder seria uma forma de desativá-la, de deixá-la inócua, de convertê-la em um adorno, artigo suntuário ou 'bom hábito'. Não é um bom caminho", escreveu a primeira.[6]

E, a partir de uma perspectiva mais específica e orientada diretamente para a educação argentina "descentralizada" nos anos 90, Bialet ponderou o seguinte: "Quando neste país havia um projeto de Nação, havia programa de leitura para as escolas e davam para as crianças livros com antologias literárias, nos quais apareciam os pensadores e poetas argentinos, americanos e universais (priorizados nesta ordem: americanos e universais) para difundir suas ideias, porque precisamente 'a ideia' era consolidar uma Nação, e propagar ideologia não era palavrão".[7]

Leitura e poder, entre nós, remetem inevitavelmente à questão das desigualdades sociais. Em pleno século XXI, vivemos em uma sociedade cheia de cidadãos submersos na indigência, o que, dada a riqueza da Argentina, inclusive a notável recuperação econômica dos últimos três anos, resulta, no mínimo, inadmissível. A distribuição da riqueza entre poucos ricos demasiadamente ricos e pobres paupérrimos (que em muitas províncias é semelhante à dos países mais miseráveis da Terra e nos coloca emocionalmente diante de situações que são dignas da pior Idade Média) nos impõe esses tipos de consideração específicos na hora de falar sobre a leitura.

---

[5] Michelle Petit, Chantal Balley e Raymonde Ladefroux, op. cit.

[6] Graciela Montes, "Lectura, literatura y poder", 8ª publicação do programa de Promoção da Leitura "Volver a leer", Província de Córdoba, 2003.

[7] Graciela Bialet, "Ni nada ni sólo esto. Diez 'ideas ideológias' para repensar a lectura literaria en la escuela", Ponencia no 8º Fórum Internacional, em *Fomento del Libro y la Lectura/5*, FMG, Resistencia, 2005, pp. 33-39.

Porque é indubitável que a relação entre pobreza, analfabetismo, violência e deserção escolar não têm por que ser necessariamente linear, nem é justo equiparar umas com as outras. No entanto, existe uma relação de tipo social, sobretudo entre a pobreza extrema (o que implica a perda de esperança e valores e muito ressentimento) e a delinquência crescente.

Também nesse terreno a leitura tem muito o que fazer. Não porque a pobreza implique delinquência nem pela infame criminalização da pobreza que impulsiona os setores mais retrógrados da Argentina, mas porque existe uma faixa substancial de população marginal sobre a qual a leitura em voz alta poderia fazer maravilhas: a população carcerária.

Tanto nos orfanatos e institutos de menores como no sistema penitenciário (federal e em cada estado) poderiam facilmente ser implantados programas de leitura em voz alta e, sobretudo, de leitura livre silenciosa e sustentada, obviamente com muito mais intensidade e tempo que o sugerido para o sistema escolar (ver Capítulo 5). Existem interessantíssimas experiências a esse respeito em outros países e, particularmente, Jim Trelease narra em seu livro algumas delas que nos Estados Unidos – sobre uma população carcerária com 60% de analfabetismo e integrada por 82% de internos que abandonaram a escola e 63% de reincidentes – produziram resultados maravilhosos.

O certo é que no horrível sistema penitenciário argentino[8] temos um impressionante quadro sobre o qual é urgente trabalhar com programas de leitura. Vejamos nossa realidade:

1) Existe um total aproximado de 50 mil internos alojados em quase duzentas prisões (166 unidades penitenciárias estaduais e trinta dependentes do Serviço Penitenciário Federal).

2) *34% dessa população possui nível primário incompleto ou nenhum nível de instrução* (isto é, mais de 15 mil pessoas). E, apesar de que em todas as unidades carcerárias se ofereça a Educação Geral Básica, somente 17% dessa população cursa estudos nas mesmas.

---

[8] Todo qualificativo que se aplique ao Serviço Penitenciário Nacional e aos estaduais será suave em comparação com a espantosa realidade carcerária argentina. Essa é uma das maiores dívidas da Democracia, como vem observando o Comitê contra a Tortura da Comissão Provincial pela Memória, da província de Buenos Aires: http://hrw.org/spanish/docs/2006/01/18/argent12444.htm

3) Quanto ao Nível Médio, 60% dos internos se encontrariam em condições de cursar (umas 27 mil pessoas), mas somente 20% das unidades penitenciárias possuem centros capazes de disponibilizar essa oferta educativa.
4) A oferta mais difundida é de cursos breves de formação profissional (de diversos níveis e qualidade), enquanto que a possibilidade de educação superior não universitária ou universitária é muito escassa e se centraliza em poucas jurisdições.
5) Somando a matrícula total, somente *29% dessa população tem acesso a serviços educativos nas unidades penitenciárias.*

É significativo cruzar esses dados com os índices de situação laboral dessas pessoas, internas atualmente, no momento de ingressar nas prisões: 46% dos presos estavam desempregados no momento de cometer delitos e 38% eram trabalhadores em tempo parcial.[9]

Nesse contexto, e quando nas prisões argentinas os índices de violência e criminalidade são alucinantes,[10] a leitura pode ser uma magnífica via para que, efetivamente, como manda o artigo 18 da Constituição Nacional, as prisões argentinas sejam "saudáveis e limpas, para a segurança e não para castigo dos detidos nelas".

Esses tipos de situação, das quais nosso país está cheio, são os que às vezes nos tornam mais ou menos inexplicáveis frente a estrangeiros e visitantes que passeiam por nossas praias. Tipicamente francesa, Michelle Petit reconhece que em suas viagens pela América Latina conheceu e ficou impressionada com "muitos bibliotecários, professores, militantes ou voluntários que trabalham em contexto de miséria e grande violência e que utilizam a leitura na vida cotidiana para ajudar crianças, adolescentes e adultos a construir-se ou reconstruir-se".[11] Pois é disso que se trata e para isso é necessária uma política de Estado de leitura

---

[9] Todos estes dados são do Programa Nacional de Educação em Contextos de Reclusão. Estatística Penitenciária Nacional realizada pelo Ministério da Justiça, Segurança e Direitos Humanos, outubro de 2002.

[10] Somente nos primeiros dois meses (janeiro e fevereiro) de 2005 se produziram 51 mortos nas penitenciárias da província de Buenos Aires, dos quais 29 foram por enforcamento, asfixia, queimaduras e feridas de arma branca e 11 por Aids. Dados do próprio Ministério da Justiça da Província de Buenos Aires.

[11] Michelle Petit, "Lecturas: del espacio íntimo al espacio público", FCE, México, 2001. *Escuelas Centro de Cambios*, Ministério da Educação da Província de Córdoba, 2006.

que transcenda a educação escolar e integre todos os esforços, nacionais e locais, públicos e privados.

Porque está claro que nossa desgraça, nossa marginalidade e nossa indigência surpreendem os europeus e norte-americanos, que às vezes por sentimento de culpa ou por pura sensibildade burguesa (não interessa aqui estabelecer as razões profundas que os movem) chegam a "nos descobrir" e logo nos explicam (eles a nós!) como somos e por que fazemos o que fazemos.

Uma política nacional se orienta precisamente a estabelecer a dura relação entre causas e efeitos e em pôr limites (e orçamento) às ações tendentes a modificar o que der para modificar. Por isso, a docência argentina tem o dever não só de acompanhar os desabamentos sociais procurando contê-los, mas também, e especialmente, de imaginar a maneira de reconstruir o que vem abaixo ainda antes que termine o terremoto.

Daí que, desprezados muitas vezes, incompreendidos quase sempre, os docentes, bibliotecários, escritores e leitores – em magnífica resistência cultural – se mantêm em todas as circunstâncias *de pé e com livros nas mãos*, forjando a esperança, criando arte e beleza, teimosos e invencíveis no epicentro de cada catástrofe, de todas as catástofres.

Não existe professor na Argentina, não existe bibliotecário, não existe escritor, poeta ou artista que não tenha sentido ou padecido a incompreensão dos poderosos, assim como a manipulada e inquietante docilidade do povo. E, ainda que isso aconteça em todo o mundo, dado que é condição inerente ao trabalho intelectual, em países onde os tecidos morais e educacionais foram tão arrasados como na Argentina, a resistência deveria ter sido justificadamente constante e talvez maior.

Mas o importante, o precioso, é que apesar de tudo, apaixonados muitas vezes, tenazes como formigas e trabalhadores como abelhas, *esses mediadores se sobrepõem a cada crise*. Sentem e sabem que é preciso se encontrar em volta da leitura – em casas, escolas e bibliotecas – e sabem da necessidade de promovê-la entre as crianças, a quem ensinam a pensar. Para isso lançam provocações à sua imaginação, aconselham a fé na verdade da ficção e cuidam da inocência dos menores com poemas e canções. São divulgadores da leitura que preferem as palavras aos fatos, porque sabem que os feitos despalavrados não servem para nada e porque, ainda que muitas vezes lhes falte quase tudo, sempre lhes sobra alma. É o melhor que possuem.

COMPLEXIDADES ARGENTINAS

A população escolar em nosso país se distribui em 24 estados federados, centenas de distritos escolares e uma enorme multiplicidade socioeconômica, étnica e linguística em um território de quase 3 milhões de quilômetros quadrados. Tudo isso torna muito difícil e falível qualquer plano educativo.

Em muitas dessas comunidades – a maioria – as bibliotecas possuem grandes carências; não existem nem se conhecem programas de promoção da leitura; não se realizam feiras de livros; jamais chegam escritores de visita; a circulação de materiais de leitura é escassa e os esforços dos professores, apesar de altruístas e até heroicos, nunca resultam suficientes. E devemos somar ainda a penosa realidade, comprovada uma e outra vez, *das resistências dos próprios pais às leituras literárias*, o que se dá em muitíssimas comunidades (já dissemos que como vício da ditadura), e não somente nas mais atrasadas.

Sem outro ânimo que o de explicitar a realidade que nos circunda, não se pode deixar de apontar que o contexto em que muitos milhares de alunos se desenvolvem está condicionado pela pobreza, pela marginalidade, pela discriminação e pelo desamparo social. Isso explica, sem dúvidas, os altos níveis de fracasso escolar, a deserção, e inclusive o analfabetismo oculto. Acrescente-se ainda o fato de que nos últimos quinze anos *a documentação identificativa na Argentina é uma verdadeira vergonha, um negócio político abominável* que começou a se evidenciar na década menemista, com diversos escândalos que envolveram funcionários do governo e empresas como IBM, Siemens, Ciccione e outras mais. Os arquivos jornalísticos dos anos 90 contêm todo tipo de denúncias e relatos a respeito.[12]

Na Argentina existe uma dispersão documentária gravíssima: as antigas Libretas de Enrolamiento (de homens) e Libretas Cívicas (de mulheres)[13*] coexistem com o DNI (Documento Nacional de Identidade, outorgado pelos Registros Civis), e com as Cédulas de

---

[12] Ver na internet pelo menos: http://www.clarin.com/diario/1998/01/10/o-00601.htm e http://ulpiano.com/dataprotection_clarin.pdf

[13*] Libretas de Enrolamiento e Libretas Cívicas: documentos de identificação emitidos pelo governo argentino respectivamente: aos homens por ocasião do cumprimento do serviço militar obrigatório, e às mulheres ao completar 18 anos. Em 1968, foram substituídos pelo Documento Nacional de Identidade, embora as Libretas de Enrolamiento e Cívicas continuem válidas (N. E.).

Identidade Federais que junto com os Passaportes são fornecidos pela Polícia Federal. Todos esses documentos possuem *custos altíssimos*, impossíveis de serem pagos por muitíssimos argentinos, além do que a produção dos mesmos é lenta, ineficiente e pouco confiável. O uso político do DNI é grosseiro há muitos anos e inclui o retalhamento habitual para produzi-los em massa somente às vésperas de eleições.

Mas a mais grave consequência imediata e permanente em matéria educativa é que *existem milhares de crianças que não estão documentadas porque juridicamente não existem*. Portanto, *não vão à escola nem são computadas como analfabetas. Ou seja, que são menos que analfabetas*. Não existem!

As advogadas cordobesas Maine e Montaldo fazem referência à segunda cidade argentina (imagine o leitor como deve ser a situação no resto do país e nas comunidades mais distantes):

> Na cidade de Córdoba o número de crianças "indocumentadas", vale dizer, "não identificadas" e "sem identidade" (privados dos "três i"), é preocupante em relação à densidade da população (sendo a cidade de Córdoba um dos maiores municípios do país). A normativa legal referente à identificação do recém-nascido, apesar de ser obrigatória, ao não estar regulamentada não é cumprida permanentemente nas instituições provinciais; isso, somado à situação socioeconômica de um grande número de famílias carentes ou em vias de sê-lo, impede corrigir esse erro. Além disso, a impossiblidade de obter isenção do pagamento de taxas e/ou multas torna ainda mais difícil regularizar a situação legal, a "identificação" de seus filhos e a sua própria. As autoridades das instituições educativas públicas provinciais, alarmadas pelo alto índice de deserção escolar por essa causa e com o objetivo de não agravar ainda mais a situação econômica da população sem recursos, matriculam as crianças nas instituições de sua dependência no ciclo denominado Educação Geral Básica, que compreende nível inicial-jardim de infância (4 e 5 anos) e nível primário (6 a 12 anos), apesar de não contar com seus documentos pertinentes (DNI), e muitas vezes os mantêm cursando enquanto esperam que regularizem a situação. Em outros casos se comprovou que parte dos alunos não possui seu DNI em regra por falta de renovação ou extravios. (...) Uma vez finalizado o ciclo de EGB, as autoridades das instituições educativas não podem estender às crianças indocumentadas os certificados escolares correspondentes. Desse modo, essas crianças ficam excluídas do Sistema Educativo Médio, ou Ciclo Básico

Unificado (obrigatório), que abrange o primeiro, o segundo e o terceiro ano, e do Superior ou Polimodal (não obrigatório), que compreende o quarto, o quinto e o sexto ano.[14]

É claro que tudo o que foi expressado anteriormente não pretente invalidar o muito e bom que se vem fazendo desde o primeiro relançamento do Plano Nacional de Leitura e a colocação em funcionamento da Campanha Nacional de Leitura (e o mesmo se pode dizer de algumas províncias, como Buenos Aires com a gestão da dra. Adriana Puiggrós e também Córdoba, Mendoza e alguma outra mais). Mas infelizmente em matéria de documentação – que escapa às autoridades educativas – a situação se agrava dia a dia e nada sugere, até a publicação deste livro, nem sequer um indício de solução.

O livro de leitura e didáticos gratuitos começam a ser realidade (tanto o MECyT como a Direção Geral de Educação do Estado de Buenos Aires mostraram uma notória atividade), mas ainda falta muitíssimo. Alcançar o objetivo de produzir aqueles 144 milhões de exemplares necessários para que cada um dos alunos argentinos tenha seus próprios livros escolares e de leitura (que deverão ter continuidade ano após ano e geração após geração) implica um *trabalho gigantesco* e uma política extraordinária, dado o investimento orçamentário que isso significa. Mas não é impossível, em absoluto. Qualquer um que conheça os valores da indústria editorial sabe que produzir uma quantidade semelhante não deveria superar um custo médio de um ou dois pesos por exemplar (35 a 60 centavos de dólar). O total produziria uma cifra que os cidadãos considerariam que o Estado já esbanja em sabe lá que coisas. Além do mais, esse seria o mais importante investimento em favor da leitura: inundar de livros as escolas, as bibliotecas e as casas argentinas.

Também deve ser dito que no campo sociocultural é importantíssimo o concurso de dezenas de ONGs e organizações da sociedade civil que trabalham no campo da formação e da capacitação docente e desenvolvem programas muito valiosos de leituras e/ou de integração comunitária. Essas entidades acompanham com as mais diversas ações as práticas dos docentes nas aulas, sobretudo nos distritos mais marginais e mais carentes e muitas vezes

---

[14] María Silvia G. Maine e Inés Montaldo de Del Vado, *Identidad. Identificación. Indocumentación*, Colégio de Advogados de Córdoba, http://www.abogadosdecordoba.org.ar/d_19t01.htm

empreendendo ações solidárias apenas com o escasso apoio da comunidade. Esses tipos de ação, pelo menos em algumas províncias, costumam não ser reconhecidos nem apreciados.[15]

Como se percebe, se a questão é abordada a partir de diferentes ângulos, os debates nunca terminam. O coordenador do Plano Nacional de Leitura, Gustavo Bombini, questiona "a forte presença desses discursos que batem forte na tecla do déficit, que descrevem as carências dos sujeitos e a ineficácia do sistema educativo, a falência dos docentes e o empobrecimento da cultura letrada. Discursos que estão presentes nas intervenções de escritores, de outros intelectuais, nas opiniões de jornalistas culturais, de funcionários públicos e de acadêmicos. (...) Rapidamente relacionados com os resultados desalentadores das pesquisas referentes ao consumo de livros didáticos por aluno e outros indicadores (do tipo: 'Na Argentina se consome meio livro didático por aluno e na Suécia sete'), o conjunto dá a ideia de uma situação apocalíptica, de gravidade, sobre a qual se transmitem imediatamente as mais temerárias e diversas explicações. Darwinismo social, decadência generalizada, triunfo na batalha dos meios de comunicação e/ou das novas tecnologias versus o livro, apatia dos jovens pós-modernos, efeitos da globalização, professores pouco idôneos para sua tarefa, ignorância, brutalização. Ouvi a respeito as mais duras maldições por parte de jornalistas, políticos, intelectuais, pedagogos, autoridades universitárias, editores, pais de família, entre outros. O círculo parece se fechar em uma lógica sem saída, marcada pela culpabilização de sujeitos e instituições e pela insistência que transforma o tema em recorrente notícia de capa".[16]

Coincidentemente, alguns materiais teóricos que distribui o Plano Nacional de Leitura castigam as muitas pesquisas circulantes, quase todas com o acento posto em destacar o que mais interessa à indústria do livro e aos grandes jornais: a pouca quantidade de jornais que se leem e a desfavorável relação entre a propriedade de livros e leitura, isto é, entre quantidade de exemplares, qualidade de uso e consciência de leitura.

Bombini e o PNL têm razão em destacar que essa homologação entre quantidades circulantes de livros e práticas de leitura – e em especial qualidade dos leitores – é falsa e

---

[15] A falta de escrúpulo cultural de muitos governos é de longa data e supera as boas intenções de alguns funcionários.

[16] Gustavo Bombini, "Prácticas usuales y nuevas urgencias para una agenda de la promoción de la lectura", Dossiê do PNL, Seminário Nacional para mediadores de leitura, maio de 2005.

confunde mais do que esclarece. Mas também é verdade que, acima da generalizada desqualificação que faz de "escritores, jornalistas, políticos, intelectuais, pedagogos, autoridades universitárias, editores, pais de família, entre outros" (ou seja, todos), existe uma realidade que não se pode desmentir: *na Argentina é muita baixa a quantidade de livros didáticos e de leitura por aluno; existem ainda ineficácias no sistema educativo; e existem falhas nos docentes.* Tudo isso é grave por si só, tudo é corrigível e certamente vai ser corrigido. Mas não se deveria condenar dizê-lo, porque o darwinismo social, a decadência generalizada, o triunfo dos meios de comunicação sobre o livro e a apatia dos jovens como efeitos da globalização, junto com a ignorância e a brutalização crescentes e evidentes na Argentina, *não são "duras maldições", mas rasgos inocultáveis de um país que não aceitamos e que por isso mesmo queremos mudar.*

As pesquisas, os discursos e as opiniões que descrevem uma situação indesejada não são os inimigos. A realidade é como é, e negá-la é inútil. E carece de sentido desqualificar toda a voz de alarme que não esteja autorizada pelo Ministério da Educação.

E algo mais: se *a Argentina perdeu posições em todos os rankings educativos e de leitura*, isso não se deve somente ao que aqui se fez mal, mas também e ao mesmo tempo isso se deve ao fato de que *outros países irmãos fizeram as coisas mais benfeitas.* Só assim se explica que nações de língua castelhana cuja educação era de qualidade inferior à nossa hoje nos superem amplamente. Chile, Brasil e México, pelo menos, são exemplos evidentes. E nem se diga Espanha, que somente em três décadas saiu do analfabetismo franquista e hoje possui níveis excelentes de leitura.

A sociedade leitora e a lei. Uma proposta

Para nos recuperar e chegar a ser uma nação de leitores é necessário, em primeiro lugar, fortalecer nossa democracia e consolidá-la como todos a queremos: participativa, satisfatória, igualadora. E para isso não existe melhor caminho que desdobrar e afiançar todas as ações necessárias para estimular a leitura em todos os setores da população. Porque um povo que não lê não sabe nem sequer se perguntar por que não sabe o que o atormenta.

De maneira que *os convencidos necessitam convencer os demais de que a leitura pode salvar este país. De que ler e fazer ler é o caminho idôneo para recuperar a capacidade de pensamento autônomo e a histórica sensibilidade de um povo hoje anestesiado pela crise.*

Afortunadamente, são maioria os que se desesperam por reconstruir esta nação. Por isso a leitura é uma missão que muitos assumimos quase religiosamente. Porque a República Argentina careceu, durante décadas, de uma *Política Nacional de Leitura* e já está na hora de começar a debatê-la para algum dia chegar a transformá-la em lei. Quanto antes melhor, e para isso deveria figurar especificamente e de modo medular na nova Lei Nacional de Educação, e também na nova Lei Nacional de Educação Superior. Ou seja, trata-se de dar um lugar determinante *no próprio coração do sistema educativo*, atravessando-o de lado a lado, tanto no que concerne à educação de milhões de alunos quanto às prioridades da formação docente contínua e gratuita.

Proposta:

Uma *Política Nacional de Leitura*[17] para a República Argentina poderia/deveria constar dos seguintes seis grandes passos:

1) Na próxima reforma constitucional, estabelecer entre os Direitos e Garantias da Constituição Nacional o *Direito a Ler*, aproximadamente nos seguintes termos:

Artigo 14. – Todos os habitantes da nação gozam dos seguintes direitos conforme as leis que regulam seu exercício, a saber: de trabalhar e exercer toda indústria lícita; de navegar e comerciar; de peticionar as autoridades; de entrar, permanecer, transitar e sair do território argentino; de publicar suas ideias pela imprensa sem censura prévia; *de ler livremente todo tipo de texto, impresso ou virtual*; de usar e dispor de sua propriedade; de se associar com fins úteis; de professorar livremente seu culto; de ensinar e aprender.

2) Funcionamento imediato do *Programa Nacional do Livro Didático Gratuito* com o objetivo de que cada aluno, cada ano, desde o nível inicial e até o final da escola secundária em qualquer de suas modalidades e orientações, receba do Estado de forma gratuita um livro ou manual didático correspondente ao seu nível e com

---

[17] Silvia Castrillón nos recorda em seu livro (p. 59) que já apresentou aos governos a primeira proposta que pretendia que *a leitura merecesse a condição de objeto de política nos países da região* (Reunião Internacional de Políticas Nacionais de Leitura para América Latina e o Caribe, 1992).

o qual possa cursar esse ano escolar. Mesmo assim, o Estado procurará meios adequados para que cada aluno disponha de uma pasta ou pequeno fichário contendo os cadernos e materiais necessários para cada ano em cada nível.

3) Funcionamento imediato do *Programa Nacional do Livro Didático Gratuito* com o objetivo de que cada aluno argentino entre 6 e 18 anos, ou seja, de todos os níveis pré-universitários, receba do Estado, de forma gratuita, um livro de leitura por ano e por nível. De maneira que, ao terminar seus estudos secundários, cada jovem seja proprietário de pelo menos doze livros de leituras nacionais, americanas e universais.

4) Por meio do Ministério de Educação, Ciência e Tecnologia da Nação, o Estado continuará sustentando os seguintes programas, hoje em plena atividade:
   – *Plano Nacional de Leitura;*
   – *Campanha Nacional de Leitura;*
   – *Programa Nacional de Avós Contadoras de Histórias;*
   – *Programa Nacional Ler Te Ajuda a Crescer;*
   – *Programa Nacional Livros nas Escolas.*

5) O Ministério de Educação, Ciência e Tecnologia da Nação estabelecerá a obrigatoriedade de cursar as seguintes matérias:
   – *Castelhano (ou Língua Nacional) em todos os níveis.* [18]
   – *Literatura Universal, Literatura Latino-Americana e Literatura Argentina, nos três níveis superiores da escola secundária.*

Mesmo assim, serão estabelecidas oficialmente estratégias permanentes de pedagogia da leitura, validando a prática da *Leitura em Voz Alta* e *Leitura Livre Silenciosa e Sustentada*, em todos os níveis.

6) O Ministério da Educação, a Secretaria de Cultura da Nação e todas as Direções de bibliotecas nacionais, estaduais e municipais coordenarão os modos adequados para que todas as bibliotecas populares e bibliotecas públicas do país abram

---

[18] Em substituição às atuais *Língua* ou *Língua e Literatura*.

suas portas e atendam o público nos fins de semana e feriados, para o que deverão contar com um orçamento muito maior que o atual, com uma renovada e conveniente infraestrutura e, sobretudo, com um aumento quantitativo e qualitativo do patrimônio das bibliotecas públicas e populares a fim de chegar – como meta mínima – a que o país disponha de um livro – habitante – ano em 2010 e a dois ou três para o Bicentenário da nossa Independência, em 2016.

Subscrevo totalmente estas palavras: "Não foi por ingenuidade que os espaços disciplinares chamados anteriormente *Literatura* e agora incluídos na área de *Língua*, sem nenhum nome adicional, tenham desaparecido (como se nosso idioma não tivesse nome – no ano de 1949 se chamou *Idioma Nacional* e durante décadas *Castelhano*) e em muitas jurisdições tenham sido implantadas grandes reduções nas horas de ensino".[19]

Em um artigo que resume uma pesquisa sobre o futuro curricular do ensino da leitura na Argentina,[20] Bialet escreve: "O Programa de estudos vigente em 1913 nacionalmente, no seu primeiro capítulo, prescrevia um Programa de Leitura. Claro, eram épocas de grande fluxo de imigrantes que deveriam se somar à sonhada Nação Argentina. Havia um projeto claro: reunir por meio da cultura letrada os milhares de cidadãos de distintas etnias e linguagens em torno de uma cultura nacional. Em 1983, a leitura literária, por meio de antologias que o Estado promovia, exigia uma dedicação horária prioritária na escola primária. Em 1949, com o ascensão do peronismo ao poder, a cobertura escolar se estendeu e a matéria *Linguagem* passou a se chamar *Idioma nacional*. Em 1956 perde novamente essa nomenclatura identificativa, que muda (entre os anos 1956, 62, 68, 71 e 78) de *Linguagem* para *Formação linguística* e para *Língua*. Língua, como o órgão bucal. Língua, não o idioma, sem falar o nome do nosso povo, (...) como se falar qualquer *língua* fosse a mesma coisa. Pois o idioma não é um acúmulo de palavras, é a própria expressão de uma cultura. Perder as palavras leva ao mutismo, deixa a descoberto ausência de identidade. E assim, nesse ritmo, era quase uma consequência que as cargas horárias fossem diminuindo, os espaços curriculares para a leitura não se distinguiram

---

[19] "Un lugar para la lengua y la lectura literaria em nuestas escuelas", em *Escuela Centro de Cambios*, Ministério da Educação da Província de Córdoba, 2006, p. 6.

[20] "¿Por qué no leemos?: varios mitos y algunas reflexiones", em *Lectura y literatura, escenarios para la libertad*, 10ª publicação do programa "Volver a Leer", Ministério da Educação da Província de Córdoba, 2005, p. 42.

dos da escrita, a tal ponto que, já nos anos 80, nos boletins de qualificações não aparece, tampouco, a palavra *leitura*, e na hora de avaliar se coloca como *língua oral e escrita*. Ao desaparecer a palavra leitura, também desaparece a oferta de espaços de leitura".

Finalmente, me parece oportuno citar a definição que oferece a Campanha Nacional de Leitura sob o título *Por que ler?*: "Já se sabe: é muito difícil explicar por que é importante ler. Alguns leem para se informar, para seguir instruções, para aprender, por puro prazer ou também para poder escrever melhor. Porque cada pessoa possui distintas intenções de leitura e isso é o que devemos respeitar. Quando lemos conhecemos outros mundos, abrem-se portas que não mais serão fechadas. Porque ao ler ativamos distintos processos mentais, incorporamos vocabulário, imaginamos situações e despertamos emoções. Quando lemos se amplia o universo simbólico, elaboramos hipóteses, pensamos em diferentes possibilidades e, consequentemente, podemos fazer melhores escolhas. As pessoas que leem possuem mais palavras para se expressar, para explicar o que desejam, o que as angustia, o que necessitam ou o que querem defender. Ler nos permite escolher entre tudo o que vamos incorporando, porque desenvolvemos critério de leitura".[21]

---

[21] "¿Qué es la Campaña Nacional de Lectura?", MECyT, fotocopia, s/f.

Capítulo 8

A biblioteca e a leitura

A biblioteca na vida de um escritor[1]

Não duvido: se sou escritor é porque existiu uma biblioteca em minha casa. Simples assim, magnífico assim.

    Na minha casa no Chaco, onde as sestas são intermináveis, o que mais havia era leitura. Era um lar humilde. Meu pai tinha apenas o terceiro grau primário e tinha trabalhado como padeiro, caixeiro-viajante, vendedor de coisas. Minha mãe, professora de piano, era fanática por leitura. E minha única irmã, doze anos mais velha, lia o tempo todo. O móvel mais importante da sala de jantar era a biblioteca, uma enorme estante de madeira escura que tinha nas prateleiras inferiores todos os livros que eu podia pegar para ler, brincar, destruir ou o que quisesse fazer; e em cima, é claro, os livros inconvenientes que, inteligentemente, ninguém dizia que eram inconvenientes. O que descobri na adolescência, quando já havia estragado várias enciclopédias e os adoráveis livros de Monteiro Lobato, impressos em uma

---

[1] Conferência pronunciada no "Congresso Mundial de Bibliotecas e Informação: 70º Congresso Geral e Conselho da IFLA. Bibliotecas: Instrumentos para a Educação e o Desenvolvimento", Buenos Aires, 21 a 28 de agosto de 2004.

edição da desaparecida editora Americalee, que perdi em alguma mudança e ainda me emociona lembrar.

Parece, e comprovo aqui e acolá serem muitos os colegas que narram experiências semelhantes. Seja no México ou em Cuba, na Espanha, Estados Unidos ou Brasil, cada escritor que fala sobre a leitura evoca a biblioteca que o formou.

Diz Julio Neveleff que "ao longo da História houve bibliotecárias e bibliotecários que alcançaram a celebridade por motivos alheios a sua profissão ou que, ao contrário, por ela chegaram a ser bibliotecários", e cita uma enorme lista de casos: Achille Ratti, o Papa Pio XI, foi bibliotecário da Biblioteca Ambrosiana de Milão e prefeito da Biblioteca Apostólica Vaticana,; o filósofo George Berkeley, bibliotecário no Trinity College de Dublin; o líder chinês Mao Tsé-tung foi auxiliar na biblioteca de Pequim; o escritor e polígrafo Marcelino Menéndez y Pelayo dirigiu a Biblioteca Nacional da Espanha; o poeta e Prêmio Nobel Saint-John Perse e também os escritores Georges Duhamel, Anatole France e Stendhal. E entre nós José Mármol, Paul Groussac, Leopoldo Lugones e Jorge Luis Borges e alguns mais recentes como os poetas Héctor Yánover e Horacio Salas, que há muito pouco dirigiram a Biblioteca Nacional da Argentina.[2] Essa mesma tradição formou muitíssimos escritores.

De fato, durante toda a minha vida fui um bibliotecário amador. Apenas produto da heterodoxia de minhas leituras e do acúmulo de ideias e experiências que os anos com a biblioteca trazem, hoje sei que sem ela eu nada teria sido. Não pertenço ao tipo de escritor que teoriza a literatura com base na formação e no estilo acadêmico. Não foi minha maneira, acredito, porque estudei Direito e não Literatura. Não duvido que a essa circunstância deva o ofício de jornalista e a vocação de refletir sobre a cultura e a política, como tampouco duvido que minha formação como escritor deriva de minha formação como leitor, no meu caso influenciado por minha mãe e minha irmã, de quem herdei uma formação libresca heterodoxa mas sólida, que estimulava sobretudo a liberdade e a curiosidade.

O que me seduz não é estudar a literatura, mas sim fazê-la e refletir depois sobre o escrito. É aí onde busco a revelação, tanto das origens como do sentido da obra concreta. Por isso a análise literária, para mim, é mais a manifestação da prática da escrita, a submersão em labirintos interiores sem guia nem astrolábio e, sobretudo, o descobrimento das iluminações

---

[2] Julio Neveleff, *Guardianes, solteronas y preservadores*, Livraria de La Paz, Resistencia, 2005.

que toda obra deve conter e que se não contém será esquecida. Porque a literatura é sempre memória, já que ela é a vida por escrito. Isso eu aprendi sendo rato de biblioteca.

Obviamente que quando escrevi meus primeiros livros não sabia disso. Mas com os anos fui encontrando a capacidade de, ao menos, tentar esses discernimentos. A Biblioteca Pública Leopoldo Herrera, de Resistencia, a Popular Bernardino Rivadavia e a da Escola Benjamín Zorrilla me indicaram o caminho: ler a esmo como quem respira, incessantemente e de modo vital. Para depois, mas somente depois, aprender que o árduo trabalho do escritor consiste no torturante e maravilhoso empenho, no duro e rigoroso labor de polir a prosa, clarificar o sentido, consolidar a ideia e, claro, abrilhantar o estilo. Escrever como um caminhar sem planos, de maneira que o projeto seja a própria escrita, descobrir qual é o projeto. Escrever a partir da ignorância do que se escreve mas com a experiência do vivido intensamente e com a biblioteca como respaldo. Escrever conscientemente sobre o que não se sabe para conhecer o que e o como; e não para alcançar revelações, mas sim para procurá--las, o que é melhor porque faz a tarefa mais humilde. Isto é, escrita como indagação, como introdução a um labirinto que não tem saída nem deve ter, mas que é fascinante percorrer nem que seja para perder-se nele.

Tudo isso me foi demonstrado quando era menino e em minhas recordações vejo sempre minha mãe e minha irmã lendo. Vejo-as esperando duas vezes por semana a chegada das revistas que abarrotavam a banca de jornal da esquina. Os semanários de então (*El Hogar, Vosotras, Vea y Lea, Leoplán*) sempre continham leituras, clássicas e modernas. Lá se podia encontrar textos de André Gide ou de Adolfo Pérez Zalaschi, de Ernest Hemingway, de Rodolfo Wash ou de Silvina Ocampo. A boa literatura era importante para as revistas daquela época. Os livros chegavam pelo correio. Elas os encomendavam nas livrarias de Buenos Aires como quem encomenda tesouros que, ao chegar, eram velozmente devorados. E, enquanto isso, durante a semana, pegavam livros emprestados nas bibliotecas da cidade. E assim, em todos os meio-dias o almoço se amenizava com seus comentários diante do silêncio respeituoso e satisfeito do meu pai, que apenas lia o jornal *El Territorio*, com notícias locais, e *La Nación*, de Buenos Aires, que chegava com um dia de atraso.

A leitura, a literatura, a conversação, a historia e as narrações constantes eram, de certo modo, a própria vida para as mulheres daquela casa e suas amigas. E sua auxiliar permanente era a biblioteca, fonte inesgotável de comparações, de metáforas, de sonhos e de possibilidades. Elas pegavam e devolviam livros e enciclopédias da biblioteca da sala como pegavam o tomilho e a pimenta na despensa da cozinha. Hoje acredito que foi isso que fez com que eu sentisse a escrita sempre feminina. Os melhores momentos da minha vida foram os que eu passei escutando narrações de intrigas e ilusões, de amores e desamores, de sonhos e frustações da boca de mulheres, e mulheres que liam muito e tinham a imaginação e a paixão bem treinadas.

A literatura me atingiu com suas palavras, tudo sempre sentimentos, tudo furor e loucura, como se a vida corresse lado a lado com as novelas e os contos que eram lidos em casa. Assim me fiz leitor e entrei em Julio Verne e Monteiro Lobato, assim como em Kafka e no incoveniente Alberto Moraiva; nos fascinantes e apropriados relatos de Salgari e de Stevenson como na densidade de Dostoievsky e Lagerkvist; nas aventuras de *Robinson Crusoe* e nos textos proibidos como *O amante de Lady Chaterley*, de D. H. Lawrence. De lá para cá todos os endereços da minha vida, sempre, todos eles, estiveram cheios de novelas e de poesia, de contos e também de sonhos dominados pelas narrações de tias, namoradas, amantes e amigas. Mas, sobretudo, minha vida não foi outra coisa que levar minhas bibliotecas como o caracol leva sua concha.

É que toda a minha vida foi a de um bibliotecário amador. Vejo-me, quando criança, jogando com carrinhos de madeira e soldadinhos de chumbo entre os livros que pegava da biblioteca, no setor inferior, que era o meu. Fazia estradas com as novelas de Conrad ou Melville ou com o *Martín Fierro*, e grandes edifícios ou cidades a conquistar com meu *Pequeno Laurousse* ou com enciclopédias como a enorme *Sopena* de dois volumes. Passava a sesta submerso nesses jogos com suas capas, suas páginas e seus desenhos, atrações que eram infinitas porque eu sentia que o infinito mundo da biblioteca era meu. Como naquele desenho de Escher, o da escada interminável, essa arquitetura da vida me era dada.

Somos, é verdade, o que lemos. Quando ia ao Colégio Nacional de Resistencia e era um adolescente como outro qualquer, bagunceiro, esportista, irresponsável e mais ou menos descontraído, tinha no meu quarto de estudante uma pequena biblioteca que formei com livros herdados depois da prematura morte de meus pais e com os que ia comprando, em mesas de saldos, com minhas primeiras economias. Junto com meu Winco e alguns discos, eram meu capital e meu tesouro de vida. E tanto foi que logo me apareceu o lado obsessivo. Como na minha casa não éramos ricos, os livros eram bem cuidados e sabíamos repará-los:

com as velhas, originais e pegajosas fitas *durex* e com cola e cartolina, minha irmã e eu éramos peritos em recuperar livros desfeitos. Assim, mandei fazer um carimbo que ainda conservo e diz: *"Roubar livros é o pior que se pode fazer. Este livro é meu."* Estampei em todos os exemplares e ainda hoje me comove encontrar essa sentença impressa nos livros mais velhos.

Quando cursei a Faculdade de Direito minhas leituras foram, naturalmente, específicas, ainda que eu soubesse que nunca seria advogado. Tenho ainda alguns daqueles livros e Códigos anotados, mas como passava tardes e noites na Biblioteca Herrera, que fica ao lado da Catedral de Resistencia, muitas vezes me desviava do Direito à literatura, como finalmente aconteceu. Minha vida de leitor, já então, estava definida porque na faculdade, em Herrera ou no meu quarto de estudante era a biblioteca que dominava os primeiros jogos amorosos, o futebol, o rugby e os bailes de sábados que eram, na província, parte da formação humanística de todos os garotos e garotas que tinham então menos de 20 anos.

Depois me entreguei ao jornalismo e eram os duríssimos anos 70. Abandonei o Direito, fui para Buenos Aires e me entreguei por completo à literatura. Escrevi meus primeiros contos e uma novela espantosa que jamais publiquei e continuei sendo o bibliotecário portátil que seria durante toda a minha vida. Levei a Buenos Aires aquela biblioteca que, de tão grande que já era, nunca cabia nos pequenos apartamentos que alugava. Livros na cozinha, no banheiro, debaixo da cama. Eu podia perder qualquer coisa – e de fato perdi algum bom amor – mas não meus livros. Classificados por gênero, por ordem alfabética, todos fichados, minha biblioteca foi sempre necessária e íntima como uma cédula de identidade e nutritiva como o leite e o pão.

Em 1976, a tragédia que iniciou a caminhada da Argentina rumo ao desastre nos forçou, a muitos da minha geração, ao horrível crime de ter que queimar livros para sobreviver. Os cachorros assassinos da ditadura percorriam, clandestinos, as cidades e não buscavam somente pessoas mas também ideias, e as ideias estavam nos livros. Por isso as piras de exemplares incendiados, as fogueiras nas ruas onde se incineravam as ideias e a liberdade. Eu passei por esse horror e por essa vergonha quando durante toda uma abominável noite inesquecível, com as persianas abaixadas, na cozinha e no banheiro do meu pequeno apartamento, com medo, vergonha, dor e raiva, tive que queimar alguns livros "comprometedores" e "perigosos" que não se queimavam facilmente, porque os livros sabem resistir, tirem a prova, os livros precisam ser rasgados, arrebentados, picotados e queimados página por página ou jogar os papéis aos montes pela privada.

Aquilo foi uma lenta amputação caseira, enquanto lá fora a cidade era assolada pelos cachorros da noite que estavam à caça e só se podia atenuar as sirenes policiais subindo o volume dos concertos de música clássica da velha Rádio Nacional ou com um programa musical que se chamava *Modart en la noche*. Mas hoje acredito que aquilo foi também um ato de amor e de fé porque se destruía cada livro jurando que um dia, um iluminado dia de justiça e liberdade, se voltaria a acumular aqueles livros em uma nova, grande e enriquecida biblioteca.

A amputação chegou, maciça e completa, em uma noite de julho de 1976 quando me avisaram da editora Losada que o Exército estava "limpando" – atenção ao verbo – os depósitos e queimando livros na rua. Entre eles minha primeira novela. Me aconselharam não ficar no meu apartamento e obviamente esse foi o início do meu exílio, quando fui embora com apenas uns poucos livros duas semanas depois. Na fria noite em que cheguei ao Aeroporto de Eizeiza depois de deixar uma cidade infestada de controles militares e reforços nos quais feras assassinas eram donas da vida e da morte, levava comigo uma versão de *A divina comédia*, de Alighieri, as pequenas edições de *Bestiario* e *Final de juego* publicadas pelo Centro Editor da América Latina, um par de livros de Borges editados por Emecé e uma edição barata de *Tobacco Road*, a memorável novela de Erskine Caldwell. Era minha pequena, perfeita biblioteca portátil.

No México formei – ou reformei, ou reorganizei, não sei qual verbo é o adequado – outra biblioteca, uma nova que, no entanto, era a mesma. Durante nove anos montei uma biblioteca na minha casa mexicana sonhando com o regresso. Essa biblioteca se enriqueceu com a vasta e nutrida literatura mexicana e, sobretudo, com a desmedida literatura latino-americana, com autores e autoras de todos os países que aprendi a amar e valorizar para que minha formação deixasse de ser tão paroquial, digamos, tão pequena como sempre foi a literatura canônica argentina, tão portenha e tão pretensiosa de universalidade. Essa biblioteca eu trouxe do exílio quando os argentinos recuperaram a democracia, em um contêiner que despachei pessoal e amorosamente no porto de Vera Cruz em uma manhã de 1984.

De volta, já em Buenos Aires, foi essa mesma biblioteca que me ajudou a parir a única revista que inventei na minha vida e que levou todos os meus esforços e um tempo dourado, como acredito serem dos 35 aos 45 anos na vida de um homem. Nesses anos fundei *Puro Cuento* como fruto de recordar, reler e pegar contos desta ou daquela estante para criar essa revista que é hoje quase mística e tão querida no interior do país e no exterior. Dessa biblioteca saíram mais de oitocentos autores e mais de 2 mil contos que publicamos. Dessa biblioteca que eu amava e ainda amo à qual, percebo, neste texto estou rendendo uma amorosa homenagem.

Desde aquela primeira Fundação, que também se chamou Puro Cuento, com vários colegas e amigos, nos ocupamos de abrir algumas bibliotecas. Queríamos que outros argentinos recebessem o amor, a decência, a fantasia e a imaginação que as bibliotecas oferecem. E, inclusive quando a revista faliu, minha biblioteca continuou sendo o verdadeiro bem a conservar, o único patrimônio inegociável.

Anos depois, a doação desse tipo de acervo foi o ponto de partida da fundação descrita no Capítulo 3, que hoje acumula uns 12 mil exemplares em processo de catalogação, de onde se nutre o Centro de Estudos e todos os nossos programas, sustentados por dezenas de pessoas que trabalham ordenadamente ao redor da simples ideia de que não existe melhor estímulo para a leitura que compartilhar os textos com amor. Ali está agora, em um desmantelado edifício de triste memória que um dia restauraremos, quando tivermos dinheiro. De momento em caixas, sem estantes e em processo de recatalogação, porém viva, íntima e maravilhosa.

O PAPEL DAS BIBLIOTECAS NA PROMOÇÃO E MEDIAÇÃO DA LEITURA

A partir da experiência anterior, cada vez que me encontro com os bibliotecários sinto que estou entre pares. O que é gratificante, mas dura pouco. Porque essa espécie de fraternidade que a cidadania tantas vezes idealiza, convoca, ao mesmo tempo, a exigência de um olhar severo e exigente, porque os bibliotecários são mediadores-chave, nexos específicos entre a sociedade e a leitura, e, portanto, possuem uma responsabilidade que nem sempre é reconhecida. Nem eles mesmos nem a sociedade para com eles.

Vivemos em uma sociedade, ademais, que é sumamente contraditória em relação a suas bibliotecas e seus bibliotecários.

Por um lado, temos um sistema bibliotecário importante, territorialmente muito diversificado e que representa, de fato, uma reserva extraordinária que muitos países irmãos gostariam de ter.[3]

---

[3] O Chile apresenta o melhor sistema da região, com bibliotecas públicas completamente informatizadas e unificadas em rede. O sistema chileno permite o acesso remoto a todos os catálogos de qualquer ponto do território. Ver: http://www.clarin.com/diario/2004/08/21/sociedad/s-05001.htm

Por outro, a Comissão Protetora de Bibliotecas Populares (Conabip), subordinada à Secretaria de Cultura da Nação, foi fundada por Domingo Faustino Sarmiento em 1870 e protege um sistema de mais de 2 mil Bibliotecas Populares em todo o país[4] com um acervo, como se disse no Capítulo 1, de uns 22 milhões de livros. A propósito, as bibliotecas populares são definidas pela lei de 1986 como um tipo particular de biblioteca pública com características especiais e específicas que as levam a ser consideradas como "a biblioteca pública por antonomásia", como diz Ana María Peruchena Zimermann, que recorda que o censo de 1996 determinou que funcionavam no país 1.605 bibliotecas, ou seja, 4,6 por cada 100 mil habitantes. A média de livros por habitantes era de 0,4 e o de livros por biblioteca popular de 8.835.[5]

E por um terceiro lado, existem as 16.535 bibliotecas escolares (11.972 públicas e 4.563 privadas) que compõem o sistema do Ministério da Educação da Nação. Esse é o número oficial de "Edifícios com espaços de apoio educativo ou por tipo de espaço (bibliotecas)" como as chamam eufemisticamente o Censo Nacional de Infraestrutura escolar 1998.[6]

E ainda teria que se somar o vasto sistema de bibliotecas públicas oficiais de organismos nacionais, estaduais, municipais e também de entidades privadas (clubes, sociedades de fomento, empresas, ONGs e OSCs) que me atrevo a estimar em muitos milhares mais.[7]

A propósito, a Associação de Bibliotecários Graduados (Abgra) publicou em 1997 uma edição preliminar do Diretório de Bibliotecas Argentinas, que foi a primeira tentativa de reunir em uma só obra a "soma de todas as bibliotecas". O diretório foi realizado com

---

[4] Foi criada pela lei 419. Mais de um século depois, em 1986, a lei 23.351 de Bibliotecas Populares criou o Fundo Especial para Bibliotecas Populares. Ver: http://www.conabip.gov.ar

[5] Ana María Peruchena Zimmermann, *Un panorama de las Bibliotecas Argentinas*, em *Ifla Journal*, vol. 30, Nº 2, 2004, pp. 105-195. Disponível em: http://www.ifla.org./V/iflaj/index.htm

[6] Dados ratificados pelo MECyT, Direção Nacional de Informação e Avaliação da Qualidade Educativa (Diniece), Rede Federal de Informação, Levantamento Anual 2004. É preciso somar as bibliotecas em outros espaços não destinados a tal função, cuja quantidade foi impossível estimar.

[7] Esta contagem inclui a Biblioteca do Congresso, a Biblioteca Nacional do Mestre, as dezenas de bibliotecas da Rede de Interconexão Universitária criada em 1994 e uma quantidade de redes e sistemas de informação sobre as quais Peruchena Zimmermann oferece um completo panorama.

o apoio econômico do Centro de Desenvolvimento de Projetos (Cedepro) e se conseguiu informação de mais de 4.200 bibliotecas classificadas por estados e localidades.[8]

Um levantamento informal realizado pela Abgra estimou que em quase todo o país existem quase 5 mil bibliotecas em funcionamento, contando as públicas, privadas e universitárias que prestam um serviço completo de atendimento ao público em horários fixos (sem incluir as bibliotecas populares do Sistema Conabip). Desse total, a maior parte se encontra na Capital Federal e Gran Buenos Aires, enquanto as províncias de Catamarca e La Rioja são as que menos bibliotecas possuem.[9]

De maneira que, independentemente de qualquer inexatidão, pode-se afirmar que *não existe ninguém em toda a República Argentina que não tenha uma biblioteca ao alcance da mão*: a poucas quadras de sua casa, se vive em centros urbanos, e a relativamente pouca distância, se vive em áreas rurais.

Obviamente muitas dessas bibliotecas estão desatualizadas e certamente algumas inclusive maltratadas, mas todas estão vivas ou com capacidade de serem revitalizadas. São, de fato, uma espécie de infinito mundo de silêncio, estudo e maravilha que é possível e urgente recuperar.

Por isso não é exagero dizer que *as bibliotecas argentinas acumulam o melhor que tem este país e os bibliotecários argentinos são os guardiões desse tesouro*.

Mas ao mesmo tempo devemos estar conscientes de que com essa frase não conseguimos dimensionar seus papéis completos. À luz das contradições que nos apresenta uma democracia como a nossa, povoada por tanta gente afundada na pobreza e quase a metade dela indigentes, se amplia o paradoxo: se o recurso existe – ao menos em teoria – com tão boa distribuição territorial apesar da vastidão e complexidade de nossa geografia, por que somos uma sociedade que recorre tão pouco a esse tesouro potencial? Aí estão os dados da Pesquisa Nacional de Leitura, realizada no começo de 2001, segundo a qual 71% dos argentinos não pisavam nunca em uma biblioteca.[10] E por exemplo na cidade de Córdoba, berço da

---

[8] A edição se encontra esgotada mas a última cifra é de 4.245 e pode ser consultada na Base de Dados de Bibliotecas Argentinas, Bibar-Abgra, disponível em http://www.abgra.org.ar/bib-argentinas.htm

[9] Ver: http://www.clarin.com/diario/2004/08/21/sociedad/s-05001.htm

[10] Pesquisa Nacional de Leitura 2001. Realizada por Caterberg e Associados, por conta do MECyT.

primeira universidade do país e tradicionalmente chamada "La Docta", em 2002 à pergunta "frequenta bibliotecas?" 12% dos cordobeses respondiam "sim" e *88% "não"*.[11]

Mais recentemente, os indicadores não variaram tanto. Segundo o Sistema Nacional de Consumos Culturais, no final de 2004 "ao redor de 28% dos entrevistados afirmaram frequentar bibliotecas". Ou seja, 72% não frequentam. Mas, além disso, o próprio relatório oficial diz: "No entanto tal frequência está mais relacionada à praticidade que ao prazer: a maior parte daqueles que frequentam (ao redor de 85%) 'vai consultar certo e determinado material' ou xerocar textos (22,8%). Chama a atenção que apenas magros 3,7% frequentem as bibliotecas apenas pelo prazer de 'pegar um livro para ler'. É evidente que tal hábito está em vias de extinção".[12]

E no jornal *Clarín*, Vicente Muleiro escreveu em abril de 2006: "À pergunta: 'Frequentou a biblioteca no último ano?', 75,2% responderam 'não' e o resto 'sim'. E entre 'os que têm acesso a livros mas nunca os compram' somente um 8,3% de não compradores afirmaram frequentar as bibliotecas".[13]

Mas isso não é tudo. Deve-se acrescentar outra circunstância, que pode se julgar inclusive mais grave. É que a sociedade argentina também nesta matéria permaneceu bastante indiferente diante da destruição, deterioração ou decadência (como se prefira chamar) desse sistema. E não é que se tenha descuidado somente em termos de infraestrutura predial e de atualização de acervo (no qual influenciaram sem dúvidas as políticas de "ajuste" aplicadas durante os últimos trinta anos, com reduções orçamentárias generalizadas), mas que ademais houve uma pregação e uma ação da ditadura que deixaram rastros muito profundos e ainda vigentes. Porque deve-se reconhecer que desgraçadamente o discurso autoritário e perverso de que o livro era subversivo se espalhou em vastos setores sociais, particularmente os mais atrasados, como sempre acontece. O livro era subversivo mas também o saber o era. E o conhecimento, o pensamento, a livre expressão de ideias, tudo, tudo foi considerado

---

[11] Pequisa de MKT Consultores, já citada, em setembro de 2002.

[12] Sistema Nacional de Consumos Culturais (SNCC), realizado pela Secretaria de Meios de Comunicação (Chefatura de Gabinete, Presidência da Nação), em agosto de 2005: http://www.consumosculturales.gov.ar/sncc.htm

[13] Vicente Muleiro, "Así leen los argentinos", em Ñ, 22 de abril de 2006. Dados da pesquisa *Los argentinos y los libros*, realizada pelo Centro de Estudos da Opinião Pública (Ceop).

perigoso. Os livros eram queimados, bibliotecas inteiras foram destruídas e como elas *a leitura era vista como berço e ninho de contestadores*. Isso não terminou neste país. Parece mentira, mas basta percorrer pequenas cidades do interior, os mais afastados dos centros culturais, para constatar.

Somos, pois, um país com uma curiosíssima e paradoxal vida bibliotecnológica. Porque dispomos de uma rede formidável de bibliotecas, mas que não são utilizadas em sua totalidade nem todos os bibliotecários são conscientes de sua enorme responsabilidade social.

Proponho considerar a questão, em relação à leitura, indo por partes.

Ainda que muita gente ignore e às vezes a falação confunda nosso povo, dentre todos os mediadores de leitura *os bibliotecários são encarregados de uma transmissão aparentemente mais passiva da paixão pela leitura, mas não menos importante que a de pais e professores.*

Ainda que o conceito clássico diga que o bibliotecário é a "pessoa encarregada do cuidado técnico de uma biblioteca",[14] existe uma concepção moderna, pelo menos em nossa América, que supera amplamente a questão técnica. É a missão essencialmente política que destaca a especialista colombiana Silvia Castrillón: "É evidente supor que o bibliotecário, no seu papel de intelectual comprometido e que (...) possui nas suas mãos um instrumento de democratização como deveria ser a biblioteca, deve contribuir para a luta contra a miséria, contra a injustiça, contra a exploração, contra a violência, contra tudo o que restrinja a liberdade de pensamento e a liberdade de escolher entre opções que contribuam para uma vida digna; isto é, contra todas as violações a esses princípios universais de justiça e liberdade. O contrário é moda e retórica".[15]

Portanto, os bibliotecários têm – *devem* ter – um papel essencial na estruturação das políticas de leitura que países como os nossos necessitam. "Na medida em que se aceita sem discussão que as funções de uma biblioteca pública se limitam ao apoio ao sistema escolar, à oferta de espairecimento por meio de atividades recreativas e ao acesso à informação para quem a solicita, se perdem de vista outras possibilidades que a fariam mais necessária e vital para a sociedade" (Castrillón, p. 23).

---

[14] María Moliner, *Diccionario del Uso del Español*, t. 1, Gredos, 1991.

[15] Silvia Castrillón, *El derecho a leer y a escribir*, México, Conaculta, e Bogotá, Asolectura, 2004, p. 26. Adiante cada citação mencionará autora e página.

E indica também que seu país (e obviamente se aplica ao nosso) "necessita de bibliotecas que, em primeiro lugar, se transformem em meios contra a exclusão social" e ademais que "por meio do debate público sobre temas que concernem aos cidadãos, provoquem a reflexão, a crítica e o questionamento" (p. 23). De maneira que propõe "uma formação que permita aos cidadãos atuar como tais, intervir de maneira eficaz nos destinos de sua comunidade, de sua cidade, de seu país e, ao mesmo tempo, conhecer os acontecimentos mundiais e participar deles, especialmente quando, em um mundo globalizado, afetam seu futuro" (p. 24).

Procuramos, portanto, um tipo de bibliotecário assumido como intelectual, como homem ou mulher de letras. "Creio que não podemos duvidar da condição de intelectual que deve ter o bibliotecário, que, como o professor, trabalha com meios intelectuais, com informação, livros, leitura e leitores, isto é, com objetos e pessoas envolvidas em processos intelectuais. (...) Seu trabalho supera o estritamente técnico-profissional" (Castrillón, p. 25). Fica claro: "Tudo isso implica uma postura política".

Portanto, cabe aspirar à formação de um novo tipo de bibliotecário que seja antes de tudo um bom leitor. Por isso neste ponto é pertinente lembrar (talvez fosse mais apropriado "denunciar") que nas carreiras de Biblioteconomia de quase todo o país, durante a transformação educativa dos anos 90, se modificaram os planos de estudo de maneira que, em muitíssimos casos, ficaram com *uma só literatura* (sim, uma só matéria em toda a carreira) e logo no terceiro ano. Ao mesmo tempo, se modificou a figura do "bibliotecário escolar" ou "para escolas" por pretensiosas figuras como "técnico em arquivos ou em informação", certamente respondendo às fantasias primeiro-mundistas do menemismo.

É óbvio que um bibliotecário leitor é aquele que, com base em sua própria prática, poderá ser ao mesmo tempo crítico, curioso, informado, reflexivo, inquieto e aberto, consciente de seu papel político, orgulhoso de seu saber e generoso para abrir a mente dos consulentes e de toda a comunidade. E além disso consciente de que tudo isso faz parte de um papel político fundamental para a democracia.

Essa é a tarefa, sem dúvida. Essa é a missão que esperamos hoje das bibliotecas e dos bibliotecários argentinos.

Mas então nos deparamos com a dura realidade, que nos mostra que, se é bem verdade que as bibliotecas argentinas muitas vezes são atendidas por abnegados bibliotecários, lúcidos e inquietos, e até excelentes leitores, também sucede que muitíssimas bibliotecas estão sob responsabilidade de pessoas sem capacitação ou de simples e burocratizados empregados públicos colocados ali sabe-se lá por quais obscuras motivações do clientelismo político.

No Chaco, por exemplo, onde existe uma enorme tradição bibliotecnológica, uma idônea formação terciária na matéria e onde se exige capacitação aos bibliotecários, nem sempre as designações adequadas são cumpridas.[16] Enquanto em outros estados, como La Rioja, a formação bibliotecnológica é completamente ignorada. E são conhecidas as reiteradas denúncias jornalísticas sobre a Biblioteca Nacional, com sede em Buenos Aires, onde havia muito mais empregados sem capacitação específica que bibliotecários diplomados. Mais de uma vez na imprensa nacional se disse que são uma verdadeira minoria dentro de uma lista de mais de duzentas pessoas. E é claro que não importa estabelecer aqui a exatidão percentual, mas deixar em evidência que é um problema que não está resolvido.

A capacitação é fundamental nessa área, onde também faz falta uma profunda mudança no conceito geral do que é ou deve ser uma biblioteca moderna. Isso me parece urgente porque, como diz Castrillón, é necessário que "promovam o interesse e o gosto pela leitura" mas sobretudo falta que essa "leitura, segundo palavras de Pierre Bourdieu, permita 'o pensamento pensante', 'o pensamento lento' contra o *fast thinking* imposto pelos meios de massa" (p. 25).[17]

A biblioteca necessita uma mudança profunda. E – como opina Castrillón – "é para a educação que deve ser dirigida a maior parte dos esforços". Isso não impede que "sejam as bibliotecas os meios para a democratização do acesso, sempre e quando se produzam nelas também importantes transformações" (p. 14).

Isso envolve a urgência de superar os relatórios anuais que dimensionam o aumento de leitores em salas, os novos livros recebidos, o incremento no número de livros solicitados e inclusive alguns – pouquíssimos – investimentos realizados. É necessária outra coisa: faltam uma mudança de atitude no bibliotecário, um novo tipo de biblioteca e novas estratégias de leitura que forcem a abertura mental e uma presença territorial e social muito mais ativa.

"A única forma de conseguir bibliotecas que vençam esses novos desafios é contando com um bibliotecário que se assuma como intelectual que possua um compromisso ético e político

---

[16] Conheço uma biblioteca de Resistencia onde de onze pessoas que trabalham e atendem somente quatro são bibliotecários diplomados. E não é um caso único.

[17] Pierre Bourdieu, *Sobre la televisión*, Barcelona, Anagrama, 1997, pp. 38-40.

com seu país e com a responsabilidade social de responder pela administração de um instrumento público que precisa estar a serviço de um mundo melhor para todos" (Castrillón, p. 25).

O QUE É NECESSÁRIO PARA MODIFICAR UMA BIBLIOTECA?

Visitei muitas bibliotecas em minha vida, em vários países, e sem dúvida as mais inesquecíveis para mim foram as mais lindas que vi. Esse conceito elementar de beleza, por simplório que pareça, é central na hora de considerar as mudanças que necessitariamos aplicar em muitas bibliotecas argentinas, e diria até em todo o sistema.

Uma biblioteca escura ou onde há pouca luz, onde não deixam a pessoa se sentar comodamente em uma poltrona nem tomar um café ou uma água, proíbem comer e não possuem janelas que deem para um lindo jardim e que ademais mantêm os livros sempre fora do alcance e não é permitido tocá-los e que, ainda por cima, tem horários incômodos (ou seja, fecha durante a sesta e não abre aos fins de semana) é – obviamente! – uma biblioteca aonde ninguém quer ir.

Esse tipo de biblioteca expulsa os leitores. No lugar de atraí-los, manda-os embora. Em vez de convidá-los, os espanta.

Fica claro, então: a primeira mudança que se deve fazer nas bibliotecas é a estética e o horário. As bibliotecas modernas em todo o mundo, ao contrário das argentinas, estão abertas aos sábados e domingos. Colocam poltronas cada vez mais cômodas para ler e, inclusive, para fazer uma pequena sesta com livros nos braços. Possuem cafeterias ou máquinas de café e muitas prateleiras abertas, mesas de revistas ou cestos para quem queira tirar e ler o que tiver vontade. Também os sistemas de empréstimo variaram. Hoje se oferecem credenciais que comprovam ser membro e permitem levar livros para casa por mais tempo e com menos trâmites.

Existe algo que certamente essas bibliotecas não são: armazéns ou depósitos escuros cheios de livros que ninguém lê. O que distorce o próprio sentido de uma biblioteca, cuja missão é servir à comunidade. De maneira que, se um acervo não é consultado e a biblioteca não tem leitores, esse serviço não está sendo cumprido.

O fenômeno, sem dúvidas, está associado ao *marketing* editorial e livreiro. É que se algo mudou revolucionariamente no mundo do livro foi a comercialização. Enquanto a literatura e a paraliteratura mudavam lentamente e iam pelas árduas escadas da escrita, as estratégias de venda de livros iam pelo elevador. Basta ver as livrarias atuais que se transformaram em centros de peregrinação popular tão concorridos e economicamente poderosos como qualquer centro comercial. É por isso que hoje existem livrarias em *todos* os centros comerciais. "A livraria – diz Trelease – se transformou em um dos últimos lugares públicos onde as pessoas se sentem traquilas e enriquecidas mentalmente e onde revirar é grátis, *sem intenção de comprar; é bem-visto*" (p. 236). Existe muito roubo, como denunciam e se queixam não poucos livreiros? Bom, aí estão os controles magnéticos, que também estão chegando a algumas bibliotecas e resolvem o problema. Existe um custo, claro, mas é um custo de investimento, não um gasto, e a longo prazo é rentável.

E quais são os melhores momentos para essas peregrinações? Quais os dias de maior afluência de público? Obviamente os fins de semana e feriados. Existem muitos estudos de mercado que indicam que as vendas em livrarias crescem justamente nesses dias.

Bom, esses são os dias em que quase todas as bibliotecas da Argentina estão fechadas. Clausuradas absurdamente, negadas à sociedade que tanto delas necessita. Vedadas para milhares de garotos e garotas que "se entediam", que arruínam a cabeça assistindo a lixo na televisão ou jogando em redes muitas vezes violentas, imobilizantes e embrutecedoras.

Não tem nenhum sentido continuar pensando que o problema é a tecnologia ou a "modernidade" que supostamente perturba os garotos e lhes "faz a cabeça", como se costuma escutar de pais e docentes. De nenhuma maneira são os meios eletrônicos que ameaçam as bibliotecas e "podem chegar a substituí-las", como defendem alguns. Isso não é verdade, é altamente improvável, se soubermos mudar. Porque é preciso mudar, essa é a questão. Pois, como diz Trealease, a internet "está muito longe de substituir as bibliotecas. A maior ameaça para as bibliotecas são as próprias bibliotecas" (p. 235).

O que falta para que as autoridades de cada biblioteca ou dos sistemas bibliotecários, públicos e privados percebam?

Entre outras coisas e em primeiro lugar, mudar a própria atitude dos bibliotecários. É necessário que em sua formação se inclua a construção do leitor. Nenhuma técnica, nenhum sistema estandardizado de catalogação, *nada substitui o saber sobre os livros que acumula e pode compartilhar quem leu e amou*. O amor pela leitura, quando bem processado, se transforma no nexo entre um público que tem muito para dar e outro necessitado de tudo. E essa é a função da mediação que os bibliotecários devem exercer. É por isso que é absurdo que não se ensine literatura aos bibliotecários!

Não haverá decisão de nenhuma autoridade que ordene as mudanças profundas, se essa mesma autoridade não é constituída de leitores. Portanto, é preciso promover a leitura também entre as autoridades.

Mas existem coisas muito simples que podem ser feitas e que não requerem resoluções superiores. É muito fácil instalar uma cafeteira ou contratar uma máquina vendedora. É simples criar uma comissão de amigos da biblioteca que se encarregue de atender um serviço modesto. É simples e utilíssimo abrir as portas e as janelas, procurar uma maior iluminação, permitir que se sente no pátio ou no chão ou levar livros para a calçada. Só é necessário um pouco de imaginação para ver de que maneira se incita a leitura, no salão (ou habilitando uma parte) ou no pátio, se existe. Não é difícil conseguir emprestado, ou por meio de doações de vizinhos, algumas poltronas cômodas, ainda que estejam velhas. E também se pode organizar sarais de leitura em voz alta, para diferentes idades, com leitores avançados, avôs ou avós e os próprios bibliotecários. Enfim, trata-se de ser criativo, superador de obstáculos e de entender os garotos, gostar deles e ajudar-lhes a ser leitores. Para isso deve-se fazer da biblioteca um lugar agradável, com uma única regra escrita: não falar alto e não fumar.

E trata-se também – e sobretudo – de perder o medo da mudança. E de expulsar de nós mesmos as inumeráveis desculpas que sempre aparecem.

A única coisa que pode ficar na "contramão" dessas ideias, digamos, seria a questão do horário corrido e o atendimento ao público nos fins de semana. Mas que maravilha seria se em vez de abrir as bibliotecas às 7 e fechar às 12, e isso de segunda a sexta, conseguíssemos que ficassem abertas, iluminadas e certamente cheias aos sábados e domingos, a maior quantidade de horas possível e inclusive todas as noites. Muitos países o fazem. Tão atrasados podemos ser os argentinos também nessa matéria?

Em síntese, o que faz falta em nossas bibliotecas é mudar o modo de pensar das autoridades e dos próprios bibliotecários, modificar a ideia da missão que têm as bibliotecas, mudar a posição humana e física e dar um giro de 180 graus nos critérios de atendimento ao público. Devem deixar de ser *templos* para se transformar em lugares atraentes. Não digo um parque de diversões, mas quase. Trelease (pp. 235-241) explica como as livrarias mudaram nos Estados Unidos (e vimos acontecer também na Argentina): desde os anos 90 as livrarias começaram a *mostrar* todos os livros, colocá-los *ao alcance* da mão (literalmente) e se ocuparam de *estimular as pessoas a folheá-los, tocá-los e lê-los* durante o tempo que quisessem.

Mudaram também todos os horários: *os melhores momentos para ir às livrarias são os melhores momentos para as pessoas: à noite, aos sábados e domingos, nos feriados*. Ou seja, quando as pessoas *têm tempo*. Muitas livrarias abrem cafeterias dentro do local ou colocam mesas em pátios e calçadas e atraem o público para ir, sentar-se e ler. Os vendedores (os bibliotecários seriam o seu equivalente) deixaram de ser intermediários de compra e venda para ser, dentro do possível, leitores confiáveis, bons conversadores sobre este objeto que interessa a todos: o livro e seus conteúdos. Muitas livrarias incluíram seções de revistas e jornais, vendas de CDs e DVDs, setores especiais para crianças. A luz e o colorido passaram a ser fundamentais e hoje todas as livrarias são iluminadas, os livros saem constantemente das estantes e se interpõem em nossa caminhada porque os corredores estão cheios de mesas com rodas cheias deles.

Trelease inclusive desenvolve uma interessantíssima explicação sobre a importância de mostrar a capa dos livros (p. 247). Enumera as estratégias de venda típicas do capitalismo avançado e propõe sua aplicação no mundo bibliotecário. Suas ideias são provocadoras e inclusive podem resultar tão heterodoxas que certamente espantarão alguns espíritos conservadores. Mas que bem faria a muitos bibliotecários argentinos ler essas páginas e, também e sobretudo, às diferentes autoridades bibliotecnológicas, muitas das quais se mantêm, ainda, no século XIX nessa matéria.

Enfim, a comercialização fez milagres e assim como em tantos aspectos nos fastia ao nos inundar de necessidades idiotas e nos convida a um consumismo vazio, neste caso as boas bibliotecas deveriam adotar muitas dessas estratégias comerciais. Fizeram-no em muitos países e *hoje, no mundo, as bibliotecas são lugares iluminados, alegres, abertos onde nos dá vontade de estar e ficar*. E não penso somente nos Estados Unidos e Europa. Eu as vi no Chile, na Colômbia, no México, no Brasil: bibliotecas de portas abertas, iluminadas, alegres, com cafeterias ou espaços para se sentar comodamente ou, melhor ainda, para *se jogar* para ler. E são países com iguais ou piores contrastes sociais que a Argentina.

Parece mentira que ainda (e esse é outro desgraçado signo de nosso atraso secular) existam pessoas entre nós (e inclusive bibliotecários!) que *cultivam* a escuridão, a distância, a proibição e o temor aos livros. E não falo de um caso especial porque, lamentavelmente, vi isso em muitas cidades e províncias, inclusive na minha.

Claro que devemos fazer tudo isso à latino-americana. Castrillón aconselha que nossas bibliotecas devem "organizar debates públicos que não se pareçam com espetáculos nem cujos temas se decidam exclusivamente por sua atualidade, mas sim por sua necessidade", (p. 30) e tem razão. Por isso diz também que "É preciso que as bibliotecas se proponham um objetivo político, social e cultural muito claro a partir do qual formulem seus planos de trabalho e sua programação de atividades. Encher estatísticas de 'usuários', como costuma designar a gíria bibliotecária quem visita as bibliotecas, e de atividades isoladas de um planejamento, não garante uma contribuição ao propósito de democratizar a cultura escrita". (Castrillón, p. 17)

A biblioteca, pois, deve ser um lugar atraente e cômodo e, sobretudo, um lugar ressignificado onde toda a atividade se oriente ao fomento da leitura. Em voz alta, silenciosa, individual, grupal, realizada coletivamente ou intimamente, fechada ou ao ar livre.

Talvez não seja grande coisa, mas toda pequena revolução bibliotecária é capaz de mudar muitíssimo qualquer comunidade. Não seria inútil tentar.

As amizades livrescas: Juan Rulfo e Juan Filloy

Todo escritor possui, porque elabora ao longo de sua vida, uma lista de leituras favoritas. São seus autores e títulos prediletos, que considera seus mestres e a quem rende homenagem, culto, memória. Neles se apoia, são como bastões de vida, muletas para andar no mundo da literatura.

No meu caso foram dois grandes escritores, meus pais literários, dois mestres que me brindaram além de tudo com a honra de sua amizade, um tesouro para o jovem escritor que eu era quando convivi com eles.

Um deles já é universal (Juan Rulfo, 1918-1986) e o outro (Juan Filloy, 1896-2001) está sendo conhecido pouco a pouco no mundo todo. Em ambos encontrei vida ligada a livros, paixão por ler, gratidão às leituras fundadoras e um vínculo amoroso com sua biblioteca pessoal.

Em janeiro de 1986, o dia em que Juan Rulfo morreu, eu me encontrava circunstancialmente no México e o tinha visitado um par de vezes em sua casa da Colonia Guadalupe Inn, no sul da Cidade e próximo do chamado deserto dos Leões. Os Rulfo moravam num terceiro andar que eu conhecia muito bem e lá haviam colocado seu leito de enfermo em um quarto pequeno, junto à sala. Era um quarto despojado e à meia-luz, ao menos durante as visitas, e Juan estava deitado na cama de solteiro com cabeceira de madeira arqueada, alta e escura. Somente pareciam brilhar os lençóis brancos e o olhar sempre aceso deste homem miúdo, magro, que era meu mestre e amigo e que vivia rodeado de livros.

Havia uma mesa de luz à sua direita e sobre ela uns papéis nos quais havia escrito algo, com sua letra desalinhada e o sempre presente lápis amarelo, de grafite 2B, que era o seu preferido. Fazia muito tempo que já não escrevia com lapiseira nem caneta, nem com máquina de escrever. Somente utilizava esses lápis magros, coroados por borrachinhas sujas de tanto trabalhar. Algum tempo antes havia começado a dar suas canetas-tinteiro e a mim, numa tarde de 84, me deu sua caneta Pelikan a cartucho com tampa metálica dizendo com o aparente desinteresse com que descomprimia suas emoções: "Talvez te sirva agora que regressas a teu país".

Não li aquelas anotações, mas imagino que foram as que um vizinho do edifício vendeu depois (logo se soube que fuçava o lixo dos Rulfo e extraía os papéis que Juan descartava) e foram publicadas, uma ou duas semanas após sua morte, no suplemento de um jornal mexicano.

Na noite do dia em que morreu o acompanhei, em silêncio, de um canto da Funerária Gayosso da Avenida Félix Cuevas. Lá estavam seus velhos e queridos amigos: Juan José Arreola, Tito Monterroso e Bárbara Jacobs, Edmundo e Adriana Valadés, Elena Poniatowska e muita gente anônima, de evidente origem humilde. Alguns choravam em tom baixo, como se chora no México quando se teme a morte. Fazia frio e acho que chovia.

Escrevi então uma breve nota necrológica e depois, durante anos, nada sobre ele até que em 2000 comecei a evocar-lhe como quem escreve o longo e fragmentado esboço de um pai amado. Talvez essa recordação que esboço depois de vinte anos de sua morte seja parte de tudo isso.

Juan me honrou com seu afeto quando eu era muito jovem e ele já um escritor consagrado, reticente à celebridade e com fama de rude. Desde finais dos anos 70 até a sua morte, nos encontramos muitas vezes e mantivemos longas conversas peripatéticas pelas ruas de México e de Buenos Aires. Mas, sobretudo, a nossa foi uma amizade de livrarias. Juanito, como o chamávamos os que compartilhavam mesa na hoje desaparecida livraria "El Ágora", localizada a quatro ou cinco quadras da casa dos Rulfo, fortalecia a amizade literária, claro, mas o profundo do vínculo com ele era bem mais filosófico, filial, composto de raras liturgias e fidelidades não escritas.

Naqueles anos, na parte superior da "El Ágora" havia uma pequena cafeteria que, a finais dos anos 70 e começo dos 80, era praticamente o escritório de Juan, que passava lá em cima muitas tardes, lendo ou escrevendo, e onde, com certeza, se instalava às sextas-feiras, depois das 5 ou das 6, e ali nos reuníamos seus amigos. Lá costumava escrever a mão e em suas cadernetas, quando estava só e bebia cafés ou refrigerantes e fumava esperando que nós chegássemos. E quando "El Ágora" fechou nos trasladamos para outra livraria, "El Juglar", também próxima de sua casa. Era um maravilhoso casarão de três andares, com estantes por todas as partes e uma cafeteria encantadora no terraço, com vista para uma rotatória com pouco tráfico de veículos. Em ambas as livrarias, e em distintas épocas, Juan conduziu deliciosas tertúlias vespertinas, tendo sempre à mão todo esse mundo de livros que ele sabia e podia consultar, pegando este ou aquele das estantes com uma autoridade que nenhum vendedor se atreveu jamais a contradizer.

Até finais de 1983, quando ainda não podíamos voltar à Argentina, e ainda depois, quando empreendemos o regresso, Juan foi extremamente generoso com muitos escritores argentinos. Adorava a obra de Osvaldo Soriano e conhecia muito bem nossa literatura. Lia os livros de Roberto Arlt, de Manuel Puig, de Beatriz Guido, de Manuel Mujica Láinez, Eduardo Mallea, José Bianco, Silvina Ocampo (a quem apreciava mais que a seu marido, Adolfo Bioy Casares) e estava muito a par da literatura social argentina: não lhe eram alheios os nomes de Roberto Mariani, Roberto J. Payró ou Leónidas Barletta, para citar alguns.

Mas seu escritor favorito era, sem dúvida, Julio Cortázar, de quem era amigo muito próximo. Não esquecerei jamais o serão de 14 de fevereiro de 1984 no Teatro Bellas Artes da Cidade do México. Nesse dia aconteceu a apresentação de *Luna Caliente*. Na mesa estávamos Noé Jitrik, Juanito, Agustín Monsreal e eu. O ato começou ao cair da tarde, como sempre se faz, e logo depois das primeiras palavras de Jitrik alguém se aproximou de Juanito e lhe disse umas palavras. Juan se mostrou imediatamente perturbado, tanto que Noé interrompeu suas palavras e cedeu o microfone a Juan, que se pôs de pé e disse que acabavam de lhe informar que havia falecido Cortázar em Paris e o que deveríamos fazer naquele instante era render uma homenagem ao Gran Cronopio, aplaudindo-o fervorosamente. Foi impressionante: toda a sala explodiu em um sonoro e longuíssimo aplauso, enquanto alguns começavam a chorar abertamente, e Juan e todos os da mesa nos abraçamos como irmãozinhos menores.

Enquanto preparava este texto me perguntava o que é que lhe terei aprendido, como se diz em mexicano. E a resposta parece que varia. Por um lado, a autoexigência devastadora, o amor à biblioteca, o desprezo às mediocridades com cartel e a paixão pela leitura. Digo leitura, não mercado. Não digo publicação de livros. Digo ler desenfreadamente e escrever intimamente. Juan, com sua economia, destacava a exigência: "É melhor publicar pouco que se arrepender de muito", dizia, sabendo que quase com certeza não seguiríamos esse conselho. Com sua rudeza nos marcava o caminho do desprezo ao frívolo. Se desesperava com a superficialidade, o falar demais e sem conhecimento. Com sua ironia feroz nos desarmava para que comprovássemos por nós mesmos se éramos capazes de nos recuperar, de superar a sua crítica, de suportar seu magistério. Não era fácil nem gratuito se submeter aos seus julgamentos categóricos, à sua tenaz exigência. Mas com ele se aprendia, desse modo, que ser escritor é não apenas um ofício solitário mas também desesperado.

Na obra de Rulfo quase não existe futuro, não existe mais vislumbres que o desassossego e a pena de existir. Sei que isso se devia ao fato de que ele não era homem de ilusões. Sempre dolorida, sua visão de mundo era ácida e sombria. Muitas vezes pensei que talvez isso explicasse o sucinto de sua obra. E sei que eu o contradisse em quase tudo. Ele decidiu pelo seu silêncio; eu exerço minha voz. Ele foi econômico até o extremo de não querer publicar mais e desdenhar o escrito; não é o meu caso. E, sobretudo, ele foi grande e único.

Juan morreu no mesmo ano em que conheci pessoalmente, em Río Cuarto, Juan Filloy, esse outro escritor enorme, ainda um tanto desconhecido. Como se a vida me tivesse deparado o traslado de um Juan a outro, anos antes eu havia lido *Op Oloop*, novela que me havia impressionado para sempre. Por isso viajei a Río Cuarto para conhecê-lo. Recebeu-me com alegria e me adotou como seu jovem amigo.

Dele se sabe que passou a maior parte de sua longa vida em Río Cuarto, onde foi juiz e escritor silencioso por quase trinta anos. Era pouco lido e tudo quanto se sabia dele era que todos os títulos de sua caudalosa obra (mais de sessenta títulos) têm sete letras, que era um bibliotecário obsessivo e que viveria mais de cem anos cultivando solitário a escrita enquanto seus livros circulavam em modestas edições que ele enviava pelo correio a seus amigos.

Mas há muito mais: Filloy foi um dos mais originais escritores do século XX argentino. Hoje na América Latina seu nome já é familiar para as novas gerações, em parte pelo tamanho monumental de sua obra, em parte porque foi pioneiro de estilos e finalmente porque sua prosa seduz todos os iniciados. Obviamente, Filloy contribuiu para a construção de um mito com seus costumes raros: além das sete letras, sua afeição a palindromia, nunca pisar em Buenos Aires e, sobretudo, a esmagadora erudição que se podia apreciar, um pouco nas páginas de algum suplemento literário, entre eles o do jornal *La Nación*, do qual foi colunista durante mais de sessenta anos.

Autor cultuado entre os poucos que o liam, o mito Filloy se baseou em sua impactante personalidade e em sua complexíssima, porém perfeita, prosa. Falante, abundante, teve uma precisão absoluta no uso do idioma e se aprofundou na riqueza de possibilidades expressivas do espanhol. Utilizou nossa língua até esgotá-la, se ocupou de que não ficasse de fora de sua extensa obra nenhum dos 73 mil vocábulos que na sua época constituíam o castelhano. Por isso é tão árduo lê-lo; é impossível compreendê-lo sem a assistência do Dicionário da Língua e o corpus textual que criou é complexo não somente pela sua abundância mas por sua vocação experimental, a ousadia de seu estilo vigoroso e peculiar e a vigência filosófica de sua produção, que abrangeu todos os gêneros.

Filloy queria ser lido com o dicionário na mão. Queria forçar a competência para a leitura de quem entrasse em suas páginas. Na sua novela *Op Oloop* (publicada pela primeira vez em 1934) deslumbram a estrutura complexa e o vigor conceitual, a prosa brilhante e perfeita e o afã de renovar a literatura. Ainda hoje essa novela emite lampejos deslumbrantes e sob sua severa influência escreveram Leopoldo Marechal e Julio Cortázar suas obras fundamentais: *El banquete de Severo Arcángelo, Adán Buenos Aires* e *Rayuela*.

Pelo volume de sua obra (dezenas de novelas, livros de contos, poemas, ensaios, palíndromos, dramas), pelo seu estilo de vida e pelo seu olhar agudo e onicompreensivo sobre uma sociedade obstinada pela tragédia, sua fama foi, por anos, mais pessoal que literária. Não fez nada para que sua obra fosse lida. Entre 1930 e 1939 publicou sete livros de forma privada e em tiragens que variavam entre trezentos e quinhentos exemplares, que pagou e fazia chegar aos seus leitores, um a um, "porque assim procurava escapar da censura e preservar minha reputação judicial". É que naqueles anos a censura na Argentina era algo feroz: em

1935 o Município de Buenos Aires negou a autorização para publicar *Op Oloop*, qualificada de "pornográfica e ofensiva à moral e aos bons costumes".

Seus pais eram analfabetos. Benito Filloy emigrou de Pontevedra para a Argentina em 1870 e foi peão, carroceiro, moço de armazém em Tandil, 500 quilômetros ao sul de Buenos Aires. Sua mãe, Dominique Grange, francesa de Toulouse, foi lavadeira, dona de casa e curandera homeopática. Separada de um marido belga com o qual tinha tido três filhos, que já eram crescidos quando conheceu Benito, foi a figura mais forte na vida de Don Juan, que sempre teve seu retrato sobre a mesa do escritório. Em 1888 o casal se instalou em Córdoba, no Bairro General Paz. Benito abriu um armazém de diversos produtos chamado "La Abundancia" e ali Dominique pariu outros três filhos homens (Juan foi o terceiro) e uma mulher. Enquanto cursavam o primário, os irmãos ajudavam em "La Abundancia" e Juan fazia a entrega de mercadorias. No seu tempo livre frequentava bibliotecas ambulantes, das que havia duas ou três em Córdoba, para ler às escondidas. "Devorei todas e também as do Colégio Nacional de Córdoba e depois a da Faculdade de Direito da Universidade Nacional de Córdoba", disse alguma vez.

Como funcionário judicial, radicou-se em Río Cuarto, onde alcançou a máxima hierarquia: Presidente da Câmara Federal de Apelações. Sua carreira foi impecável e, em paralelo à magistratura – me disse um dia –, "eu escrevi diariamente em papel oficial, como Huysmans e Giraudoux, três ou quatro livros ao mesmo tempo e como revanche de séculos para compensar o analfabetismo ancestral que circulava no meu sangue".

Autodefinido como "de ideias socialistas", jamais se filiou a nenhum partido nem esteve próximo do poder, civil ou militar. Democrata e livre pensador, escreveu uma das primeiras novelas antiditatoriais dos anos 70 (*Vil & vil*). O golpe de Estado de 24 de março de 1976 o encontrou publicando, aos 82 anos, uma novela paródica ao golpismo. E naquela época de horror, uma manhã, tropas do Exército o prenderam para interrogá-lo. Durante muitas horas esteve trancado com três altos chefes militares, aos que – segundo ele contaria depois – "convenci de que eu era um velho inofensivo e aproveitei para dar uma aula sobre o significado da literatura e da vida dos personagens".

Desde 1985 e até sua morte o visitei muitas vezes e mantivemos uma pontual correspondência durante anos. Entre minhas mais belas lembranças guardo o ter caminhado juntos por Río Cuarto na época em que chegam as andorinhas de San Juan de Capistrano, em Califórnia. Essas conversas foram verdadeiras lições de vida e literatura e me permitiram conhecer o tesouro que foi sua biblioteca: mais de 18 mil exemplares que ele mesmo havia classificado, em fichas de distintas cores por matérias, todas escritas a mão.

Ali escreveu sua primeira novela, *¡Estafen!* (1932), de tema judicial e prima-irmã literária de *O processo*, de Franz Kafka. Ali *Op Oloop*, *La Potra*, *Caterva* e as que seguiram. Também naquela biblioteca iluminada com as duas enormes portas-janelas sempre abertas para a varanda que dava para a rua, frequentou todos os gêneros e provou todos os estilos. Escreveu tantos sonetos perfeitos quanto Góngora y Quevedo e também teatro, história, ensaios e centenas de contos.

Naquela biblioteca envidraçada, abarrotada de livros e retratos, eu vi fotos nas quais aparece junto aos mais renomados autores argentinos dos últimos setenta anos do século passado. Filloy admirava a poesia de Lugones, não lhe interessava Roberto Arlt, desconfiava de Macedonio Fernández e apreciou sempre mais Bioy Casares que Borges, de quem disse que "escreve bastante bem, mas falta rua. Em Borges não há coito, não há sangue". Seus escritores preferidos foram John Donne, Baudelaire, Valéry, Lugones e Neruda, entre os poetas. E, como narradores, Joris Karl Huysmans, Marcel Schwob, Ramón del Valle Inclán, Rafael Pérez de Ayala, Horacio Quiroga, Juan Rulfo e Alejo Carpentier. Foi amigo próximo e frequente de Miguel Angel Asturias e de Nicolás Guillén. Os dois o visitaram em sua casa de Río Cuarto, e com Guillén, em 1951, conheceu em Cuba Ernest Hemingway.

Tal como Óptimus, o estadígrafo personagem de *Op Oloop* que contabiliza e classifica e ordena tudo, Filloy viveu metodicamente: se levantava com a aurora; fumava quatro cachimbos diários até os 85 anos; bebia meia garrafa de vinho em cada almoço e cada janta; dormia uma hora de sesta; lia todas as tardes em sua biblioteca; encadernava originais, manuscritos e todos os livros que o uso destrói e amou a uma única mulher em toda a sua vida. Assim até os 105 anos.

Conseguiu ser, como queria, um homem de três séculos: "Um que nasce no XIX, vive todo o XX e morre no XXI". Um meio-dia na sua casa de Córdoba, já com 102 anos, me explicou qual era a melhor forma de morrer: "Saudável e de repente: por bala, raio ou síncope". E conseguiu: seu coração parou quando dormia a sesta, em julho de 2001, dias antes de completar 106 anos.[18]

---

[18] Estas anotações são parte do prólogo da primeira edição espanhola de *Caterva*, novela fundamental da moderna literatura argentina (Madrid, Siruela, 2004).

Por tudo o que foi dito até aqui é que muitas vezes, em diversos pontos do país, sinto a necessidade de meditar com os bibliotecários sobre essa ideia ou lema — "Ler abre os olhos" — que acompanha estas reflexões desde 1986, quando a revista *Puro Cuento* começou a se ocupar da promoção da leitura e tivemos a fortuna de contar com a generosa contribuição de Hermenegildo "Menchi" Sábat, que desenhou o estupendo logotipo que nos identifica desde então.

Ao longo de duas décadas o lema trouxe convicção mas sobretudo tarefa, missão, compromisso e militância porque propõe, facilmente, *olhar o mundo com olhos que leem e equiparando o livro com o coração.* Que é como entendo o mediador de leitura e *em particular o bibliotecário: uma janela idônea, generosa e afetiva para se abrir ao mundo.*

Ler para que se abra a mente, para alargar os já infinitos limites do cérebro, para saber mais e saber melhor. E, mais humildemente, para sermos pessoas melhores. Porque é na leitura que está a docência profunda da vida. É mentira essa besteira da suposta "universidade da rua", vulgarização inútil, caso exista.

Somente a leitura, a imaginação, o estudo, o esforço, a tenacidade investigativa, o desafio constante do conhecimento nos abre os olhos para o bem pensar e então, peculiares e sinceros, abandonarmos a escuridão da ignorância. Que são escuridões tenebrosas, malignas, nocivas para a convivência e cujos nomes próprios hoje são racismo, discriminação, autoritarismo, violência, ressentimento. Todas elas matérias tão argentinas deste tempo, desgraçadamente, e que por isso mesmo convém enfrentar com valentia, com o saber que está nos livros e com a paixão que reside e ferve, incontida e magnífica, na leitura.

Nesse sentido, o trabalho de um bibliotecário é em si uma quixotada. E não somente pelo utópico que existe em seu trabalho, mas sim pelo concreto: são os bibliotecários que "possuem" os livros e os classificam tecnicamente, cuidam e facilitam para que sejam lidos pelo povo. São os fidalgos conscientes do saber que esses livros acumulam. E ao ser, desse modo, intermediários entre a ignorância do povo e o saber que a leitura fornece, chegam a ser figuras-chave para a sociedade.

Se ler abre os olhos, então haverá que tê-los bem abertos para que um dia nosso país tenha uma verdadeira Política de Estado de Leitura que considere essas possibilidades, como a que parece — em 2006 — que está sendo posta em funcionamento. Ao menos hoje se observam alguns esforços consistentes que merecem apoio, crítica construtiva, reorientação se for o caso e a afirmação constante.

Porque no pão da leitura está a melhor possibilidade de acabar com a ignorância.

Capítulo 9

Guia para pais, professores, mediadores de leitura e bibliotecários

Perguntas muito frequentes, respostas um pouco menos

Este capítulo simplesmente tenta responder às perguntas mais habituais que pais e professores me formularam – referentes à leitura – ao longo de mais de vinte anos.

O que mais perguntam os pais

— *Meus garotos não leem. O que posso fazer?*

Comecemos por dizer que se as crianças não leem não é um problema das crianças, mas sim dos adultos. São os pais, os professores, os bibliotecários (a quem chamamos "mediadores") que devem resolver o problema e o primeiro passo para conseguir isso é estarem conscientes de que a leitura em voz alta é o melhor caminho para criar leitores. Não é necessário muito tempo, nenhum esforço excessivo, nenhum conhecimento prévio. E tampouco é necessário se culpar, porque, se agora neste país não se lê, ou se lê pouco, é responsabilidade de várias gerações que deixaram de ler porque lhes disseram que a leitura era perigora e subversiva. Ninguém lhes ensinou a ler com prazer e liberdade, e se acostumaram a essa monstruosidade cômoda, enganosa e paralisante. Se esse é o seu próprio caso, então aí está a explicação de por que seus filhos também não leem. Não é um problema da escola apenas, não é que "os professores não lhes ensinem". É que, assim como você não lê, os professores também não leem, os operários também não e – como sabemos – tampouco os governantes.

Então, o que pode ser feito? Sugiro ler o Capítulo 5 deste livro e pôr em funcionamento, em casa, os simples programas de leitura em voz alta e de leitura livre silenciosa e sustentada.

— *E se não querem ler?*

As crianças tampouco querem comer tudo o que lhes damos, nem tomar banho todos os dias, nem escovar os dentes nem um monte de "nem". E, no entanto, os educamos, ensinamos, dotamos de capacidades para a vida futura. Com a leitura acontece o mesmo. O que fundamentalmente buscamos é *cultivar a semente do desejo de ler*. Queremos que as crianças leiam, mas sobretudo queremos que *queiram ler*. Esse é o primeiro e principal objetivo da Pedagogia da Leitura.

— *E como se faz para que* queiram *ler?*

É um longo processo que dura a vida toda e que começa, se fizermos direito, desde antes de a criança nascer. Para o bebê que está em gestação não existe nada mais tranquilizador que escutar a voz de sua mamãe. Existem muitíssimos estudos a respeito e qualquer neonatólogo ou pediatra poderá confirmar.

Mesmo assim, é *muito* recomendável a leitura em voz alta desde que nascem. Escutar a voz da mamãe ou do papai – e ademais *vê-los* lendo uma história, um conto, uma poesia – é tão saudável e nutritivo para o bebê como o leite. Porque, ainda que não entendam tudo o que é lido, incorporam a estrutura da narração, palavras novas e cada dia ampliam o tempo de atenção que podem manter.

— *Por que é tão importante que os pais sejam leitores? E se não forem?*

Existem estudos no mundo que relacionam o êxito na vida com o muito ou pouco leitores que foram os pais de algumas pessoas de sucesso. Na Argentina, dada nossa realidade social, isso não tem muito sentido, mas podemos extrair uma ideia básica que me parece importante: *se os pais já são leitores, saberão transmiti-lo a seu filho; se não o são, certamente a leitura em voz alta como atividade cotidiana compartilhada alimentará todos ao mesmo tempo*. Também na maternidade, nos orfanatos, nas prisões de menores e em todos aqueles lugares onde os pais *faltam* (o que é infinitamente pior que ter um pai não leitor), sempre a leitura em voz alta é um recurso valiosíssimo para o desenvolvimento.

Portanto, minha resposta é que se os pais são leitores, melhor, mas se não o são nada está perdido. A leitura em voz alta é a oportunidade de começarem juntos.

— *Qual seria a idade ideal para começar com a leitura em voz alta?*

Não existe uma regra, mas quanto antes comece, melhor. E ao contrário: será mais difícil quanto mais tempo passar e mais velhas forem as crianças. Trata-se somente de começar a fazê-lo, livro na mão. *Você lê e a criança escuta. Isso é tudo.* Experimente e verá. Não falha.

Leve em consideração duas coisas importantíssimas: uma é que, antes de aprender lendo, as crianças *aprendem escutando*. O vocabulário, de fato, começa como um fenômeno auditivo. O primeiro universo de uma criança se forma de palavras que escuta. Desde que somos bebês, *escutamos* antes de falar e de ler. Nos comunicamos com o mundo e o mundo entra em nós através do ouvido.

E a outra coisa é que as crianças são fantásticas imitadoras, de maneira que ao ler em voz alta você estará dando um exemplo magnífico que elas vão querer imitar, sem dúvida alguma. Faça a prova e verá que a criança logo começará a ler para seus bonecos e animaizinhos.

— *O que se busca com a leitura quando as crianças são tão pequenas?*

Nutri-los, alimentá-los espiritualmente, dar-lhes uma ferramenta fundamental para a vida. E não pense que isso é apenas retórica, porque a leitura, ao longo dos anos de crescimento da criança, lhes fornece pelo menos vivacidade, fantasia, mistério, aventura, suspense, ritmo, humor, desafio e triunfos de valores como a Verdade, Justiça, Bondade, Amizade e Amor. A leitura em voz alta serve para o crescimento das crianças tanto quanto o leite, os cereais e as vitaminas. A repetição lhes dá segurança; a poesia as emociona; os descobrimentos as ensinam a enfrentar a sociedade, a dor e o medo. E muito, muitíssimo mais.

— *E o que ler para começar? Que tipo de texto é conveniente?*

Comece com textos simples: versos, canções fáceis, rimas. Os bebês se encantam com tudo o que se repete o que seja fácil de reconhecer. Isso captura sua atenção. Ademais, já que a atenção dos bebês é sempre curta, convém ler para eles apenas um par de minutos. O importante é que a leitura em voz alta se repita cada dia, de maneira que o bebê sinta – e entenda – que esses minutos de leitura são uma parte agradável da vida.

— *Quanto tempo se deve ler para eles e a que hora?*

Uns poucos minutos todo dia são suficientes. E qualquer hora pode ser boa. O importante é incorporar a leitura em voz alta à vida cotidiana. Se as crianças veem que o livro e a leitura fazem parte da vida da família estarão recebendo um excelente exemplo, tão importante como a decência, a bondade, o trabalho de seus familiares.

É recomendável ler um conto todas as noites antes de dormir. Mas também pode ser lido algo enquanto se cozinha, se trabalha e enquanto "não se faz nada".

— *São necessárias condições especiais para ler, tal como certa comodidade, um lugar em particular etc.?*

Não é indispensável e, além disso, em nosso país, dadas as condições socioeconômicas, existem muitas casas que são, para dizer com suavidade, de um cômodo só. Ou seja, pedir espaços especiais em casa seria ridículo. Existem muitas mal chamadas "casas" nas quais se carece de tudo: não há mesas nem camas e todo mobiliário são cadeiras em desuso, um forninho e o chão duro, e tudo o que verdadeiramente queriam ter essas famílias é um trabalho digno.

Agora, se suas condições econômicas permitem, sim, leia na cama, pois isso encanta todas as crianças do mundo. Mas não leia deitado para não correr o risco de pegar no sono. É melhor se sentarem e estarem acomodados, tanto quem lê quanto quem escuta. E jamais leia com a televisão ligada.

— *Convém fixar algum horário?*

Não é indispensável, mas pode ser bom estabelecer sutilmente certa rotina. Por exemplo, a leitura em voz alta ao meio-dia depois de almoçar ou durante a sesta no sol se é inverno. Ou à noite antes de dormir. Ou alguma hora específica da tarde, quando há tranquilidade em casa.

— *E como devo ler? Rápido, lento, em voz baixa ou muito alta?*

Procure ler da maneira mais natural, a que pareça melhor para você e para os seus filhos. Vá devagar e pronuncie bem as palavras. Se possível, não grite, mas sim ponha ênfase nos ruídos do texto, sejam de animaizinhos ou de surpresa. E é muito bom quando as crianças os repetem, pois assim se sentem participantes.

— *É bom que as crianças interrompam? Devemos permitir?*

Claro que é bom. Nunca as reprima, não as faça calar, *jamais* provoque o sentimento de que na leitura em voz alta não existe liberdade e comodidade. E não pense em "castigá-las" obrigando-as a ler. Jamais faça com que seus filhos associem leitura com castigo!

Portanto, deixe que participem, que pratiquem onomatopeias, que olhem as ilustrações, que marquem e apontem objetos, que toquem o livro e coloquem os dedos, que repitam ou exagerem o som de algumas palavras, que falem do que o texto lhes faz ver, descobrir, sentir, cheirar, tocar. Façam tudo isso juntos e sempre tente voltar ao texto.

— *Posso misturar histórias conhecidas, da família ou do bairro?*

Você pode intercalar tudo o que deseje e considere útil. Somente lembre a todo o momento que *estão lendo*, de maneira que não seja desviada a atenção do texto, que é o centro de tudo. Ou seja, interponha e conte a história que quiser, mas busque relacioná-la com o que está lendo e sempre volte ao texto, de modo a terminar essa leitura.

— *Podemos repetir leituras? O que faço se já tivermos lido todos os livros que existem em casa?*

Podem repetir, claro, e muitas vezes as crianças querem releituras. Dê-lhes todas as que peçam! E, se acabam, vá e busque mais. Por sorte, na Argentina existem bibliotecas por todas as partes: escolas, bairros, nas pequenas cidades, as populares da Conabip. Temos uma reserva extraordinária; depende de nós aproveitá-la. E, se por acaso não existe biblioteca onde você vive, avise a escola de seus filhos, escreva à Conabip ou se organize com vizinhos e entre todos poderão criar uma o mais rápido possível.

— *Em matéria de leitura em voz alta, existem diferenças reais entre leitores homens e leitoras mulheres?*

Pode parecer que existam, de fato, ainda que na Argentina não abundem estatísticas a respeito. Apenas se sabe que as mulheres são mais leitoras que os homens. "Se é discriminado por sexo e idade, as mulheres se impõe levemente sobre os homens no vício, no prazer ou na obrigatoriedade da leitura" diz Vicente Muleiro.[1] E a pesquisa do Sistema Nacional de Consumos Culturais afirma que dos 46,4% "que praticam o hábito da leitura, sobressaem as mulheres", assim como "a leitura de revista está diretamente relacionada com o sexo (particularmente mais mulheres que homens)".[2]

Nos Estados Unidos existem pesquisas mais específicas e Trelease (pp. 21-23) menciona uma em particular, que estabelece que os meninos costumam ser mais repetentes que as meninas; possuem mais problemas de aprendizagem; se envolvem mais em comportamentos delitivos; chegam menos à universidade e suas pontuações de leitura/escrita são mais baixas; leem menos e são mais reticentes para fazer lição de casa. Além disso, assistem mais à televisão e estão muito mais tempo diante dos videogames.

Não acredito que entre nós seja demasiado diferente.

Daí, certamente, a ideia estendida – e aparentemente certa – de que as meninas são "melhores", tanto em casa como na escola, e mais leitoras, enquanto os garotos seriam "melhores" para o esporte, o que se apoia também no fato de que a grande maioria dos programas esportivos é dirigida ao público masculino jovem e quase não existem programas esportivos para as garotas.

Tudo o que foi dito anteriormente, que nos Estados Unidos e na Europa parece ser comprovável, entre nós é mais uma impressão que uma certeza.

O que existe, e qualquer experiência o comprova, são diferenças temáticas entre o que os garotos e as garotas gostam de ler.

— *O preço do livro e a idade das crianças têm relação na hora de decidir o que eu vou ler para elas?*

São duas coisas distintas. Nenhum livro é melhor ou pior por seu preço e *esse livro não propõe a compra de livros e sim a leitura.*

De todas as maneiras, ainda que o preço fosse uma limitação indubitável, também deveria se levar em conta que *na classe média argentina existe uma perigosa falta de investimento na leitura e na educação.* Muita gente não se priva de gastos caríssimos, como televisores, celulares,

---

[1] Vicente Muleiro, "Así leen los argentinos", em Ñ, 22 de abril de 2006.

[2] SNCC, Secretaria de Meios de Comunicação, Chefatura de Gabinete, Presidência da Nação, agosto de 2005.

roupas de marcas determinadas ou equipamento de computação, e, no entanto, *limitam ao extremo a aquisição de livros*.

Isso não é mais que uma parte da crise de valores que paira sobre os lares argentinos. De todos esses bens desfrutam as crianças, claro, mas são as mesmas crianças que não leem e cujos pais nos últimos tempos estão preocupados e querem que comecem a ler. A violência generalizada, a brutalidade de certos costumes modernos e a desorganização do adolescente têm aqui uma de suas raízes.

Por outro lado, quero destacar que *nenhuma razão de economia pode atentar contra a leitura*, uma vez que em qualquer lugar da Argentina existe uma biblioteca ao alcance das mãos, algumas estão muito bem dotadas e *todas são gratuitas*.

— *Se não tenho nenhuma experiência de leitura nem sei de literatura, o que posso fazer?*

Não precisa "saber" de literatura nem de livros. Somente é necessário uns minutos para ler em voz alta e basta que seja um conto, uma poesia, um artigo de jornal. As crianças, por si sós, decidirão se lhes interessa o que está sendo lido. E em qualquer idade saberão se manifestar. Com o tempo, certamente, você poderá detectar quais são os temas que lhes interessam mais (animais, esportes, aventuras etc.) e se encarregará de oferecer-lhes essas leituras e inclusive buscará o modo de que em casa ou na escola existam livros de contos que tratem desses assuntos.

— *E se tampouco sei de literatura infantil?*

Não é necessário fazer cursos de literatura infantil nem participar de oficinas de leituras, nem se requer nenhum esforço ou talento especial. Somente deve-se ler em voz alta, com interesse e concentração, e as crianças seguirão essa leitura. Pense que a literatura infantil começou a ser um gênero literário *somente a partir do interesse e da paixão das crianças*, em todo o mundo, em todas as culturas e em todos os idiomas. Foram as crianças que escutaram ou leram os contos que forçaram essa literatura que, eu diria, ninguém inventou. É nada mais do que outra maneira da escrita, que é eterna e universal e que ninguém sabe se foi originalmente "escrita" para as crianças. Melhor, parece que existiram histórias, lendas, fábulas, contos que acertaram o alvo em cheio, ou seja, o coração das crianças, e muitos textos que hoje são clássicos foram talvez acertos involuntários, imprevistos e maravilhosos.

Mais tarde, o descobrimento de que havia uma produção peculiar que era lida por um público específico determinou a existência desse novo gênero. E depois foram os professores, os educadores — muitos deles pais ao mesmo tempo — que começaram a instrumentar a produção e difusão dessa literatura.

De maneira que, se agora é a sua vez — pai, mãe, docente — de tentar se aproximar de seu filho ou aluno, *faça-o lendo*, não estudando um gênero nem se especializando em leitura/escrita.

— *E se não lhes interessa o que leio?*

Então terá que experimentar outro texto. Qualquer um pode se desculpar e imediatamente mudar de leitura, até conseguir a atenção da criança. Ela sentirá, assim, que é levada em conta e que sua "opinião de leitor" é atendida. Mas, de todos os modos, sempre é melhor conhecer antes, e bem, o que será lido.

— *Devo preparar a leitura de todos os dias?*

Sim, claro. Sempre é melhor preparar o que vai ser lido, para pôr ênfase, manter o suspense e não se equivocar a respeito do nível de quem escuta sua leitura. Também poderá preparar algum efeito histriônico ou outro recurso que você queira sempre de acordo com o proposto por cada texto, e necessitará saber quando interromper, já que não é necessária nenhuma atuação especial. Trata-se simplesmente de ler em voz alta e de fazê-lo bem, de maneira que é melhor ter uma ideia clara do que será lido cada dia.

— *E se depois da leitura começam a fazer perguntas? Tenho que responder a tudo? E se não tenho as respostas?*

Se a criança gostou do conto é muito provável que isso atice sua curiosidade e seu desejo de compartilhar sensações. Tudo isso é, simplesmente, o melhor que pode acontecer. Não se assuste, tenha paciência e responda o que puder, o que honestamente souber. Por favor, não sinta que está passando por um exame. E se não sabe a resposta, busque um dicionário e aprendam juntos. Isso é ainda melhor.

A leitura é uma experiência indescritível, em muitos casos, e o leitor em voz alta deve levar isso em conta para saber improvisar e resolver situações. Porque também pode ocorrer que não aconteça nada, que a resposta da criança seja o silêncio. Em todos os casos, o aconselhável é ser perceptivo, atento e sincero. Isso nunca falha.

— *E se a criança quer pegar o livro e rasgá-lo?*

Que o faça. É seu. Se ele propôs lerem juntos e ele quer tocá-lo e talvez rasgá-lo (para as crianças rasgar é uma maneira de descobrir), pois mantenha a calma e não o repreenda. Depois poderão, talvez, concertar o livro juntos. E se o livro é de uma biblioteca, vá e peça desculpas. E deixe que ele continue brincando-lendo. Também quebra seus brinquedos, verdade? E nem por isso deixa de brincar.

— *E se não ficam quietos?*

Pois deverá ter paciência e buscar a maneira de fazê-los se interessar. Em casa, para as crianças hiperativas é possível dar pequenas tarefas, como arrumar o quarto ou lavar os pratos, enquanto lemos em voz alta. É possível sugerir que desenhem ou que façam alguns deveres mais ou menos mecânicos. Os textos, nesse caso, convém que sejam leves, simples e que certamente possam lhes interessar, como um artigo esportivo do jornal, uma nota ligeira de uma revista ou uma biografia de alguém que eles conheçam. E devem ser leituras bem curtas.

Se se trata de um grupo, por exemplo, na escola ou em uma biblioteca, você terá que estabelecer algumas regras simples, como que os hiperativos se movam mas escutem, ou se retirem para não incomodar os demais.

— *Por que as crianças gostam que seja lido o mesmo conto várias vezes? É indispensável ler o mesmo conto quantas vezes queiram?*

Todo o processo de aprendizado leva seu tempo e as crianças levam certo tempo para aprender determinadas coisas. Para você, uma bruxa ou um elefante podem não significar muito, mas a criança tem que imaginá-los, tem que "vê-los", "descobri-los" na ação. Para isso necessita que se repita essa história mais de uma vez. Começa a gostar, por um lado, e, por outro, provavelmente, se sentirá mais seguro. A repetição leva a um terreno conhecido e isso a faz sentir-se bem. Por isso mesmo é frequente que em certo momento eles se antecipem ao conto que é narrado. E quando isso acontece é porque a leitura em voz alta está prendendo essa criança!

— *Os contos de fada não são um pouco bobos ou demasiados cruéis?*

Eu diria que o bobo seria desdenhar esse tipo de contos que, como diz Trelease, "fala direto com o coração e com a alma da criança" e "confirma o que ela estava pensando: que lá fora existe um mundo frio e cruel que a espera para comê-la viva" (p. 129). Mas acontece que esses contos, ao mesmo tempo, lhe oferecem oportunidades e recursos de salvação: "Ao reconhecer os temores diários da criança, estimulando sua valentia e sua confiança e oferecendo esperança, o conto de fadas representa para ela um meio para que possa entender o mundo e a si mesma" (pp. 129-130).

— *A literatura não pode ser um veículo para o horror, para a violência, para o abominável?*

A violência não está na literatura nem a literatura produz violência. O horror e o abominável costumam estar na vida cotidiana e a violência provém quase sempre das más ações de seres atormentados, ressentidos, vítimas muitas vezes de injustiças sociais ou da criação repressora. "Na infância de Judas se encontra a explicação para a traição de Judas", sugeriu uma vez Graham Greene. E Sigmund Freud montou toda sua genial teoria partindo mais ou menos do mesmo ponto.

A quantidade de violações, denúncias de maltrato familiar e abusos contra mulheres e crianças é entristecedora em quase todas as sociedades. Na Argentina aflora cada dia com mais crueza. E nada disso é "culpa" da literatura.

O que a melhor literatura faz, em todo o caso, é ser verossímil. E essa talvez seja sua maior virtude.

— *E não pode acontecer que depois as crianças tenham pesadelos?*

Os pesadelos são inerentes à infância, provavelmente porque são formas de antecipar a realidade que os espera com o crescimento. Em todo caso, ler é como sonhar acordado. E isso é muito menos problemático porque "sabemos" que esse sonho é inócuo. E se quem nos lê é quem nos ama, isso sempre tranquiliza.

Leve em conta, ademais, que os sonhos são sempre narrativos e se a criança está bem dotada de leitura em voz alta poderá assimilá-lo melhor. E ainda os sonhos mais medíocres ou lineares contêm uma história. Inclusive se alguém sonhasse somente números ou signos, por acaso, igualmente comporia uma narração. Sempre existe um significado nos sonhos e toda essa explicação é narrativa. Ou seja, sempre existe uma história. É assim que lemos e nos interessa o que lemos. E assim sonhamos.

— *Existe alguma velocidade ou intensidade de leitura recomendável? O que acontece se não leio bem?*

A leitura em voz alta é um aprendizado também para quem lê. Ambos, quem lê e quem escuta, irão descobrindo qual é o melhor ritmo de leitura, ou seja, o que mais prende a atenção. Cada texto "traz" o seu, dependendo da idade dos que escutam e da paciência, perseverança e flexibilidade do que lê. É um aprendizado conjunto e pode ser uma experiência maravilhosa.

— *A partir de que idade é conveniente ler livros mais longos? Podemos dividi-los em capítulos?*

Sim, claro que podemos. À medida que as crianças crescem, é apropriado ler contos mais longos, novelas curtas, novelas longas seriadas. Tire a prova de ler dez ou quinze minutos e pare em um ponto culminante. Se surpreenderá com a expectativa gerada até o próximo capítulo.

E quanto à idade, qualquer uma é boa para iniciar essa prática. As crianças menores também são capazes de seguir leituras seriadas, se estas são breves e atraentes, e se quem lê é perseverante e preciso na continuidade.

— *Quando termino a leitura é necessário conversar, comentar, dizer algo?*

Conversar sempre é importante, mas o mais conveniente é proceder com naturalidade. Não é indispensável falar nem calar. Se a criança quiser, fará comentários. Ou formulará perguntas, ou pedirá opinião. O importante é responder com total sinceridade e com verdade, inclusive se não souber o que dizer.

E, caso se trate de um grupo (em uma biblioteca ou na escola), pode ser bom que você deixe passar uns segundos e formule depois a pergunta. Então espere, veja o que acontece e esteja preparado para improvisar. Mas, sobretudo, não caia na tentação de dar uma aula; somente converse, intercambie. Isso fará com que todos se sintam mais seguros e confiantes, sobretudo se o que *eles* dizem é levado em conta.

— *Se tenho mais de um filho e são de diferentes idades, devo ler para cada um em separado ou posso ler para todos ao mesmo tempo?*

Dentro do possível, é conveniente ler individualmente. Cada experiência é única e, se o convênio que se estabelece é íntimo, é mais rico. Mas a vida impõe sempre suas dificuldades e se são muitos irmãos ou muitas crianças na sala de aula – o que acontece com nossas Avós Contadoras de Histórias – não existe outro caminho que ler para o grupo.

Mas o mais importante é que quem leia consiga, pouco a pouco, estabelecer relações pessoais. Você pode ler para vários de seus filhos – e dependendo do texto o interesse será maior em uns que em outros –, mas então terá que se preocupar em variar os textos na próxima vez.

A princípio procure ler contos que possam interessar a todos e a seguir os específicos para cada idade. Por exemplo, uma boa história de animaizinhos pode ser compreendida por crianças de todas as idades. Certamente os maiores pedirão "outra coisa" e em tal caso deverá ler contos um pouco mais complexos, com mais palavras e tramas mais rebuscadas. Mas não se preocupe com isso. Ao contrário, se os maiores pedem "outra coisa" é porque *desejam* ler outra coisa. Isso é muito bom.

Igualmente, na sala de aula as crianças esperarão sempre que o professor, ou a Avó Contadora de Histórias, leia um conto que cada um queira sentir como próprio, como especialmente lido para ele. Portanto, será bom que quem leia busque a maneira, antes da próxima leitura, de fazer saber a cada um que entre eles existe um vínculo especial, único e próprio. Não é fácil, mas se todas as nossas avós estão conseguindo, então posso assegurar que é possível. Somente se requer amor, paciência e perseverança.

— *E se não compreendem o que leio ou tenho a impressão de que "estão em outra"? E se já são grandes mas percebo que tampouco compreendem o que leio e ainda por cima se distraem e não prestam atenção na leitura?*

As crianças sempre compreendem que a voz da mãe é doce, grata, acolhedora. E quando vão crescendo, essa voz, as de quem as rodeia, as de seus professores, são a porta para o mundo. No Capítulo 5 falamos disso, mas talvez aqui caiba destacar que as crianças sempre entendem e sempre se distraem. Poderá ser muito ou pouco, do ponto de vista do adulto, mas sempre entendem alguma coisa. Certa dispersão é inerente a todo o processo de aprendizado, sobretudo quando se está começando a viver. As crianças sabem perfeitamente do que gostam e do que não, e isso é importante. Não se trata de ler "para que aprendam".

Tampouco para "entretê-los" nem para que fiquem sossegados. Trata-se de ler em voz alta, simplesmente, e ler porque sim, ler por ler, porque temos em mãos uma leitura que pode ser interessante e *queremos* compartilhá-la, o que é, diga-se de passagem, a melhor aprendizagem para *o desejo de ler*. Não se trata de "lhes ensinar" a ler, pois disso se ocupará a escola, mas sim de *transmitir nossa vontade de ler e despertar a delas*. E isso somente é possível se alguém – você – tem vontade e oferece um texto interessante para compartilhar.

É como quando você quer que seu filho coma. Qual é a primeira coisa que faz? Uma comida deliciosa, que sabe que ele gosta. Com a leitura acontece o mesmo: dê a ele uma leitura deliciosa que sabe que ele vai gostar.

E se por acaso ele diz que não gosta "disso", o que você faz? Da próxima vez prepara outro prato, verdade? Bom, então prepare outra leitura. E se despreocupe se ele "entende" ou não. Leia algo que "agrade" (tanto você quanto a criança) e não que "entenda".

—— *E se não tenho tempo de ler ou o cansaço me derruba?*

Essa é uma desculpa como outra qualquer. Também poderia dizer que está farto do seu trabalho e cansado de cozinhar, o que provavelmente seja verdade. Ou que não tem tempo para fazer as tarefas do lar, se é que tem um lar. Ou que está mortalmente cansado para ajudar-lhes a fazer os deveres. Ou que está deprimido ou ressentido ou o que seja, porque não encontra trabalho ou porque o exploram ou maltratam ou porque simplesmente pareça que a vida seja injusta com você. Bom, em tal caso talvez resulte mais cômodo se jogar na cama, ligar a televisão e desejar que ninguém fale uma palavra mais. Você mesmo!

Mas se pensar um segundo em todo o tempo que desperdiça cada dia, por exemplo, fazendo *zapping* inutilmente diante da televisão ou falando pelo celular, ou se irritando por tudo o que a vida não lhe dá enquanto elocubra ações que sempre posterga, eu lhe recordo simplesmente que para ler em voz alta só são necessários dez minutos de todo esse tempo inútil.

Agora sim, é claro que os adultos têm o direito de estar cansados. Bom, esse dia ou essa noite não se lê. Mas faça com que saibam que não vai ler devido a essa razão, mas afirme que amanhã o fará. E amanhã, faça-o sem falta.

Acontece com todos e nas classes sociais mais acomodadas isso constitui a própria vida cotidiana. Não obstante, todos, de alguma maneira, sempre superamos a fadiga e trabalhamos, cozinhamos, limpamos a casa, ajudamos as crianças com os deveres etc., etc., etc. Pode ser que sejamos vítimas, mas sempre os filhos serão mais vítimas que nós.

Ou, se se trata de desculpas, procure uma rapidinho, feche esse livro e não conhecerá jamais o que você perdeu. A única coisa certa é que, infelizmente, você verá o resultado nos seus filhos talvez tarde demais.

— *Como saber que livro é conveniente para cada idade?*

Hoje é muito simples encontrar assessoria nessa matéria e, de fato, existem muitos guias de leitura para cada idade.

De todas as maneiras, você deve saber que a categoria etária hoje é questionada academicamente, mas a verdade é que muitos pais, assim como muitos pediatras e professores, e também Avós Contadoras de Histórias, geralmente – e inevitavelmente – levam em conta a idade das crianças. E para mim continua parecendo um bom critério, que pode não ser "moderno" mas é comprovadamente prático. E, além disso, a eleição das leituras nunca é feita com um critério definitivo. Sempre é possível – e aconselhável – experimentar leituras e trocá-las por outras. De maneira que a minha recomendação é que se consulte qualquer bom professor ou bibliotecário, em qualquer escola ou biblioteca (escolar ou da Conabip). Mas atenção: ao conselho que lhe deem sempre some sua própria experiência, sua intuição, seu bom senso. E confie nas crianças, pois elas mesmas orientarão a leitura que desejam escutar, manifestando gostos e interesses. E não se esqueça de que *o mais importante, o realmente importante, será que cada um chegue – a força de muitas leituras – a formar sua própria lista de favoritos e recomendáveis.*

— *E se me encontro com temas "inconvenientes", fortes ou "quentes"?*

Cada leitor escolhe o que vai ler levando em conta o público ao qual se dirigirá. Não é a mesma coisa ler em casa ou na escola, como também não é o mesmo uma leitura para adultos e outra que a avó lê para crianças pequenas.

O melhor conto para ler, ou o melhor livro, é sempre aquele que mais bem se adapta à idade da criança. E para isso existem muitas orientações: no campo docente, no mundo bibliotecnológico, nas apresentações das casas editoriais (que costumam propor idades de leitura recomendada). E também existe o seu próprio faro: é você quem deve conhecer primeiro o texto antes de lê-lo. Quando isso acontece, é improvável que alguém se equivoque.

Mas, de todo modo, em minha opinião não existem temas inconvenientes. As guerras, os conflitos sociais, a discriminação, a violência, a injustiça, as angústias existenciais, as piores condutas são parte da vida de todos os leitores do mundo, qualquer que seja sua idade e sua condição socioeconômica. A mesma coisa acontece com o amor, o sexo, a amizade, as relações familiares e todos os tipos de assunto, privados ou públicos. O leitor se confrontará com tudo isso em sua vida e a literatura não inventa nem julga moralmente. A literatura é a vida por escrito, não se esqueça. E ler é pronunciar as palavras da vida, nada mais, nada menos.

Proceda cautelosamente; esteja preparado para falar com sinceridade sobre o que aparecer; varie os temas de leitura em leitura e não se sinta na obrigação de abordar nenhum tema em especial, mas também não se esforce por evitá-lo.

Além disso, se você se preocupa tanto com os "assuntos inconvenientes" veja só a televisão.

— *Por que quase sempre são propostos textos literários?*

Pensemos antes de tudo que Cervantes não escreveu *Don Quixote de La Mancha* pensando que quatro séculos depois seria o clássico fundamental da língua castelhana, da mesma forma que Julio Cortázar não escreveu *Histórias de Cronópios e Famas* pensando nas aulas de Língua de EGB, nem María Elena Walsh escreveu *El mundo del revés* com os propósitos pedagógicos que hoje podemos encontrar. Nenhuma obra de literatura universal foi escrita para melhorar a linguagem nem para ser objeto de estudo, nem para servir nas campanhas de promoção da leitura.

A literatura, portanto, não serve nem tem que servir para nada. *A utilidade não é uma medida da literatura*, que, como eu já disse no Capítulo 2, não existe para dar respostas ainda que quase sempre as dê, com o que se dá o paradoxo de que, mesmo não servindo, na verdade não é tão inútil.

É que, entre outras coisas, a literatura escreveu e reescreveu a História da Humanidade a partir de perspectivas sempre originais. E para todos os leitores do mundo, em todas as épocas e línguas, a literatura mostrou a vida, narrou experiências, enalteceu sentimentos, emocionou e fez viajar, desamarrou a imaginação e direcionou o olhar dos leitores para dentro deles próprios e destacou a condição humana em toda sua complexa dimensão.

De maneira que *propomos textos literários porque na literatura se encontram todos os princípios, valores e condutas humanas*. Assim também se educa a alma, e por isso os mestres e professores, de qualquer carreira e matéria, escolhem sempre exemplos literários e leituras que ajudam que o desenvolvimento intelectual seja acompanhado do desenvolvimento emocional e social.

A proposta de ler literatura advém de que, sem dúvida alguma, os melhores textos são os literários. Muitas vezes vêm com ilustrações que ajudam as crianças, inclusive os adolescentes, e alguns possuem bom apoio no cinema. Aliás, os melhores livros foram filmados: *Romeu e Julieta*, *Don Quixote*, *Os Irmãos Karamazov*, *Moby Dick*, *Hamlet* e na Argentina, *La tregua*, *No habrá más penas ni olvido* e dezenas de outros títulos. E até clássicos argentinos de histórias em quadrinhos, como *Patoruzito*. Todos são estupendos auxiliares da leitura. Mas não são os únicos, e por isso também utilizamos textos jornalísticos.

Seja como for, todos os textos são, de fato, leituras. E ainda os mais específicos (esportivos, científicos, tecnológicos) servem para ler em voz alta. Mas de nada se tira tanto proveito como da *literatura, porque ela e somente ela contém arte*, isto é, a projeção imaginária, a possibilidade de se locomover rumo a mundos fantásticos, a abertura para planos poéticos nos quais a alusão, a elusão e a ilusão criam territórios únicos, íntimos, de descobrimento do universo e dos universos interiores de cada um.

Leve em consideração além disso que todo bom escritor/a é, antes de tudo, um bom leitor/a. Eficiente, profundo, constante. Alguém que sabe que, quanto mais lê, melhor escreverá. Por isso, em cada ocasião dizemos que, para escrever, é preciso ler. Não se pode pretender a criação literária de qualidade se não é previamente um leitor mais ou menos qualificado e competente. É que um bom leitor pode não ser escritor, mas *o bom escritor não pode não ser leitor*. Por isso defendo que as crianças não necessitam de oficinas de escrita ou de expressão, como são chamadas. Não serão melhores estudantes porque escrevam todos os dias. *Os melhores alunos não são os que escrevem mais e melhor, mas sim os que mais leem*.

— *E os livros não literários, como os de autoajuda?*

Esse é todo um tema que costuma desencadear discussões acaloradas mas não totalmente producentes. Pessoalmente, penso que não se trata de ler "qualquer coisa" mas tampouco tem sentido empreender batalhas contra determinadas leituras. Existem infinitos livros não literários que podem ser fantásticos para ler em voz alta: história, biografias, lendas, costumes, ciência, tecnologia, sociologia e mais uma enorme lista. E, além disso, há a imensa textualidade do jornalismo, é claro. Seria insustentável acreditar que tudo o que não é literatura não serve. E, a respeito dos livros de autoajuda, que estão na moda e costumam ser tão lidos, minha opinião é esta: não os recomendo, mas, se servem para iniciar um processo de leitura em voz alta, bem-vindos sejam.

O importante é que encontremos perguntas sobre o que não sabemos, isso é mais importante do que encontrar respostas. Encontrar pistas e estímulos para que nosso crescimento por meio da leitura sempre nos abra os olhos. Um bom livro é aquele diante do qual o leitor reage e age, individual ou coletivamente, e interroga o mundo e o questiona a partir de novas lógicas. É por isso que a literatura e a leitura, como o conhecimento, sempre são vistos como um perigo para o poder. A boa literatura contém todos os conflitos da humanidade e neles podemos sempre nos encontrar e, sobretudo, encontrar as chaves para os nossos próprios conflitos. Por isso a leitura de textos literários é melhor que qualquer outro tipo de texto.

— Então, as revistas são leituras válidas? Se não tenho livros, posso oferecer revistas às crianças?

É claro. E muitas vezes é o melhor que se pode fazer. Oferecer revistas, sobretudo, se são de temas que lhes interessam. Esportes, automobilismo, geografia, história, moda, cosmética, às vezes, inclusive, as revistas trazem bons contos e poemas. Sempre existem matérias interessantes, muitas vezes bem escritas. E é claro, as revistas infantis.[3] Para os garotos e garotas pode resultar muito mais atraente entrar na leitura por meio das revistas, que possuem mais cor, fotos, imagens e indubitavelmente são mais atraentes que os livros, caso estes talvez os atemorizem a princípio, especialmente quando se trata de crianças — isso acontece muito nas escolas de bairros pobres, marginais — que jamais receberam leituras.

Tudo o que foi dito antes deve ser matizado pelo fato verdadeiro de que o mundo editorial argentino de revistas hoje banaliza as coisas até a abjeção. De um modo geral, as revistas argentinas são bobas, superficiais, hipererotizadas, levianas em todo o sentido. São, de certo modo, tão nocivas quanto a televisão, pois se ocupam em geral das mesmas

---

[3] Na Argentina, *Billiken* é uma revista quase centenária e foi lida por várias gerações latino-americanas. Ver: Paula Guitelman, *La infancia en dictadura*, Buenos Aires, Prometeo Livros, 2006, e a entrevista com a autora em "*Billiken* y la dictadura", revista *Debate* 173, 6 de julho de 2006.

porcarias. Mas também existem revistas, sobretudo as de temas específicos, que são sumamente recomendáveis.

— *E ler histórias em quadrinhos é recomendável?*

Baseado em minha experiência pessoal e na de muitos bons leitores e escritores, não hesito em dizer que sim. É claro que não acredito que seja recomendável ler *apenas* histórias em quadrinhos, porém tenho a convicção de que o formato das tiras desenhadas, com balões de textos, é utilíssimo para desenvolver vocações leitoras. Com as histórias em quadrinhos acontece como com as revistas, são portas que se abrem. E podemos confiar que uma porta leva a outra. Como na vida.

— *Por que está tão enraizada a ideia, ou a impressão, de que a leitura "é coisa de mulheres"? Como fazer para que os maridos também leiam e leiam também para as crianças?*

Essas perguntas, que são das mais frequentes, se referem de imediato à comprovação de uma ideia ou preconceito (ou ambas as coisas) que devemos desmontar logo de cara: que a leitura é algo feminino e portanto responsabilidade das mulheres da casa. É um fenômeno que ocupa especialistas de muitos países de diferentes culturas, não somente na Argentina. No caso da França, por exemplo, Michelle Petit sugere que "existe a ideia de que ler é algo que feminiliza o leitor". E aponta várias hipóteses, entre elas a apelação a certa interioridade que costuma estar associada às mulheres e que os homens associam por sua vez com fraqueza.[4]

São ideias falsas, claro, por mais que estatísticas e pesquisas comprovem numericamente. O que é certo é que estão muito instaladas na sociedade contemporânea e não somente na latino-americana. Por isso na maioria dos casos são as mães que formulam essa pergunta, da mesma maneira que existem mais professoras que professores. E é por isso mesmo que os pais "deixam a esposa fazer" enquanto eles, comodamente, se ocupam de "assuntos mais sérios".

Ah, é claro que isso incomoda muitíssimo! É algo que se vê diariamente, inclusive entre profissionais, universitários, intelectuais: se por acaso existem leitores em casa, são mulheres. Os homens escapam do assunto olimpicamente.

---

[4] Michelle Petit, *Lecturas: del espacio íntimo al espacio público*, México, FCE, 2002.

Mas, como alguma coisa dever ser feita a respeito, não sobra outro caminho a não ser começar a docência caseira em favor da leitura em voz alta, promovendo a intervenção dos homens da casa.

— *Que tipo de leitor devo almejar que meu filho seja? Existe um tipo de leitor ideal? Qual seria?*

Eu responderia com outra pergunta: para efeito da leitura em voz alta, que importa se esse tipo de leitor existe ou não, e para que serviria defini-lo? O ensaísta e tradutor argentino radicado no Canadá Alberto Manguel escreveu um interessantíssimo livro cheio de citações de escritores notáveis,[5] no qual, no entanto, não consegue definir – ainda bem que não o faz, e é mérito do autor – nenhum protótipo ideal de leitor. O que importa é construir um leitor consciente, perseverante, capaz de relacionar todos os recursos que a leitura oferece.

A leitura em voz alta é o melhor caminho para consegui-lo.

— *Existe algum momento no qual devo deixar de ler em voz alta? Como percebo que já não é necessário?*

Não existe nenhum momento nem tem por que existir. Tampouco existe um momento para deixar de falar ou de caminhar ou de comer. Se você começou a ler em voz alta na sua casa, e o seu cônjuge também lê, e seus filhos leem, pois então não tem sentido pensar em um final. Pode-se compartilhar a leitura em voz alta durante toda a vida, e é maravilhoso. Por isso, é uma pena que algumas mães/pais um belo dia deixem de ler para as crianças, pensando equivocadamente que já não o necessitam ou que podem se resolver sozinhos. É certo que podem fazê-lo sozinhos, mas perder a leitura em voz alta compartilhada é uma pena.

— *E se na escola a professora também não lê? O que fazemos? Porque é fato que muitos docentes não são leitores.*

Aí está o problema, e por isso este tipo de livro. O docente deveria ser um leitor competente, para estar motivado e saber motivar. Isso é básico e nem sempre se consegue, é verdade. De fato, essa realidade é uma trava para muitos bons programas e ações de promoção da leitura que, no entanto, são abortados precisamente porque os mediadores encarregados de promover a leitura não são leitores. O mesmo acontece em muitas famílias, claro, mas

---

[5] Alberto Manguel, *Una historia de la lectura*, Madrid, Alianza Editorial, 1998.

sempre se tende a pensar que os docentes têm uma responsabilidade maior. É mais cômodo pensar assim. Mas não se trata de culpá-los, e sim de compreendê-los e reorientá-los, que é o que está se tentando fazer em todo o país. Ou seja, fazer docência da leitura com os próprios docentes. Mostrar-lhes que, se eles mesmos não são leitores, existe uma contradição essencial, porque *a docência é, deve ser, uma profissão de leitores*.

Agora, como resolver o problema quando nos encontramos com docentes não leitores? Pois são os próprios pais, em seu progresso como leitores, os que têm essa responsabilidade, a responsabilidade de ajudá-los.

— *E a televisão? O que fazemos com a televisão que tanto fascina as crianças?*

Bom, ela também fascina os adultos. De maneira que novamente comecemos por aí: *a televisão não é um problema das crianças, mas dos adultos*. Isso em primeiro lugar. E a seguir: é impossível eliminar a televisão, mas é possível, e necessário, controlá-la.

Portanto, são os adultos os que devem "fazer algo". E particularmente os adultos de famílias com melhores possibilidades socioeconômicas, onde se supõe que deveria haver maior qualificação para perceber que demasiada televisão é daninha para as crianças. No entanto, a experiência vem demonstrando que não é assim, mas o contrário. Hoje, abundam os lares nos quais existe mais de um televisor e inclusive cada vez é mais comum que cada filho/a tenha sua própria TV no seu quarto.

No entanto, nos lares de menores recursos – e é um fato que maior a marginalidade, maior o risco – se costuma acreditar com maior inocência que a televisão "acalma" as crianças, que parecem se tranquilizar diante das imagens em movimento e, entre outras coisas, manifestam menos reclamações e até disfarçam a fome que podem estar sentindo.

São muitas as pessoas que se manifestam conscientes da importância da leitura e dos limites para a televisão mas que não fazem nada. Ou dizem, se autodesculpando, que "não sabem o que fazer". O que não deixa de ser uma leve hipocrisia, porque se alguém *sabe* que o excesso de televisão faz mal para as crianças, *tudo o que deve fazer é desligar a televisão ou estabelecer limites, ou fixar horários e/ou vigiar o tipo de programa que as crianças verão*. E igualmente, se alguém *sabe* que é importante a leitura para as crianças, *tudo o que se deve fazer é ler para elas*.

É inegável a conexão entre a televisão e a escolaridade. Mas também é importante – e existem muitíssimas experiências na Argentina e no mundo – o autocontrole que permite desfrutar da tecnologia fazendo com que não afete os estudos nem a sensibilidade das crianças.

O QUE MAIS PERGUNTAM OS DOCENTES

— *Por que a leitura é importante?*

Sempre nos confrontamos com essa pergunta, ainda que não seja formulada abertamente. E a resposta é que é importante porque quem mais lê mais sabe; quem mais sabe é mais inteligente porque exercita seu talento natural; e quem é mais inteligente tem mais possibilidades de ir bem na escola e na vida.

E pelo contrário: quem menos lê menos sabe; e quem menos sabe costuma ser mais nécio; e o nécio terá sempre menos possibilidades tanto na escola como na vida e seu horizonte provável é a ignorância.

Claro que existem muitíssimos ignorantes que "vencem" na vida, mas prestem atenção nas suas condutas privadas, sua sensibilidade e seu comportamento social. Com certeza você não quer isso para os seus filhos.

Da mesma maneira, o poder da leitura pode ser verificado nesta espécie de sequência que julgo felizmente inevitável: quem mais lê, lê melhor; quem mais bem lê mais desfruta e quem mais desfruta, mais lê. E quem mais lê mais sabe e então duvida mais e questiona mais e pesquisa.

É por isso que *a leitura é o caminho natural e direto para que uma nação tenha melhores cidadãos. A leitura é essencial para a construção da cidadania* na Democracia e por isso nos parece que *o direito a ler deveria ser um categoria constitucional.*

Michelle Petit, depois de entrevistar dezenas de jovens franceses marginalizados, a maioria imigrante ou de origem estrangeira, descobriu como a leitura havia permitido reconhecer suas identidades, linguagens, peculiaridades e diferenças, para concluir esta ideia preciosa: "A leitura é um atalho que leva da rebelde intimidade à construção da cidadania".[6]

— *São confiáveis as estratégias para estimular a leitura e conseguir que os alunos realmente leiam mais e compreendam o que leem?*

Essa é uma pergunta frequente e é lógico que assim seja porque é uma preocupação genuína de todo bom professor. A resposta mais honesta é que as muitas estratégias que

---

[6] Michelle Petit, *Nuevos acercamientos a los jóvenes y la lectura*, México, FCE, 1999.

foram ensaiadas conseguiram alguns êxitos, mas, ao mesmo tempo, todas foram, de certo modo, frustrantes. A que se deve essa contradição? Não necessariamente às próprias estratégias, mas sim a múltiplos fatores, como a inconstância, o cansaço e a distração dos mediadores; as mudanças de estratégia quando a que se aplicava não alcançava resultados imediatos; o continuísmo desta ou de outra moda que, logicamente, foi deslumbrante no início mas acabou não mostrando bons resultados. E assim por diante.

É preciso reconhecer que em quase todos os âmbitos educativos estão sendo desenvolvidas estratégias, muitas coordenadas pelo PNL ou por planos estaduais, e em geral todas aportam e agregam algo. Em todo caso o que faltará, depois, é a medição a médio e longo prazo, o que ignoro se é feito.[7] Uma das experiências concretas mais consequentes é o Programa de Animação da Leitura para o 1º Ciclo de EGB,[8] preparado por Graciela Bialet, que explica passo a passo o processo de formação de leitores a partir da perspectiva docente e enumera estratégias para ativar a pré-compreensão, a compreensão e a interpretação no processo de leitura, assim como ações para o mediador. É um material muito interessante e útil como orientação pedagógica.

No entanto, devo confessar que minha maior preocupação se dirige às estratégias para que os alunos "compreendam o que leem", porque o que eu procuro é que os alunos leiam. Daí a minha proposta de que os docentes *deixem de assumir como preocupação fundamental a compreensão, para passar a se ocupar concretamente de que os alunos leiam, para o que é indispensável que eles mesmos (os docentes) o façam.*

— *Você acha que a capacitação realmente serve para algo?*

O que eu acho é que *apenas a capacitação não produz leitores*. Vemos isso diariamente nos cursos para docentes. Capacitam-se, compreendem a importância da leitura e podem chegar a ser bons difusores dela, mas *eles não leem*. É que não interiorizam *o desejo de ler*. Eis a questão!

Em outras palavras, o sistema está falhando. Se nossos professores não saem dos cursos transformados em leitores é porque algo falha nos cursos. E isso é grave, porque estamos

---

[7] Em nossa Fundação, sim, o fazemos e estamos panejando a projeção de resultados no tempo.

[8] Em *La lectura literaria*, 8ª publicação do Programa de Promoção da Leitura "Volver a leer", do Ministério de Educação da Província de Córdoba, 2003, p. 26.

partindo sempre de um material virgem maravilhoso: a essência de toda pessoa, desde seu nascimento, inclui o desejo de aprender, de conhecer, de ler. Ninguém nasce com *o desejo de não ler*, de maneira que se depois as pessoas não leem é porque algo se fez de errado para que elas perdessem aquele desejo inato.

Tirem a prova: em um curso desenvolvam uma teoria literária sobre Julio Cortázar e em outro leiam em voz alta "Carta a una señorita en Paris" ou algumas histórias de Cronópios. Em um curso desenvolvam em várias aulas uma teoria sobre a gauchesca e os debates entre Florida y Boedo a respeito de *Martín Fierro* para concluir com uma avaliação; e em outro leiam dez sextinas de *Martín Fierro* todos os dias durante duas semanas e simplesmente promovam um diálogo participativo. E assim me dirão de onde podem sair garotos leitores.

Quando falo de "formar formadores" não me refiro a que os cursos produzam *propagandistas capacitados*, como acontece agora, mas que *produzam leitores capazes de disseminar o desejo de ler*.

Nossos professores sabem ensinar a ler, sem dúvida, fazem isso muito bem. Podem inclusive estimular o interesse pelos livros e pela leitura. Para isso são capacitados. Mas a limitação das capacitações em voga, e a consequente sensação de frustração que produzem as pesquisas, obedecem a algo muito simples: *não produzem leitores porque não podem transmitir o que não sentem.*

— *Tem sentido condenar os jovens porque não leem ou acusá-los de "arruinar" a linguagem?*

Claro que tampouco se trata de condenar os jovens não leitores. Sabemos que nem todos os jovens são iguais; destacar o muito que leem alguns contra a não leitura de outros, que ainda por cima são maioria, não tem nenhum sentido. Serve como dado estatístico, mas não nos leva a nada. Mas uma coisa é condená-los (o que não fazemos) e outra muito distinta é *denunciar o problema social* de milhares de jovens não leitores, o que nós fazemos, sim, para destacar as extraordinárias possibilidades das estratégias da leitura em voz alta e a leitura livre silenciosa e sustentada. Algo semelhante acontece com a confirmação da pobreza lexical dos garotos, da qual nos ocupamos no Capítulo 1.

— *Na escola as crianças não querem ler. Podemos obrigá-las? De que maneira?*

Esqueça as obrigações. Podemos fazer com que as crianças leiam sem obrigá-las! A leitura na escola é um assunto muito mais simples do que se pensa. É um processo que requer sabedoria e paciência, como todos, mas sobretudo decisão e constância por parte de cada professor.

Em primeiro lugar, pergunte-se se você é leitor/a. E responda com toda a sinceridade, *entendendo por leitor/a aquele professor que ama ler, que sempre tem vontade de ler e que de fato lê todos os dias, ainda que não tenha dinheiro para comprar livros.*

Se você é um desses, simplesmente leia, contagie os outros com seu prazer. Você sabe perfeitamente como fazer. E será de grande ajuda a leitura em voz alta e a leitura livre silenciosa e sustentada.

Se não é, então comece em casa. Primeiro você terá que mudar, porque *não tem sentido pretender ensinar a ser o que você não é.* É como se os cursos da autoescola fossem dados por quem não sabe dirigir.

Comece *você* então a compreender o seguinte: *todas as crianças querem ler, todas as crianças se encantam pela leitura em voz alta.* Esperam desde muito pequenos, anseiam dominar as letras e as palavras. Primeiro faladas e depois escritas. Elas *querem* e esse é um tesouro que os adultos desperdiçam. Aprender a falar é a porta para aprender a ler e a escrever. De fato, a ilusão das crianças quando começam a escola, e eu diria que desde o jardim de infância, é que irão aprender a ler! De maneira que aí temos uma semente fantástica, um campo fértil, o desejo de ler em estado puro!

A verdade é que se depois, quando crescem, essas crianças não são leitoras é porque *nós* fizemos algo errado.

Portanto, proponha-*se* a iniciar a mudança. Comece em casa com a leitura em voz alta, vença todas as desculpas que sempre aparecem (o cansaço, falta de tempo, de dinheiro etc., etc.) e proponha-se a ler algo interessante todo dia. Dedique dez minutos para você e outros dez para ler em voz alta para seus familiares.

E, pouco a pouco, comece na escola com a leitura em voz alta e com a leitura livre silenciosa e sustentada, talvez somente na sua aula, talvez com outros colegas, e tomara que com o apoio e decisão das autoridades da instituição.

E prometo que um dia você dirá: "Na minha escola as crianças querem ler, sim, e leem".

— *Qual é ou qual deveria ser o papel da escola em matéria de leitura?*

O papel da escola é sempre muito mais complexo do que parece. E em parte isso acontece porque vivemos em uma sociedade que se acostumou a ver na escola uma espécie de depósito de filhos. A permanente e tão longa crise empurrou ao magistério uma série de responsabilidades que não lhes são inerentes, mas que o magistério argentino assumiu com estoicismo. A escola se transformou em cozinha e farmácia, em lar e jardim de infância para todas as idades, em lugar de contenção afetiva de bairros inteiros. E os professores, ainda por cima, foram degradados economicamente.

Nesse contexto, a leitura apareceu há uns anos como uma nova panaceia, uma nova utopia a ser alcançada. Chegou a se acreditar magicamente – muitos acreditam ainda – que a leitura por si só resolveria os problemas de falta de atendimento à família, violência familiar e urbana, restauraria as redes de solidariedade quebradas, melhoraria as condições de vida em geral. E isso não é assim.

Podem dar duas, três, muitas razões, e qualquer um pode acreditar que "entende" a "problemática" da leitura. De fato, qualquer pai ou professor mais ou menos leitor, qualquer escritor ou jornalista, qualquer sociólogo ou pedagogo tem, com maior ou menor elaboração, uma teoria ou uma possível estratégia para enfrentar a afirmação que percorre o país: "as crianças não leem".

Felizmente, nenhum deles tem a responsabilidade de "resolver o problema". Existem muitos educadores competentes e muitos deles são excelentes leitores, e possivelmente seja essa a nossa maior esperança.

O assunto é de uma enorme, gigantesca complexidade. E se manifesta como um problema quando se pretende ensinar a ler com o objetivo de que a leitura sirva para o aprendizado posterior, e a resposta das crianças (até há pouco tempo chamadas "educandos") é o receio da leitura. Nas escolas os vemos fugir da leitura e nos desesperamos.

Essa ideia de "ler para" está instalada e continua sendo instalada apesar de ser extraordinariamente nociva e improdutiva. Porque os alunos relacionam de imediato a leitura escolar com obrigatoriedade. E começam as resistências. Sobretudo nos jovens, o obrigatório gera rejeição.[9] De maneira que, *se a escola transforma a leitura em uma chatice, estamos perdidos.* Possivelmente já não haverá maneira de recuperar a esses milhares de leitores entediados.

---

[9] Essa questão propõe, é claro, uma complicação adicional, porque o conceito de obrigatoriedade não é ruim em si mesmo. De fato e afortunadamente, ainda existem obrigações imprescindíveis que é necessário interiorizar

É o que as pesquisas, todas alarmantes, vêm demonstrando e ratificam muitíssimas experiências pessoais.

É que nenhuma criança, nenhum jovem e até diria que nenhuma pessoa aceitará mansamente continuar com uma atividade que *lhe resulta trabalhosa e não deseja fazer*. Se isso acontece e não existe desejo de ler, essa pessoa não sabe e não se interessa por nenhuma promessa de utilidade futura. Insistir em que servirá para o futuro e para viver melhor não conduz mais que a casos excepcionais. A imensa maioria será composta, como se compõe hoje, de leitores perdidos. O que esse leitor vê e sabe *hoje, aqui e agora*, é o que lhe interessa ler.

Nenhum garoto, nenhum jovem prevê o futuro. Não há por que fazê-lo. O futuro é sempre uma ideia longínqua, comprida, difusa, e eles o veem – com razão – como um problema ou uma tarefa chata imposta pelos adultos.

Deve-se mudar, pois, o paradigma da leitura.

— *E para isso, concretamente, o que pode ser feito na escola?*

Algo muito simples: trata-se de transformar as boas intenções a respeito da leitura em ações concretas. Fazer com que todas as campanhas e estratégias para criar consciência da importância da leitura se transformem novamente em estratégias para estimular o desejo inato de ler. Conseguir *que todos esses louváveis esforços a favor da leitura, em lugar de culpas, produzam leitores*.

As ações para isso não são demasiado complexas nem quiméricas, nem difíceis.

Trata-se de adotar a Leitura em Voz Alta e a Leitura Livre Silenciosa em cada escola, todos os dias. Dez minutos no início de cada jornada e dez minutos no final produzirão mudanças. E não será um milagre, mas o resultado da mudança do paradigma de leitura: *não se lê o que pode e deve, mas sim o que se quer ler*.

A escola, então, em matéria de leitura, deve educar estimulando e fortalecendo esse desejo e essa vontade. Assim, se o jovem gosta de ler e a escola o apoia, ele vai querer ler algo que ache interessante, que o distraia, que o faça fantasiar, sonhar livremente. Será um leitor!

— *E o que acontece se algumas crianças não querem ler, comportam-se mal e perturbam os que são leitores?*

---

nas crianças. A escolaridade é obrigatória, a vacinação é obrigatória, o respeito às leis também é. Ao contrário da imposição autoritária, a obrigação responsável é necessária para a democracia.

Vamos por partes: toda criança vai querer ler se lhes é ensinado, permitido e estimulado esse desejo, de maneira que a primeira docência é, precisamente, ler para que ela goste, para que ela desenvolva o seu gosto. A seguir, deve-se abastecer esse gosto com bons textos, e depois mais e mais. Isso requer, cabe repetir, paciência e constância. E essa é a grande tarefa fundamentalmente dos pais. Muito mais que dos professores e bibliotecários. E por uma simples razão que li no livro de Trelease e que ainda me impressiona e é universal: das 8.640 horas que tem cada ano, a criança passa na escola apenas 720 (calculando quatro horas diárias por 180 dias de aula). As outras 7.920 (mais de 91% da sua vida) passa com os "professores" de casa, ou seja, pais, avós, tios, irmãos mais velhos, babás, se são crianças de famílias abastadas.

Ainda que os professores tenham uma enorme responsabilidade e muito o que fazer, obviamente não é justo descarregar neles toda a intermediação da leitura e menos ainda na Argentina, onde os docentes foram castigados economicamente e houve campanhas de desprestígio durante as últimas três ou quatro décadas.

— *Como pode ser medido o sucesso destas propostas?*

Em matéria de estímulo à leitura na escola, nossa incumbência é muito simples: conseguir que as estratégias sejam sustentáveis com o passar do tempo. Para isso são necessárias decisão, constância e paciência.

Cada instituição pode buscar os modos de medição de resultados que considere apropriado. Minha recomendação é que, na verdade, não é necessária nenhuma avaliação. Os progressos em matéria de leitura vão ser absolutamente evidentes em pouco tempo. E no final do ano o verdadeiramente importante será observar que toda a comunidade escolar se apropriou da estratégia e vai querer dar continuidade.

— *Por que leitura em voz alta no início da aula e não no final?*

Para que o sinal não interrompa a leitura. No entanto, se no final da jornada a leitura livre silenciosa e sustentada é interrompida pelo sinal, a criança certamente continuará lendo depois, sozinha, na sua casa.

— *Por último, que leituras recomendaria para começar com essas estratégias? Quais autores e quais títulos, de acordo com a idade das crianças, sejam elas nossos filhos ou nossos alunos?*

É a pergunta do milhão e requer, por isso mesmo, um esclarecimento prévio: minhas recomendações se baseiam exclusivamente no meu gosto e na minha experiência, pessoal e familiar, e em vinte anos de trabalho pelo fomento da leitura. Dito isso, devo destacar que há muitos e muito bons especialistas em nosso país e em toda América Latina e é muito fácil encontrar em bibliotecas e na Web todo tipo de listas completas de livros e autores recomendáveis, guias excelentes, enunciados canônicos e uma grande variedade de sugestões editoriais. Portanto, *isento-me de fazer minha própria relação e as considerações que seguem não devem ser tomadas como tal.*

Em primeiro lugar, gostaria de reiterar a todas as grávidas que se preparem para *ler em voz alta para seus bebês*, desde antes do nascimento e com o mesmo cuidado e persistência com que lhes darão de mamar. E aos futuros papais, que se preparem para ler contos e poemas, cantar canções ao mesmo tempo. Dediquem-se a ler o que *vocês* quiserem, a falar narrativamente, a contar-lhes histórias ainda que os bebês peguem no sono. Não deixe de cantar nem de contar para eles. Trata-se de *narrar o mundo*.

Também brinquem com eles, é claro, mas *tenham sempre uma leitura à mão*. É essencial que as crianças vejam a mamãe e se possível o papai (tomara!) lendo. Um livro, uma revista, um jornal, um folheto, o que for. Leiam, leiam e leiam, com inteira liberdade e sem pensar no que o bebê possa ou não entender. Isso não tem nenhuma importância nessa etapa. O que importa é que *sintam* e que com o leite materno adquiram a leitura como atividade essencial e deliciosa da vida.

Até os primeiros 2 anos de vida as leituras mais apropriadas são as que contêm rimas, sons, ritmos e repetições. E, pouco a pouco, terá que dar-lhes argumentos, tramas simples, histórias fáceis de conservar e repetir, idealmente com animalzinhos, formas e cores.

Para crianças de 3 e 4 anos – sigo aqui os níveis de evolução clássicos que respondem a tradicionais diferenças etárias – convém ler textos que contenham jogos com palavras, canções, rimas, onomatopeias e, claro, os velhos contos de nunca acabar e os trava-línguas. Também adivinhações fáceis e simples, ainda que nessa idade o argumento já começa a ser importante. Por isso são úteis as fascinantes histórias com animais que expressam ou falam de sentimentos e experiências: solidão, tristeza, a alegria dos reencontros, o medo do desconhecido, a sensação de perda ou extravio. As crianças dessa idade se importam com tudo o que for circundante e que chama a atenção: coisas que passam e surpreendem; histórias simples de amor e de amizade; aventuras e grandes façanhas. É a idade ideal para começar com os contos de fadas, que sempre apelam para o valor e a esperança; a perda e o reencontro; o injusto reparável.

Nessa etapa é fundamental ampliar a participação na leitura ao máximo possível. É uma idade ideal para que a leitura em voz alta deixe de estar a cargo exclusivamente da mãe; é importante que outros familiares, pai, avós, tios, irmãos mais velhos, assumam essa função.

E outra coisa muito importante, para essa idade e para todas: é sempre conveniente tomar precauções na hora de escolher leituras, e a esse respeito me deixem dizer isto: evitem os textos que não têm autor; os que vêm como promoção de filmes ou séries de televisão; os que acompanham as bonecas ou animalzinhos da moda; os que podem ter intenção pastoral (qualquer que seja sua religião ou proposta bíblica) e em geral todos aqueles textos ou "livrinhos" que de um modo ou de outro evidenciam alguma intenção promocional ou comercial.

Quanto às *leituras imprescindíveis para a primeira infância,* acredito que não se pode deixar de lado alguns contos maravilhosos, os clássicos de aventuras como *Pinóquio, O Patinho Feio* ou *A Pequena Sereia*, de Hans Christian Andersen, e qualquer dos clássicos dos Irmãos Grimm: *O Pequeno Polegar, A Gata Borralheira.* (Aliás, este é um popular conto de fadas, possivelmente originário da China medieval, reescrito e reinterpretado infinitas vezes. A versão mais conhecida é de Perrault no final do século XVII, e até existe uma versão fílmica de Walt Disney).

A série dos *Tomasitos*, de Graciela Cabal, é maravilhosa. E, é claro, a produção para crianças pequenas de María Elena Walsh não tem desperdício: *Canciones para mirar, Tutú Marambá, El reino del revés* e muitas canções narrativas especiais como "Manuelita la tortuga", "La vaca estudiosa" ou "El gato que pes".

À medida que as crianças vão crescendo, como é óbvio, também devemos ir mudando as leituras. *Os de 5 e 6 anos* podem gostar de textos que contêm narrativas mais complexas, lendas e histórias tradicionais. O argumento para eles é fundamental. A criança se pergunta o que vai acontecer depois e presta atenção porque já possui uma forte capacidade de imaginar e antecipar o texto. É necessário que a leitura em voz alta seja precisa e bem pronunciada.

Também podem ser lidas poesias narrativas rimadas e, se é possível, aquelas que contenham momentos de bom humor. Nessa etapa – como em todas – é fundamental a participação dos familiares e ademais é conveniente começar a mencionar o autor e o ilustrador de cada texto que é lido, de maneira que a criança comece a reconhecer e talvez adotar os seus favoritos, e inicie assim sua própria vinculação entre texto e autor, em vias de desenvolver suas preferências.

Entres as leituras imprescindíveis desta etapa eu destacaria as *Fábulas* de Esopo ou de La Fontaine, *Hansel e Gretel* e *Os três cabelos de ouro do diabo* dos Irmãos Grimm, *A menina que iluminou a noite*, de Ray Bradbury, alguns estupendos versos para crianças de Pablo Neruda, Antonio Machado ou José Martí. E, é claro, é imprescindível o *Pinóquio*, de Carlo Collodi, que para mim é uma das histórias mais belas do mundo.

Entre os nossos, gosto muito da obra de Elsa Bornemann, que me parece uma autora fundamental a partir dessa idade. É muito recomendável sua *Antología de la poesía infantil* e pelo menos *Un elefante ocupa mucho espacio* e *El espejo distraído*. Outro autor fundamental a partir dessa idade me parece que é Javier Villafañe. Qualquer um dos seus muitos contos, canções e obras para títeres e, pelo menos, *La vuelta al mundo* e *El juego del gallo ciego*. Também me encantam alguns textos de Ana María Shúa e de Ema Wolf para crianças pequenas. E nem se fale do repertório musical-narrativo de Luis María Pescetti.

Para as crianças de 7 a 9 anos eu proporia textos que contenham histórias bem mais complexas. Parece-me que são apropriados os contos que se vinculam mais à realidade, que falam de coisas que acontecem realmente, e não descarto algumas tramas com conteúdos emocionais mais fortes. Na verdade, todos os argumentos podem ser compreendidos, mesmo os supostos "inconvenientes". Charles Dickens foi um mestre nessa matéria e convém lembrar que aquela brutalidade por ele aludida, a do século XIX, não desapareceu em nossos dias. *Oliver Twist* é uma obra de impactante vigência; a Argentina de hoje está cheia desses Olivers.

Escolhendo com cuidado e estando preparados para responder a todas as perguntas com absoluta sinceridade e verdade, o leitor em voz alta passa, desde essa idade, a ser um amigo leitor, um companheiro de caminhada, muito além do parentesco. E se tenho que mencionar um par de autores, não resta nenhuma dúvida quanto a Horacio Quiroga e Luis Sepúlveda, cuja *Historia de una gaviota y el gato que le enseño a volar* é uma joia.

Mas, sobretudo, o autor que mais recomendo e que me parece o mais imprescindível para a criança é o brasileiro Monteiro Lobato (1882-1948), hoje menos conhecido e talvez difícil de encontrar nas livrarias. Mas na minha opinião é o mais importante escritor latino--americano para crianças. Clássico da literatura brasileira, escreveu uma saga de 23 novelas e muitos contos protagonizados por um delicioso grupo de crianças, fez uma versão encantadora de *Don Quixote* e "traduziu" muitos clássicos gregos para o imaginário e a linguagem infantil (*Os doze trabalhos de Hércules* é uma maravilha). Monteiro Lobato foi muito lido na Argentina entre os anos 40 e 70. Morou um tempo em Buenos Aires e sua obra completa foi traduzida e publicada pelas editoras Americalee e Actéon.

Enfim, a partir dessa idade e sobretudo *quando as crianças passam dos 10 anos*, em minha opinião *já podem ler de tudo*. No mundo de hoje, não existe tema que seja alheio às crianças dessa idade: a separação dos pais, o maltrato infantil, as diferentes formas de violência cotidiana, a morte produto das injustiças, o incesto ou o comércio de seres humanos, crianças ou adultos. Todos os temas sociais podem ser abordados: as estéticas latino-americanas com seus temas sociais, com mortos e desaparecidos, com pobres e a destroçada realidade sociopolítica. Tudo isso elas podem (e talvez devem) ler.

Além disso, e de acordo com a minha experiência, nessa idade apreciam histórias que podem ser muito mais complexas, é conveniente que leiam não somente contos mas também novelas. A partir dos 10 anos se entra na idade da fascinação por *Harry Potter*, *Narnia* e outras narrativas da literatura universal contemporânea. E é bom que assim seja. As crianças dessa idade se interessam por temas como aventuras interplanetárias, tudo o que é improvável, a ficção cintífica que projeta um futuro e, sobretudo, se encantam por tudo aquilo que contém humor e emoções fortes.

É a idade, também, das leituras individuais. Já dissemos que a leitura em voz alta não deve ser abandonada jamais, mas *a partir dos 10 ou 12 anos já podem preferir ler a sós*, e isso deve ser respeitado. Continua sendo importante a participação dos familiares na leitura, é claro, o que sempre pode levar a compartilhar momentos encantadores para todos. É fundamental a menção e o conhecimento biográfico dos autores, e convém estimular a criança a criar e cuidar de sua própria biblioteca, se a condição econômica da família permitir.

A partir dos 10 ou 12 anos, repito, acredito que já podem ler de tudo e é bom que o façam: os livros clássicos de Mark Twain, Daniel Defoe, Julio Verne, Rudyard Kipling, Jack London e Luisa M. Alcott, para as garotas, parecem-me essenciais. E também os *Cuentos y relatos del norte argentino*, de Juan Dávalos, o *Cancionero*, de Atahualpa Yupanqui, e a riquíssima variedade de lendas tradicionais argentinas. Se lhes foi oferecida leitura em voz alta em boas doses desde pequenos, essas crianças já são leitoras avançadas. E se não, estamos a tempo de entusiasmá-las.

Os textos para essa idade são, simplesmente, os melhores da literatura universal e quase todos os autores já mencionados podem ser recomendáveis para iniciar os relutantes e/ou fortalecer o desejo dos que já estão encaminhados como leitores.

Nessa idade são estupendas as narrativas (contos e novelas) dos mais variados temas da literatura universal. Não se deve temer "inconveniências", não existem temas "maus" nem proibidos e, em todo caso, é bom lembrar que toda censura é uma incitação à transgressão, de modo que, se são estabelecidas proibições, estas somente resultarão em benefício aos jovens. Conheço infinitas experiências – começando pela minha própria – nas quais o proibido somente incentivou o desejo de ler o supostamente vetado. E existem especialistas, como Graciela Bialet, inclusive, que recomendam sugerir astutamente algumas proibições para que o adolescente se lance à leitura.

Certamente nessa idade o jovem leitor já sabe do que gosta e do que não gosta. Deve ser respeitado, não reprimido ou questionado sobre o que lê ou fazê-lo com muito respeito e discrição.

Quanto aos temas, *os adolescentes costumam preferir* as aventuras, o amor, as façanhas, os riscos, a ficção científica, os textos com humor e paradoxos, as emoções fortes e os desafios a sua inteligência. Também é a idade da poesia. Todas as que leiam serão boas, e quanto mais leiam, melhor.

Podem compartilhar leituras com familiares e/ou amigos ou se encerrar em si próprios. *A atitude mais recomendável para a família*, em minha opinião, é deixá-los tranquilos, não exigir nada e se ocupar de que haja livros disponíveis, seja porque são comprados para a casa ou porque os adultos garantem a provisão trazendo livros da biblioteca mais próxima.

Nessa idade também é importante ter em casa jornais e revistas e pessoas que os leiam. As crianças nessa idade começam a perceber a amplitude do mundo e sua extraordinária complexidade. Também começam a se interessar pela sorte ou desgraça de seu país. Nada melhor, nesse momento, que ter tido um bom treinamento como leitor e ao mesmo tempo, como sempre deveria ser sido feito, convém ter a televisão sob controle e devidamente delimitada.

E um último conselho: não os "estimulem" a escrever. Não mandem jamais um adolescente a uma oficina literária. Se eles/as querem fazê-lo, o farão de todas as maneiras, e se foram e são leitores competentes, não haverá o que os detenha. E virá o tempo de decidirem sozinhos se querem assistir a uma oficina e qual.

A adolescência, sabemos, é uma idade crítica, "difícil" segundo a maioria dos pais. Bom, é também a melhor idade para entrar em cheio na grande Literatura Universal. Lá estão, esperando em qualquer boa biblioteca, Bertolt Brecht e Charlotte Brontë, Anton Tchecov e Máximo Gorki, Arthur Conan-Doyle e Robert Louis Stevenson, Emilio Salgari e Walt Whitman, Herman Melville (*Moby Dick* é uma novela básica) e Virginia Woolf.

E também os nossos Julio Cortázar, Jorge Amado, Gabriel García Márquez (seu *Relato de um náufrago* me parece fundamental), Eduardo Galeano, Violeta Parra, Roberto Fontanarrosa, Eraclio Zepeda, Rosario Castellanos, Nicolás Guillén, Miguel Hernández, León Felipe, Marco Denevi e obviamente os *20 poemas de amor y una canción desesperada*, de Pablo Neruda.

E a lista é infinita!

Este livro foi publicado em 2010 pela Companhia Editora Nacional.
Impresso em São Paulo pela IBEP Gráfica.